JN095995

母たちと息子たち

アイルランドの光と影を生きる

コルム・トビーン
伊藤範子 訳

Mothers and Sons
Colm Tóibín

行路社

本書の出版にあたっては、アイルランド文学院の助成を受けた。

日本語版に寄せて

コルム・トビーン

二〇〇三年が終わろうとしていた頃、私は、それまで何年もかけて書いてきた小説を完成した。完成したとたん、もう何もやることがなくなった。長い時間をかけてこの小説の原稿にいろいろな言い回しや言葉を加えたり、いくつもの文章の塊を削り落とし、読み直したり書き直したりしながら、私は、この小説の言語空間で生きてきていたのだった。その本は、寝ている私の夢に入りこみ、起きている私の時間のほとんどを占拠した。それが今終わったのだ。もうすぐその本は、私のものというよりも読者のものとなっていくのだ。

ルーマニアを訪れていたときのことだったが、ある朝ホテルの部屋のベッドで横になっていると、イメージがひとつ浮かんだ。それは天界の空気とか霊魂とかいったものではなく、ちゃんとした文章だった。ホテルの小さなメモ用紙に私は書いた。「彼女は空が暗くなるのを見ていた。雨が今にも降りそうだった」。

ほとんど二十五年ぶりに書いた短編の書き出しの文章がこれだった。二十代初めに私は詩を書くのはあきらめていた。短編もいくつか書いたことがあったが、ほとんどはうまくいかなかった。そのうちの一編だけが二〇〇七年刊行の『母たちと息子たち』(*Mothers and Sons*)に入れられている。これが「旅」(‘A Journey’)で、二十四歳の時に書いた作品である。

その二十五年間、自分は劇や詩と同じく短編は書けないのだと思いこみ、ほかの形式でなく、小説という形式が自分には合っていると信じていたのだ。小説の中で、注意深く彼らを人生の道程に沿って定置しながら、人物の性格を形づくることに時間を使うことが私は好きだったし、曲がり角や脇道だらけの筋に働きかけることができるのは楽しいことだった。

短編はまず何よりも、ある雰囲気を醸し出すことが必要だ。そのために短編はリズムを利用して、言葉のメロディーにほとんどの仕事をまかせつつこれを達成しなければならないし、登場人物たちはどういう人間で、彼らの生きている時間と空間はどういうものかをはっきりさせる必要がある。

そして短編はそこにミステリー、つまり、物語の中ですべてがそこで転回する一瞬を加えなくてはいけない。それはごく小さなトーンの変化、あるいは、無でもあり有でもある一瞬のようなものだ。

この変化はデリケートで微妙でなくてはならないが、同時に綿密正確でもなければいけない。それは歌の力を持たなくてはならないが、同時に、ずっと長い語りに含まれる意味も内蔵していなくてはいけない。

ルーマニアからダブリンに戻ったとき、あの一つの文を書きとめたホテルのメモだけでなく、「神父持ち家族」（'A Priest in the Family'）の全ストーリーが頭の中にあった。書き留める必要もないくらい完璧に構築された文章が出来上がっていた。絶対思い出せる。

このストーリーを書き終えるとすぐに、続く二つのショート・ストーリーを大変早く書き上げた。「歌」（'A Song'）を数日で、「三人の友だち」（'Three Friends'）を一週間で書いた。「旅」を入れて四編はすべて、母と息子の関係をそれぞれ異なるやり方でドラマチックに表現したものである。

このため、テーマが二つの長いストーリー、「肝心かなめ」（'The Name of the Game'）と「長い冬」（'A Long Winter'）の終わり方を見つけるときに役立った。どちらも書くのに非常に時間がかかった。どちらも何度も書き直したし、たくさんのバリエーションができたからだ。

ストーリーを書いているとき、私はなにもしないでベッドやソファに横になっていることもあるし、旅行したり散歩することもある。まじめに仕事をしているときよりもこういうときにアイデアが浮かんできて、人物や物語の問題に対する解決がひらめくことがけっこうある。

この二つの長いストーリーについては、人物はしっかり出来上がっていたし、社会的状況や感情の動きも分かっていた。だが、「肝心かなめ」の終わり方は未解決の問題だった。出口の見えないままぶらぶらしていたがそのうちに、母と息子に焦点を当てて考えるという工夫が浮かんだ。ストーリーの中で、息子が成長して母と異なる希望や野望を抱くようになっていったら、母と息子のギャップが物語のテーマとなり、物語そのものの力を放出するメカニズムとなるだろう。

個人的意見だが、「長い冬」（'A Long Winter'）は、これまでに自分の書いたフィクションの中でも最高の出来栄えだと思う。ところでこのストーリーの終わり方は、「肝心かなめ」より難しかった。雰囲気とか状況は初めから心に決めたものがあったし、以前カタルーニャ・ピレネーの村に住んだことがあったので、土地の有様などは知っていた。私は冬、このストーリーを書くためにその村を再び訪れた。仕事をしていないときはシューベルトの歌曲を聞いて、書いている文章に曲の持つこの上なく繊細なメランコリーを盛りこもうとしたりした。

書き出しは極めてスムーズだった。問題は誰の視点から書くかということだった。

ここで再び母と息子という発想に救われた。どういう視点から書くかのヒントを与えられたのだ。

息子の視点から書くことにしよう。彼は内向的で寡黙で用心深い男だ。だが同時に、どんなことをも見逃さない、豊かな内面生活を持っている。孤独で情緒が不安定、だが強い感情を持つ能力がある。

この短編集 *Mothers and Sons* にはメッセージというものはない。母と息子の関係の力学的セオリーというものを私は持ってはいない。いなくなった、あるいは息子と感情的に乖離した母のストーリーもあれば、優しく慈しむ母のストーリーもある。どのストーリーにも単純と言えるものはない。人は誰しも自分自身の悪魔や暗い感情があるし、自らの複雑性を持っている。一人として同じ人間はいない。

だから、一つ一つのストーリーはすべて違ったスタイル、異なるメロディーが必要だった。ストーリーを書いていて、私は、多角的オーケストラから室内楽へ移ったかのように、新しい自由を感じた。というか、線と影を働かせるうちに、色を塗る絵からスケッチへ動いたともいえる。

生まれ育ったアイルランドのウェクスフォード州エニスコーシーと、何年も住んでいるダブリンを含む、自分が知っている場所をバックにしているこれらのストーリーを書くことは、そのまま自分自身の心の旅路を辿ることでもあった。家族関係は誰にとっても重要だが、フィクションで私は、自分に重要な事柄を発掘しそれと向き合わねばならない。ストーリーはメモワールではない。それは想像力の結晶であり、生産的にぶらぶらすることと生産的に書くこととの間で時間を過ごすうちに、新しい挑戦と新しい満足を提供してくれる初めてのフォームを使って、私が思い浮かぶ考えのすべてを投入した物語である。

目次

母たちと息子たち

ものの分別

町はとてつもなく空っぽだった。チャールモント通りにあるさる上階のアパートのバルコニーから彼は目を外へやった。眼下に広がるだだっ広い荒地は空っぽだった。目を閉じ、この階のほかの部屋のことを考えてみた。午後のこの時間、アパートはほとんど空っぽだ。小さなむき出しのバスルームは空っぽだし、外の通路階段も空っぽだ。町の中心から伸び広がる郊外の住宅群を想像してみた。北へ、フェアビュー、クロンターフ、マラハイド。南へ、ラネラ、ラズマインズ、ラスガー。その道路たちの自信、その力と堅牢さについて考えた。それから彼の心は、郊外の家々のたくさんの部屋へと彷徨(さまよ)っていった。一日中空っぽのベッドルーム、一晩中空っぽの一階のいくつもの部屋。冬はまったく空っぽで夏もほとんど空っぽの、きれいに刈りこまれた奥行き深い裏庭。寂しい屋根裏部屋はこれも空っぽだ。無防備。侵入者が、軽やかな足取りで庭を横切り、隣の壁を目測するところなど誰も気づきはしない。人はいないか、警報装置はないか、番犬はいないか。家の裏口をチェックし、そっと窓を開けてするりと入りこみ、慎重に部屋を横切って逃げやすい出口を探している、これといった特徴のない侵入者に、誰も気づきはしない。そこにいるとはまったく感じさせぬほど油断なく、彼は音をたてずにドアを開ける。

彼は空っぽのクランブラッセル通りのことを思った。母がザ・ドック〔パブの名前〕へ向かっているはずだった。彼女を取り巻く空気も歩道もビルのレンガも、彼女の醸す危険に気づいてそれから逃れようとしていた。ブロンドの髪はくしゃくしゃで、部屋履きスリッパを引きずりながら前かがみでパブへ向かう母。メッキの金の指輪とブレスレット、けばけばしいゴールドのイヤリングが、真っ赤な口紅、グリーンのマスカラ、ブルーの目とせめぎ合っている。彼女が振り向いて車は来ないか見回すと、通りは空っぽ車はゼロ、世界は彼女の最大の快楽のために空っぽにされたんだ、そういうふうに彼は想像してみる。

彼女がだんだんパブに近づく。隣人たちはみんな、彼女のかんしゃくと酔っ払って怒ることを怖がっていたが、それと同じくらい彼女が急に優しくなるのも恐れていた。だから、彼女の微笑みは彼女のしかめ面と同じくらいありがたくなかった。たいがい彼女は無関心なふりをしていた。パブでも街中でも、別に人を脅す必要は彼女にはなかったのだ。彼女の息子が誰かは周知の通りだし、彼女に対する彼の忠誠は強烈だと信じられていたから。彼女がどうやって人に、ほんのわずかでも彼女に侮辱的な行為をしたら彼が仕返しをするんだと信じさせたのか、彼には分からなかった。彼女の脅しも空っぽに変わりはない、これ以上はないほど空っぽなのに。

彼は身じろぎもせずバルコニーに立っていた。とそのとき、連結住宅の隠し脇ドア横の建物に近づいた訪問者が姿を現した。男は警部補フランク・キャシディ、いつもの通り彼を素通りして小さな部屋に入った。この部屋は彼の義理の姉所有のもので、彼はここを週一回だけ利用する。キャシディは私服、彼の赤ら顔には卑屈なやましさとビジネスライクな自信とが入り混じって表れていた。毎週彼はキャシディに、報酬として多すぎるか少なすぎる金額を出した。つまり、そうすることでキャシディに、自分はやましいことをしているというより、彼をバカにしているのだと思わせる額だ。キャシディは見返りとして彼に情報をばらした、といっても、すでにそのほとんどを彼は知っていたが。それでも、法と秩序の力が彼に及びそうになったらキャシディがなんとかしてくれる、という気はした。好意でか脅してやろうというのか——その両方かもしれん——分からないが、キャシディは助け舟を出してくれるだろうという点では自信があった。彼の方はキャシディに何もしゃべらなかった。だが、彼の出す報酬がキャシディの必要とする額にほど遠いという時が来ないとは断言できなかった。

「連中、ウイックロー山を監視してるぜ」キャシディがあいさつ代わりに言った。

「あいつらに出ていけと言ってくれ。のどかに羊が草を食ってるんだ。違法だなんてちゃんちゃらおかしい」

「ウイックロー山を監視してる」キャシディがまた言った。

「ハーコート通りの気持ちいい肘掛けイスからな」彼が言った。

「もう一回言わせるのか」

「ウイックロー山を監視してる」キャシディのミッドランドなまりをまねて彼が言った。

「あんたの事件に若い奴を起用したぜ、名前はマンスフィールド。ま、そのうちにお目にかかることになろうさ」

「お前さん、もうそれは先週言ったよ」

「ああ、だがな、奴は無駄に動いちゃいないぜ。サツらしくは見えない。宝石を探してる」

「次の週はなんか新しいものを持ってこいや」

キャシディが行ってしまうとバルコニーに戻って、薄汚い世界をもう一度見渡した。振り向いた、とそのとき何かが頭に浮かんだ。ベネット宝石盗難事件の記憶が鮮明に思い出されたのだ。従業員五人——全員男だ——に壁に向かって並べと命令したそのとき、一人がハンカチを使ってもいいかと訊いた。

彼は一人ピストルを握りしめて彼らを見張り、相棒たちがスタッフ全員を集めるのを待っていた。けだるそうな偽アメリカなまりで彼は、鼻をかみたかったらハンカチを出してもいい、だが何かほかの物を出すようなことをしたらお陀仏だぜ、と言った。そういうばかばかしい質問など怖くないぞというつもりで、彼は何気なく言ったのだ。ところが奴がハンカチを取り出したとたんポケットの小銭が一緒に出てきて、バラバラ床に音を立てて転がった。男たちが振り向いて見た。彼は壁に顔を向けてろと怒鳴った。一つころがり続けていたのがあって彼がそれを目で追い、ほかのコインを拾いながらそいつも拾いに行った。ハンカチをと言ったあの男のところへ行き、コインを渡した。なんだかこうしたら落ち着いて、ホッとして、幸福感すらあった。二百万ポンド相当の宝石を盗もうとしている一方で、男に小銭は返してやる彼。

アパートに入って靴を脱ぎ、ソファに横になってあの時のことを考えると思わず微笑が浮かんできた。キャシディが行ってしまったから一、二時間はこのままで待っていよう。そうだ、もう一つ思い出した。あの仕事中に、女性従業員の一人が男性用トイレに押しこまれるのを頑として拒んだことだ。「殺したけりゃ殺したらいいわ」彼女は言っていた。「でもあそこへは絶対入らないから」

彼の相棒三人、目出し帽をつけたジョー・オブライエンとサンディとあと一人は、急にどうしていいか分からなくなって、彼が本当に彼女を撃ち殺せと命令するかもしれないというかのように彼の方を見た。

「彼女とほかの女たちを女性専用トイレへ連れていけ」静かに彼は言った。

彼は新聞を取り上げて、『イヴニング・ヘラルド』に出たレンブラントの「ある老婦人の肖像」の写真をもう一度見た。この絵が彼にその話を思い起こさせたのか、それともその話がその写真を見直すよう思い出させたのかどっちだろう。写真の横に記事がついていて、警察が今いくつかの手がかりをもとに捜索中、そこから絵の奪還につながる可能性あり、とあった。この絵の女性はずっと年を取っているが、やはりあの工場の女のように頑固そうだ。男性用トイレに入るのを拒んだ女は、日曜の夜友だちとビンゴから帰ってくるのを見かけるような女だ、絵の女性とは似ても似つかぬ。二人に関連があるとすれば何だろうと考えていて、頑固さを別とすると何もないと悟った。世界がなんだか自分の心を欺いている感じ、そう彼は思った。

心は幽霊屋敷みたいなものだ。このフレーズ、誰かが彼に言ったのか何かで読んだのか、それとも歌の一節だったのか由来は分からなかった。彼が絵を盗んだ家は幽霊屋敷の様相を見せていた。だからこのフレーズが頭に浮かんだのかもしれない。絵を盗むというのはあの時はいい考えだと思われたのだが、今はそうではなかった。レンブラントの絵を盗んでから二ヶ月経った今、『イヴニング・ヘラルド』のトップページに出てきた。盗難品はこの絵のほかに、ゲインズバラ一点、グァルディ二点、彼が発音できないオランダの画家の作品一点。この盗難事件が数日新聞のトップを飾っていたが、この分野のエクスパートである国際的芸術作品盗難団について書いてあって、大笑いしたことを思い出した。この盗難は最近ヨーロッパ本土で起こった盗難事件と関連づけられていた。

これらの絵のうち三点はダブリン山に埋めてあった。まず見つかる気遣いはない。二点は、クラムリン在ジョー・オブライエンの隣家の屋根裏にあった。この二点で一千万ポンドかそれ以上、レンブラントは一点だけで五百万ポンドの値打ちがあった。ヘラルドに載っているこの絵の写真をじっくり見てみたが、はっきりしない。黒だと彼は思ったのだが、何か濃い色の絵で、どこがいいのか分からない。絵の女性は不機嫌な老尼僧然としていて、ちょっと気つけ薬が必要という感じ。

五百万。絵を掘り起こし、火をつけて燃やしてしまえばゼロ。頭を横に振って彼は微笑を浮かべた。

ランズバラ・ハウスについて、そこの絵画がものすごい値打ちのあるもので、しかも仕事は簡単だと彼は聞かされていた。警報装置については長い時間をかけて考えた。この機械の働きをもっと正確に知るために、それを自宅に設置までした。ある日突然閃いた。真夜中に警報装置を切ったらどうなるか？　それでも鳴り響くだろう。でその後どうなる？　誰も修繕などしないだろう、特にそれが偽警報だと分かったら。警報機が鳴り出したらちょっと身を引いて待つだけだ。一時間ほどしてほとぼりが冷めた頃戻ればいいのさ。

日曜日の午後、ランズバラ・ハウスまで車を飛ばした。この屋敷は、一般公開されるようになってからまだ一年経ったばかりだ。道しるべが真新しかった。警報装置のチェックと絵画の位置を見ること、それと場所勘をつかむことが必要だった。日曜日の午後に来る客はほとんどが家族連れだとは知っていたが、大きな屋敷へ行って絵を見て回ることなど自分の家族は喜ばないと思ったので、彼は連れてこなかった。どっちにしろ彼は、どこへ行くかとかいつ帰るかなど知らせずに一人で出かけるのが好きだった。よく日曜日に男たちが、家族全員を車に満載してドライブに繰り出していくのを見るよな。家族円満同一行動、か。ぞっとしないな。

屋敷は影とこだまのかたまりだった。一区画だけ――屋敷のそでとか翼とかいうものだろう――が一般公開されていた。屋敷の所有者たちは建物の残りの部分に住んでいるのだろう。彼が確実な盗難計画を練り上げたとたん、彼らは絶対大ショックを受けることになるのだと考えてほくそ笑んだ。彼らはみんな老人だから縛り上げるのは簡単だ。彼の経験では、老人というのはうるさい雑音を出す輩（やから）、彼らのわめき声は若い連中のに比べるとずっと大きいし、少なく見積もってもずっと神経に触る。強力で効果的なさるぐつわを用意しなくちゃな。

廊下の突き当りに巨大なギャラリーがあって、そこに目的の絵が掛かっていた。最高に値打ちのある絵の名前をいくつか書きとめておいたが、それらの絵があまりにも小さいので驚いた。あたりに誰もいなかったらそれこそ、そのうちの一枚を取り外してジャケットの下へ忍びこませることも可能だっただろう。しかし、どの絵の裏にも警報装置がついているし、いま眠そうな顔をしている警備員も、すわ一大事となれば動きは素早いだろう。廊下を引き返して小さな店に入った。そこで彼は盗む予定の絵の絵ハガキ数枚、レンブラントのポスター数枚を買った。これらは獲物の中でもピカ一、すごいお宝になる。後ほど彼の妹婿がこのポスターから二枚の複製を作ってくれた。

警備員も観客も、金を受けとって絵ハガキとポスターを包んだ女性も、本当に誰一人として彼に気づかず、覚えてもいないと考えると愉快でたまらなかった。

彼が絵を持っていることを警察は知っていた。盗難が起こって数週間経った頃、『アイリッシュ・インディペンデント』の第一面に、彼はアイルランド犯罪メンバーだという記事が出た。彼とつながる国際的ギャング団はいないこと、彼単独の犯行であること、助っ人は三人だったことがもうこの頃までには認識ずみだと彼は推定した。この三人の相棒たちだが、これが目下問題になってきた。三人とも、彼が少なくとも現金で数百万ポンド手にすると信じていたからだ。三人はみんな現ナマをすぐに手にしたくて、金はどうしたか言えと迫った。ところが彼の方は、この絵をキャッシュに替えることについての明確な考えはなかったのだ。

その日の夕方遅く、二人のオランダ人がダブリン北のさるホテルに部屋をとろうとしていた。彼らは、マウシー・ファーロング、むかし馬車に乗って廃品回収をやっていて、今はヘロインを小さい子どもたちに売りつけているという男だが、この男を通して彼と連絡を取り合っていた。マウシー・ファーロングか。奴はお断りだな。彼は麻薬ビジネスは嫌いだった。あまりにもリスクが高いし、取引に関わる人間が多すぎたから。目ばかり大きくてやせさらばえた、青白い顔の麻薬常用の子どもが戸口に立つなど、考えただけでヘドが出そうだ。ヘロインはまた世界をひっくり返した。つまり、マウシー・ファーロングのような奴らがオランダ人たちと接触することを意味したし、要するにこういうことは不自然だと彼は考えたのだ。

マウシーはレンブラントのことをまるでダブリンの風景に現れた、新奇の実入りの良い麻薬でもあるかのように話した。マウシーが言った。オランダ人たちはレンブラントに関心がある、だが、まず現物を見ないことにはな。奴らはキャッシュで支払う準備もあるし、ブツさえ見たら金を渡すと言ってる。残りの絵についてはまた後で相談するそうだ、そうマウシーはつけ加えた。

あのオランダ人たちは気をつけなきゃならんわな、そう彼は思った。あいつらが金を持っているなら、こちとらは遠くからポスターを見せ、金を見たらそれを取り、奴らを縛って分捕り品を持ってずらかる、奴らはステキなポスター片手にすごすごオランダへご帰還あそばすという筋書きよ。彼らがどんな人間か検分するまでは、オランダ人たちにレンブラントを見せることを彼は想定していなかった。絵はちゃんと持っていることを証明するために、まずヴァルディとゲインズバラを見せる予定でいた。

盗みというのはたいてい単純なものだった。金を盗む、するとそのとたんにそれは自分のものだ。どこか安全なところへしまっておけばそれでいい。宝石を盗むとか電気製品とか幾箱ものタバコを盗んだ場合は、それをどうさばけばいいかは自分がよく知っている。信頼できる人間はいたし、そういうことをどうやればいいか知っている人間がいっぱいいた。ところがこの絵というヤツはまったく話が違った。これには知らない人間を信用するということが含まれていた。この二人のオランダ人というのがサツだったらどうなる？　最善策はとにかく待つこと、それからゆっくり行動し、そしてまた待つんだ。

彼はソファから立ち上がって、バルコニーに面した小さい窓の方へ行きそれからバルコニーへ出た。

眼下に広がる荒涼とした空間に人間が一人忍びこんでバイクの横に立っているかもと思ったのだが、誰もいやしない。あるのは相変わらず空っぽ、まるで彼を面白がらせよう、あるいは怯えあがらせようとして、世界が中身そっくり空けてしまったみたいだった。キャシディはこのアパートのことを同僚に話していると彼は思った。そうだ、キャシディは毎週警察慈善基金に金を出す。キャシディがいたから彼を見張っている必要はなかったということか。思っただけで吐き気がした。キャシディをなんとかせにゃならんときかもしれんが、すべては絵が売れてからのことだ。かけ持ちはやらない方が賢明、これは彼が長年の経験から学んだ知恵だった。

部屋に戻ってソファに横になり、天井を見上げて何も考えなかった。夜はよく眠れてこれくらいの時間に疲れていることはまずなかったが、今は疲れを感じた。弟の嫁が来るまでに何時間かあるな。横向きになり、頭の下にクッションをあてがい、ゆっくりと眠りに落ちた。

目が覚めたとき彼は不安で落ち着かなかった。集中力と制御力がないために眠りをかき乱されたのだ。起き上がって時計を見たが、わずか三十分ほど寝ただけだ。だが、またランファドの夢を見たことははっきり分かっていた。あの夢を見なくなるときは来るのだろうか。あそこを離れて二十四年にもなるのだが。

またあそこへ戻っていた。彼は初めてあそこへ連れていかれ、二人の警官に挟まれて廊下伝いにあちこち案内されて歩いた。ただそれは十三歳の彼ではなく、結婚して家庭を持ち、自分のやりたいように生きてきた現在の彼だ。朝起きると子どもたちの声が聞こえる、夕方テレビを見る、盗む、計画と取引に明け暮れる生活をしてきた今の彼だった。そして、この夢の中で彼を動揺させたものは、閉じこめられた規律ある人生、ルールを守り常に監視されていること、あまり考えなくてよいことでむしろホッとしているという、その感じだった。夢の中で廊下伝いに導かれながら彼は、あきらめてそうしているんだとか、うれしいといってもいいくらいの感じがしていたのだ。

マウントジョイ刑務所で成人刑に服していたときに、彼はこれと同じような感じをよく持った。妻と初めての子どもに会いたくてたまらなかったし、好きなところへ行けなくて残念だった。でも、毎晩監房に閉じこめられることはなんともなかった。完全な自分の時間が持てることでむしろ気に入っていたくらいだ。予測不能なことは起こらなかったし、そしてそのことが彼を満足させた。ほかの囚人たちは彼には近づきすぎないようにしていた。食べ物は最悪だったがどうでもよかったし、看守は大嫌いだったが看守の方も、こいつには気をつけた方がいいと警戒していた。ときどき孤独だとか孤立していると感じたことはあるが、妻が週一回面会にやってきたときにそんな感じは見せないように気をつけていた。出所したらどうするかということをもっぱら話し合った。話しながら彼女は、自分の口の中へ差しこんでいた指を彼の口の中へ入れる、彼女の香りが口いっぱいに広がる。指をくわえたままで。彼女が隣人のことや家族のことをしゃべっている、指をまた彼女は口に入れてフレッシュになったのを彼の口の中へ。彼女の手に触れる、そうすると一日中彼女の匂いがするのだ。

彼の心の中に一番強くいつまでも残っていたのは、ランファドでの生活が始まった頃のことだった。おそらく、そこがアイルランド内陸部で、彼はそのときまで一度もダブリンを出たことがなかったからだったろう。彼はこの寒くてよそよそしい場所に唖然とした。ここでこれから三、四年暮らさなければならなかったのだ。何にも感じないままにしておくのが彼のやり方で、泣いたことはなかった。

悲しくなるとしばらく何も考えないようにし、自分はどこにもいないのだというふりをした。そういうふうにして彼はランファドの年月をやり過ごしたのだ。

ランファドにいるあいだに彼がたたかれたのはたった一回きりだが、そのときは寄宿舎の全員が一人一人外に出されて鞭で手をたたかれたのだ。だがだいたいいつも彼だけはそっとしておかれた。つかまりそうだと分かるときには彼はルールを守った。あたりがすっかり静かになると、連れ立っていくのに適当な仲間を選び、あまり遠くへ行かなければ夏の夜、簡単にこっそり外へ出られることも分かった。

台所に侵入することを覚えた。ただこれはあまり頻繁にやってはだめ、罠をしかけられない程度に。今ソファに寝転がって彼はあの頃のことを思い出していた。一人でいる時が好きだった彼は、ほかの連中からはちょっと離れたところにいた。だから、見回りのブラザーが部屋に入ってきたときに、ベッドからベッドへ飛び跳ねているとか、喧嘩しているとかでつかまるなんてことは一度もなかった。

寄宿舎へ入って間もない頃けんかがあった。けんかが始まり、こんな文句が聞こえてきた。「もう一度言ってみろ、ぶっ殺すぞ」ついでやんやとはやす声。けんか。寄宿舎にはエネルギーが充満していたから、けんかが起こらない方がおかしいくらいだった。暗闇の中だったが、姿形、動きは分かった。あえぎ、ベッドを引く音、四方八方からの叫び声。彼はじっとしていた。これがやがて彼の〝動かない〟というスタイルとなっていくのだが、まだこの早い時期では、スタイルといえるものを確立してはいなかった。なにをするにもまだすべてが不確かだった。それで、先輩ブラザーのウォルシュが来たときに、ほかの連中のように慌ててベッドにもぐりこむ必要は彼にはなかったのだが、寄宿舎の中をブラザーが威嚇的に大股でゆっくり歩き回るので怖かった。完璧な静寂。ブラザー・ウォルシュは、誰にも声をかけずベッドの周りをぐるぐる、今にも飛びかかりそうに一人一人見て回った。ブラザーが彼を見たときどうしていいか分からなかった。彼とブラザーの視線がかち合った。視線をそらして、それからまたブラザーを見た。

やがてブラザーが口を開いた。

「始めたのは誰だ？　始めた奴、出ろ」

答えはなかった。誰も出ていかなかった。

「二人ずつランダムに引っ張り出すから、始めた奴の名前を言うんだ。いいか、言うんだぞ。始めた奴、いま名乗り上げなければもっとひどい目にあうぞ」

聞きなれないアクセントだった。彼はどうしていいか分からなくて、こんなことはなかったんだと必死に思おうとしていた。自分がつまみ出されたら何と言えばいいか分からなかった。誰の名前も知らないし、始めたのはこの子だと言えるほど誰も知らなかった。それに彼はルール、つまり、どんな場合でも告げ口はしないという暗黙の了解があるのかどうか知らなかった。ほかの連中がみんなどうやってお互いの名前を覚えたのかは不思議、そんなことは不可能に思えた。こういうことを考えていて、目を上げると二人の少年がうつむいてベッドわきに立っていた。一人のパジャマの上が破れていた。

「よし」ブラザー・ウォルシュが言った。「お前たち二人、ついてこい」

ブラザーがドアの方へ歩いていってライトを消した。真っ暗闇が残り、ほんのわずかなひそひそ声もなかった。彼は横たわって耳を澄ませた。最初は音がかすかだったがそれはすぐに叫び声と泣き声になり、まもなく鞭の音がはっきりと聞こえた。一瞬音が消え、それから苦痛の叫びが上がった。どこでやっているのだろう、大寝室の外の廊下かあるいは階段か。ピシッ、ピシッ、鞭打ちが続き、ひっきりなしの泣き声、わめき声、「やめて!」と何度も何度も叫ぶ声が続いた。

寄宿舎の生徒はみんな沈黙し、ほんのわずかの音も出さなかった。鞭打ちはまだ続いていた。やがてあの二人がドアを開け、暗がりの中で自分たちのベッドへ行こうとしていた。沈黙は強烈に深まった。二人はベッドに寝てすすり泣いていたが、誰一人コソッとも音を出さなかった。彼はこの罰を与えられた二人の名前が知りたかった。朝になったら彼らだということが分かるかしら。今夜起こったことのせいで彼らの見かけは変わってしまっているかしら。

何ヶ月か経った。そのあいだに、彼の周りの生徒たちがまた用心をかなぐり捨て、あの夜起こったことを忘れてしまうというのは、彼にはまったく信じられないことだった。暗い寄宿舎でケンカはしょっちゅう起こった。少年たちは大声で叫びあってベッドから飛び降りる、明かりがつき、ブラザー・ウォルシュかほかのブラザーが来る。二人一緒のこともあった。ブラザーが見ている中をみんな慌ててベッドへもぐりこむ。主犯は必ず自白させられ、外へ連れ出されて罰を受けた。

ゆっくりとだが、ブラザーたちは彼に気づいた。彼らは彼がほかの少年たちと違うことが分かって、彼を信頼するようになった。だが彼は彼らを信用しなかった。つまり、彼らがあまり親しくなってこないようにした。それより彼は、忙しそうに見えるとか、礼儀正しそうに見えるようにすることを学んだ。あそこにいたあいだ彼は友人を一人も持たなかったし、誰をも近くに来させなかった。最初の頃のことだが、彼より年上で大きな図体のマーキー・ウッズと悶着を起こしたとき、ウッズをどう扱うか考えないわけにはいかなくなった。

自分のために動く者、つまり仲間は、保護と関心を提供すればいつも容易につくれた。彼はウェブスターという屈強な奴を見つけたのだが、自分の考えていることをウェブスターには言わなかった。ちょっと学校からは遠いのだが、キャンパス内にある湿地にタバコが隠してあることをマーキーに話してくれと彼はウェブスターに言った。マーキーにウェブスターを脅して、秘密の箱のところに案内しないとぶちのめすぞと言わせるようにした。というわけで彼は、マーキーとウェブスターと共に、ランファッド・キャンパスの一番奥まったところまで歩くことになった。彼はウェブスターに、あらかじめ教えておいた合図があったらマーキーに突進し、彼をガンと一発ぶん殴るよう入れ知恵しておいた。作業場からくすねてきたロープで結び方を実験した。これでマーキーの足をすばやく縛り、ロープを手に回しこれも縛る。これは難しいだろうが、足が縛ってあるからどんなにもがいてもマーキーはどうしようもないだろう。

ところが、マーキーがウェブスターを殴りまくったので、ウェブスターは怖気づいて手も足も出ないということになってしまい、思ったより時間がかかることになった。やっとのことで抑えこみ、手首にロープを回した。急にグイッと引っ張ったのでマーキーの腕を折りそうになったが、彼をうつぶせにして手首をからげた。マーキーをたたきのめしても意味はないだろうと考えていた。彼にとってなんの意味もない。だからさるぐつわを持ってきたんだ。それと、これも作業場で見つけたものだが、小さなペンチを持ってきておいた。目隠しをするとウェブスターに、マーキーを仰向けにしてあばら骨を蹴っとばせと命じた。ウェブスターがうれしそうに蹴っとばし続け、マーキーは大声で脅し、喚きちらした。

吠え続けるマーキーの口をちらっとのぞき、左上の奥歯にペンチをぎゅっと押し当てた。ショック。マーキーはサッと口を閉じたがペンチはしっかりくいこみ、マーキーはそのあいだヒステリックに叫び続けていた。騒音を気にして、緩めて歯を抜いた。ペンチに歯が当たっていることは分かったが、緩めて引っこ抜くのにどれくらい時間がかかるかは予測がつかなかった。一度だけ歯医者へ行ったことがあるが、これがすごく簡単で効果的だったのだ。歯はあっという間に抜けた。

ペンチに力を入れて歯を緩める代わりに、急に歯を前後に動かしてからペンチをグイッと引っ張った。悲鳴をあげるマーキー。終わった。歯が取れた。歯を見に来たウェブスターはマーキーと同じくらい真っ青の顔をしていた。

マーキーの目隠しを取ってその歯を見せてやった。彼を今すぐには放さず、縛ったままで静かに話しかけているあいだちょっと血を流させておく。これから自分やウェブスターに指一本でも触れてみろ、歯は一本残らず引っこ抜くぜ。だがな、と彼はマーキーにじっくり説明した。ブラザーの耳にこの一件をちょっとでも漏らしてみろ、歯どころじゃすまないぜ、お前のペニス引っこ抜くからな。分かったな？　ペンチを彼の股のあいだに差しこんで、ペニスをぐいと締め上げた。マーキーはすすり泣き、彼はそっと話し続ける。分かったか？　彼が訊いた。マーキーがうなずいた。聞こえないぜ、彼が言った。分かった、マーキーが言った。分かった。ペンチを緩め、マーキーのロープをほどいた。無理やり学校まで一緒に歩かせた、仲良し同士を装って。

そのとき以来、ランファドの生徒たちはみんな彼をひどく恐れた。もう誰も自分を脅すことはないと彼は感じた。自分の思い通りに、喧嘩をやめさせることも、いじめられている側の肩を持つことも、一時的に彼に頼らせることもできた。しかし、そんなことは彼にとってはなんでもなかった。拾うのも捨てるのもいつでも気の向くまま、ウェブスターも例外ではなかった。ウェブスターを彼の友人にならせないためには脅しをかけなければならなかった。

ブラザーたちは彼に湿地で仕事をする許可を与えた。湿地の静寂とゆったりした仕事、地平線まで続く平坦な荒野、一日の終わりに疲れ切って寄宿舎に帰ることを彼はどれほど愛したことか。ここで過ごす最後の年の冬だったはずだが、彼に溶鉱炉で働く許可が与えられた。そしてそこで働いているとき、それまで彼の知らなかったあることを知ったのだ。

ランファドには囲いがなかったが、ある点を越えると罰せられるということはみんな理解していた。毎年春になって日が長くなると、脱出を試みて表通りへ出ようとする者がいたが、必ずつかまって連れ戻された。このあたりのコテージの住人は、脱出を試みる少年をブラザーに報告するのを今か今かと待ち構えているように見えた。彼の最初の年、そういう少年二人が全校生徒注視の中で罰せられた。それでもやはり逃げたいという連中を思いとどまらせることにはならなくて、むしろ逆に逃亡熱をかきたてるものとなったようだ。見つからずにダブリンへ、それからイギリスへ逃げる明確な方法もなしに脱出しようとするというのは、彼には理解に苦しむところだったが。

最後の年の冬だった。一つか二つ彼より年が上だった少年二人が万事休す、ほとんど毎日何かやらかし、何も怖いものがないという様子だった。彼はこの二人を覚えていた。一度彼らに脱走について話したことがあり、どうしようとか、どこへ行こうとしてるか話したことがあったからだ。彼らは自転車の置き場を知っていると言ったのでその会話に興味を持った。彼はこれだけが唯一逃げ出す方法だと信じた。真夜中一時頃自転車に乗って波止場へ飛ばすんだ。大して考えもしないで彼は一言加えた。出ていく前にブラザーを二人ほど真っ赤な溶鉱炉へ放りこんでやりたいな、と。仲間があと二人いればやりやすい、さるぐつわをかませてさっさとやるのさ。ものすごい高熱炉だから跡形も残らない、煙になってお陀仏さ。うまく燃えてれば、四､五人でもやれる。誰にも分かりゃしない。あのもうろくじじいから始めるか。彼はこれをいつものクールで慎重な言葉でしゃべったのだ。二人の少年が彼を不安そうに見ているのに気づき、しまった、しゃべりすぎたと思った。急に立ち上がって歩き去ったが、これもまずかったなと。だいたいあの二人には何も言うべきではなかったのだ。

結局あの二人の少年は、自転車もなくなんの計画もなく脱出して連れ戻された。そのことはブラザーの食堂へバケツに入れた泥炭を運んでいて耳に入ってきた。ブラザー・ロレンスが彼を呼び止めて話したのだ。うなずいて別れた。夕食時あの二人がまだ帰っていなかったので、どこかに閉じこめられているのだろうと思った。いつものように夕食後溶鉱炉へ行った。

しばらく後、もうすぐ消灯という時間だったが、もっと泥炭を取りに行こうとして彼は道を横切った、とそのとき、何か物音を聞きつけた。それが何かはすぐ分かった。たたかれて泣いている声だ。最初はどこから聞こえてくるのかはっきりしなかったが、すぐに娯楽室からだと分かった。そこの明かりはついていたが窓が高すぎた。こっそり溶鉱炉まで戻り、スツールをとってきてそれを窓の下へ置いた。中をのぞくと、あの脱出を試みた少年たちが古ぼけたテーブルの上でうつぶせにさせられていた。ズボンはくるぶしまでずり下げられ、ブラザー・フォガティに鞭で尻をぶたれていた。ブラザー・ウォルシュがテーブル脇に立って、ぶたれている少年を両手で押さえつけていた。

この光景を見ていた彼は急にもう一つ別のことに気づいた。娯楽室の奥に古いライトボックスがあった。ゴミ箱代わりに使用されていたものだ。その中に二人のブラザーが立っていた。ドアが開いているので、鞭打たれている少年を彼らははっきり見ることができた。窓からのぞいてみると、その二人はブラザー・ロレンスとブラザー・マーフィだった。罰を執行している二人のブラザーは彼らの存在に気づいていたはずだが、彼らが何をやっているかは見えなかったかもしれない。なるほど、そういうことか。

ボックスの二人はマスタベーションをしていた。少年たちが処罰され、鞭で打たれるたびに大声で叫んでいる眼前の光景に彼らは目を据えていた。どれくらいのあいだ見ていたか彼は覚えていなかった。このことが起こる前は、周りの少年たちが処罰されるのが彼は大嫌いだった。沈黙と恐怖のあいだで自分の無力さがいやでたまらなかった。だが彼は、こういう処罰はブラザーがその役割を担っている自然な規律体系の一部だと、ほとんど信じるようになっていた。ところがいま彼は、自分の理解できない、考えてみるつもりもないが何かがそこにはあるのだということが分かった。そのイメージがまるで写真で撮ったみたいに鮮明に頭に残った。ライトボックスの中の二人のブラザーは、責任ある人間というよりは激しくあえいでいる老犬に近かった。

彼はソファに横になっていた。こういうふうに過去をあれこれ思い返すのは、あの絵のことを考えたくないからだということは分かっていた。立ち上がり、伸びをして、痒いところをポリポリやって、またバルコニーへ出た。ずっと向こうから何かが手招きするのを感じた。心を無にしておきたかった。だけど怖かった。

絵画強盗を自分一人でやっていたら、彼はあんな数枚の絵なんか燃やして道端に捨て去っただろう。ついにランファドから外に出されたとき彼は、どんなことにも隠された動機のようなものとか想像もつかないような暗い何かがあるし、人はみんな仮面をかぶっていて、言われたことの裏には別の意味が隠されているという感じを抱き続けていた。幾重にも隠れた襞があり、その奥にさらに幾重ものさらなる秘密の襞があり、それはたまたま出くわす、あるいは目を近づける程度に応じて見えてくるといったたぐいのものなのだ。

ダブリン、いやほかの都市だったかも知れないが、絵画というような荷のさばき方、金にしてそれを山分けする方法を熟知している男がいた。もし彼がしっかり考えたら、ソファに座りなおして集中したら、彼にも分かるか？　考えてみた。しかし何度考えても袋小路だった。そんなはずはない、何か抜け道があるはずだ。盗難に加わった連中のところへ行ってみるか。あの晩彼らはみんな自分の腕に誇りを持っていた。本当に何もかもうまくいったからな。相談しに彼らのところにいくか。だがこれまで彼はどんなことでも人に相談したことはなかった。あいつは弱くなったというわさが立つだろう。それに、彼にできないなら誰にもできはしない。彼らは言われたことをやるくらいが関の山さ。

彼はアパートの前の荒れ地を注意して見た。まだ誰もいなかった。サツは、彼を見張る必要はない、奴はけしかけなくともそろそろぼろを出すと判断したか。いや、奴らはそんなことを考えているんじゃない。サツとか弁護士とか判事を見ると彼は、ランファドのブラザーを思い出した。隠れた恥ずかしい動機をかろうじて分からないようにして、権威を熱愛しそれを行使する輩だ。部屋に戻り、キッチンの流しへ行って冷たい水を顔に浴びせた。

すべては彼が考えていたより簡単だったのだ、たぶん。このオランダ人たちがやってくる、絵を見せに奴らを連れていく、金を払うことに奴らが同意する、金を置いてあるところへ奴らを連れていく。そしてそれから？　奴らから金を受け取ったらずらかる、絵のことは忘れろ。だが、オランダ人も同じことを考えているに違いない。奴らはおそらく彼を脅し、合意を破ればお陀仏だと念を押すだろう。それでも彼は奴らを恐れてはいなかった。

オランダ人たちが罠かどうか彼は決めかねた。こういう結論の出ないことを考えるのが彼はもうつくづくいやになった。彼は誰も信用しなかった。そう考えると力が湧いてきて、誰にも愛を感じないことにほとんど誇りを感じた。愛という語は適当でないかもしれなかったが、でも、彼は守る必要を感じる人間は一人もいなかった。ただ一人の例外、娘のロレーンを除けば。彼女はいま二歳、彼女のすべてが素晴らしかった。朝起きると彼女も起きて、パパが自分を抱き上げてくれるのを待っている。こんな楽しいことはなかった。二階で眠っている彼女。彼女には幸福で安全であってほしかった。ほかの子どもたちに彼はこういう感情を持っていなかった。でも、同じ感情を彼は弟のビリーに持っていた。ビリーは盗難現場でナイフで刺され出血多量で死んだ。だから今ではもう彼に対してもうあまり何も感じないはずだった。彼のことを考えないようにする方法は分かっていた。

絵を処分してしまえればいい、そう彼は考えた。それで普通に戻れるだろう。このオランダ人たちはちょっと手ごわいかもしれん。絵と交換に彼らから金を受け取り後腐れなし。が、そいつはまずい。細心の注意を払うんだ。

彼は酒を飲まなかったしバーは嫌いだった。だが、彼がマウシーにオランダ人を泊まらせろと言ったホテルには静かなバーがあり、駐車場に近いところに脇ドアがあった。だがそれでもなお安心ではないと感じた。派手なスタイルのアメリカ人の女がバーにいて、飲み物を注文しているのを見ていた。一瞬疑った。彼女、サツじゃないだろうな。彼女と目がかち合った。サッと目をそらせた。アメリカ人らしい格好の女をサツが送りこむというのはありそうな話だと思った。マウシー・ファーロングがサツと取引して、関係修復の第一歩としてこういうお膳立てをしたというのも大いに考えられることだ。マウシーがヘロインでもうけた金で女房が託児所とか上品な酒類販売店を開く、そしてクリスマスが近づくとチャリティで金を集める。違うか。アメリカ人の女はただのツーリスト、マウシーはマウシーか、かもな。

二人のオランダ人がやってきたとき、彼はすぐに彼らだと分かった。彼はアイルランドから外へ出たことはなかったし、自分の知る限りではオランダ人に一人でも出会ったことはなかった。だが奴らはオランダ人だ。オランダ人らしい顔つきをしてる。奴らに間違いなし。彼らにうなずいた。彼らも自分と分かるはずだ。

紙切れに「ここにいて」と書いて、座るとすぐそれをやせの方に手渡し、指で黙っての合図をし、それから駐車場へ出ていって自分の車に乗りこんだ。オランダ人だろうとなかろうとまあいい、これで考える材料ができたってわけだ。駐車場はがら空き。ほんのちょっとでも何か動きはないか目をこらしたが誰も現れなかった。車も駐車場に入ってこなかった。ホテルのフロントとロビーを調べてみたい誘惑は抑えて、もう少しここで待つことにした。静かにしていること、隠れていること、できるだけ動きを少なくすることが大事だということを彼は知っていた。自分ではチェスをやらなかったが、テレビでやっているのを見たことがある。実に動きがゆっくりで、注意深く計算されつくしたそのゲームが気に入った。

戻ると二人はコーヒーを飲んでいた。バーテンダーが見えなくなるのを待って彼は紙切れに書いた。「金はアイルランドにあるか？」一方がうなずいた。「で？」と書いた。「まず絵を見てみなくては」という答えが返ってきた。バーテンダーに絶対聞こえないことをもう一度確かめてから、普通の声で言った。「あんたたちは絵を、私は金を確かめる必要がある」

その場を仕切りにらみを利かせていたが、オランダ人はこういうとき違ったやり方をするのかなと思ったりもした。メガネをかけ、やせていて、コーヒーを飲むということだって、オランダではタフ・ガイのイメージかもしれない。とにかくプロっぽかった。駐車場へついてこいという合図をして車に乗せ、まず北環状線通りに飛ばし、プラッシャ・ストリートから波止場へ行き、川を渡ってクラムリンへと向かった。車中全員無言。今ダブリンのどのあたりを走っているか、この二人に分かっていないといいがと思っていた。

横道に入りそれから細道を走って、ドアが開け放してあるガレージに入った。車を降りてガレージの引き戸を下ろした。真っ暗闇の中、電気を見つけて明かりをつけ、オランダ人に車の中にいるように合図した。ドアから出て小さな庭へ入り、キッチンの窓をノックした。中には三、四人の子どもたちがテーブルを囲んで座っており、女が一人流しに立っていた。彼女の横に立っていた男が振り向いて何か言った。ジョー・オブライエンだ。子どもたちは直ちに立ち上がり、窓の方は見ずに自分の皿とカップを持って部屋を出ていった。ジョーの訓練は見事なもの、その女もすぐ自分の皿とカップを取るとキッチンを出ていった。

ジョー・オブライエンがドアを開け、無言のまま庭へ出てきた。二人はガレージへ行き、汚い小窓からオランダ人をチラッと見た。二人とも車のボンネットに身じろぎもせず座っていた。

彼がうなずくとジョー・オブライエンはガレージに入っていき、二人のオランダ人についてこいと合図した。彼らは小道へ出ていき、少し先のドアから隣の家の庭へ入った。キッチン・テーブルに座って老人が一人『イヴニング・ヘラルド』を読んでいたが、ジョーが窓をノックすると彼らを中に招き入れ、すぐまた新聞を読み続けた。ドアを閉め、老人の横を通って二階に上がり、彼らは奥の寝室へ入った。

このオランダ人たちは居心地の悪そうな顔つきをしているが、これは彼らのふつうの顔なのか、あるいは今だけの顔でふだんとは違っていたのか、彼には分からなかった。彼らはまるで外の空間をチラッと見ていいと言われたみたいに二階の寝室をのぞきこんでいるので、寝室を見たことがないのかと聞いてやりたい気になった。ジョーが屋根裏に続く天井の小さな入り口に梯子をかけて上がり、絵を二点持って下りてきた、ゲインズバラとグァルディ一点ずつ。二人のオランダ人は絵をじっと見た。みんな無言だった。

一方が手帳を取り出して書いた。「レンブラントはどこだ?」

手帳をひっつかむと彼は書いた。「この二枚の金をまず払ってくれ。間違いなく支払ってくれれば明日レンブラントを渡す」オランダ人はノートを取って書いた。「レンブラントが目的だ」オランダ人はまだ手帳を持っていたが、彼は直ちにそこへ書いた。「分かったのか、あんた？」二人のオランダ人は、同時に眉根にしわを寄せ、傷ついた困惑した面持ちで、これには何か深い隠された意味があると言わんばかりに注意深く読んだ。

彼はまた手帳を取って書いた。「金は？」オランダ人に手帳を返すと、次の言葉はもっとはっきりした字で書いてあった。「レンブラントをまず見る必要あり」手帳をひったくってサッと書いた。読めないくらいの字だ。「まずこの絵三点を買うんだ」もう一人のオランダ人が手帳を取った。「レンブラントがお目当てだぜ」子どものような筆跡で男は書いた。「レンブラントが手に入らないとなると、本部からの指示を待たねばならん。また連絡する、マウシーを通じてな」

急に彼は気づいた。この二人のオランダ人はがっちり出来上がったルールに忠実なのだ。彼はレンブラントを見せることに同意した。それなのにそのルールを破っていたのだ。あくまでも用心のためにそうしたのだったのだが。ここで弱みを見せるとかやり方を調整するとかしないで、できるだけリスクを少なくして慎重にやるのだ。二人は彼がほかの盗難絵画を持っていることは知っていた。彼らはサツに跡をつけられてはいないだろうと一応考えておいた、確信はなかったが。不機嫌な顔つきをして、この交渉は難しいぞと彼らはほのめかしていたわけだが、これでいいという確信が彼にはあった。ジョー・オブライエンが片時も目をそらさず彼を見守っていた。こいつらの一人の首根っこをつかんで縛り上げ、もう一人に、金を持ってこい、でないとこいつを殺すぞと言ってやろうかという衝動を感じたが、この二人のオランダ人はおそらく、そういう結末も含めてあらゆる可能性を想定済みだろうと感じた。間違っても衝動で動くような奴らではなくて、彼がそんなことをすればどうなるかなどはお見通しという感じだった。外国人と交渉するというのは間違いだったと思ったが、しかし、それだけの金のある人間はアイルランドにはいないし、そんな数点の絵ごときに千万ポンドもの大金を出したいと思うような人間はいなかったからしかたがない。キッチンのこの家の持ち主のそばを通り、二人はこの家から外へ出ていった。終始無言。彼を動揺させ、ためらわせたのは彼らのこの無言だった。これで彼は考えることが不可能になった。この二人のことが何も分からなかった。申し分ない皮膚の手入れとつかみどころのない振る舞いがなければ、二人が刑務所暮らしをしたことがあったどうかは何とも言い難かった。送りこんだのが誰であったにせよ、頑健さを裏に秘めた彼らの沈黙と、レンブラントの真贋を見抜く目で彼らを選んだに違いなかった。彼らは真贋判定だけをする人間たちかもしれないなと彼は思った。後のことはプロの犯罪人に任せるわけだ。美術専門の大学教員かもしれない。そういえば、よくテレビに出てくる、彼がかつて盗んだ絵画の、人類に対する価値がどうのこうのと論じている人間に相貌が似ていた。

もう少し何か約束とか、餌になるようなものを出さないでは彼らを帰したくなかった。ジョー・オブライエンに、彼らをホテルにもう一度連れていくよう合図してから、手帳を出させて書いた。「来週の今日ここへ絵を持ってくる」一人が返答を書いた。「本部からの指示を待たねばならん」彼はジョー・オブライエンにうなずいて車のキーを投げた。

絵画泥棒一味のあと二人をジョーに脅させて、彼らは騙されてはいない、ただ、即刻大金という期待通りにはいかないということとキャッシュの要求は速やかに実行されることを、はっきりさせることはいいことかやぶ蛇か彼はいま考えていた。

彼が一緒に仕事をしてきたたった一人の人間、ジョー・オブライエンは、言われたことをキッチリする、質問はしない、疑っているそぶりは見せない、時間厳守、の男だった。何にでも通じていて、配線や錠前、爆発物や車のエンジンのことなど詳しかった。彼が弁護士のケヴィン・マクマホンをぶっ殺してあの世送りを考えたとき、その話を持ちかけたのはジョー・オブライエンだけだった。

あれは弟のビリーが強盗容疑でつかまったときだった。法廷に座って見ていると、マクマホンが意気揚々と検察当局に向かって、でっち上げの証拠で有罪判決を引っ張り出した。また、ビリーが殺人容疑で起訴されたときも彼は、ビリーの家族全体についてきわめて個人的なことに立ち入ってあれこれ関係のないことをしゃべったが、それはおそらくビリー自身からかあるいは母からか、この家庭のことをよく知っている、知りすぎている誰かから聞きこんだことに違いなかった。マクマホンは、単に自分の仕事をしているというだけではない、それが楽しくてたまらないという様子だった。

二人の陪審員を脅しあげて仕事をさせ、ビリーを釈放するのに巨額の金を使ったが、要点を総括しているマクマホンを見ていて、奴と同じ穴のむじなの弁護士や判事たちへの警告として彼をやってやると心に決めた。一発お見舞いするとかたたきのめすとか、家に火をつけるとかなら簡単だったろうが、彼は車中のマクマホンを空高くぶっ飛ばすことをもくろんだ。車に時限爆弾を仕掛けるのはＩＲＡだけではないのだと分からせてやる。爆破が起こるのはいつも北だったが、テレビで見ていると起こった後はいつも深く考えさせられた。一発ぶっ放せば少なくとも法曹界の連中に考える材料を提供するだろう。それは確かだ。

今でもそのことについて考えると笑ってしまう。バカな連中だ！　奴らは金を積まれれば積まれるほど不用心になった。マクマホンは毎晩家の車道に車を置いていた。道路に動くものは何もない週日の朝三時から四時のあいだ、静寂が支配し死者さえ寝ているかのようなこの時間はなんでもやれた。ジョー・オブライエンが車の下に爆弾を置いて仕掛けるまでたったの五分だった。

「エンジンをかけたとたん爆発ですさ」ジョー・オブライエンが言った。マクマホンがぶっ飛ばされるのはどうして？など彼は一度も訊かなかった。ほんのわずかでも興味を示したことは皆無。彼はなんでもやってのけた。家庭でもそんなふうなのかな。女房はパブで遊んでいる。洗濯しといてとか、子守やってとか、バカにされてもなんでもフンフン聞くのかな。

結局マクマホンが車のエンジンをかけたときには火薬は爆発しなかったのだが、十五分後、弁護士が交通量の激しい迂回路にさしかかったときにバッカーン！　マクマホンは死にはしなくて、足が飛んでいっただけ、でもその方がかえって良かったと彼は思った。木の義足をつけて四法院をひょこひょこ歩いているマクマホンを見れば、仲間たちにこれは自分たちにも起こりうるなと日々思い起こさせるわけで。マクマホンが死んでいたらすぐ忘れられてしまっただろうから。

数日後彼がジョー・オブライエンに会ったときはこんなふうだった。会ってしばらく二人は車のこともマクマホンのことも言わなかったが、そのうちに彼がジョーに、民主主義を脅かすものだと首相が非難したこの事件は、「足が棒になる」という言葉に新たな意味をつけ加えることになったよと言うと、一瞬オブライエンはにやりとした。何も言わなかったが。

オランダ人たちがあの二点の絵画を見たあくる日、マウシー・ファーロングがやってきた。彼は、世界にはびこる罪の多さにがっくりきている僧侶みたいな悲しそうな顔つきをした。

「オランダ人は」と彼は言った。「話が別だ。奴らはあんたの言うことに耳を傾け、あんたが言うことをあんたは忠実に実行すると考える。これがオランダ人。想像力ってものがまるでない」

「いつ戻ってくる？」彼がマウシーに訊いた。

「奴らを戻そうとすればちょっとかかるね」マウシーが言った。

「何が必要なんだ？」

「それに奴らを甘く見ちゃいけない」マウシーが言った。

「昨日のあのうちの一人は、あんたなんか素手であっという間にひねりつぶすぜ。凄腕だ」

「どっちの奴だ？」彼がマウシーに訊いた。

「それさな」マウシーが言った。「分からん」

「もう一人の奴は？」

「奴さんは美術の専門家、あんたが見せた絵をさほどにも思わなかったのさ。クズだとね」

「あいつらが正直だってどうして分かる？」

「オランダ人だからな」マウシーが言った。「オランダ野郎が背中にナイフぶッ立てるとすりゃ、何日か前に通告してくる。当日は絶対やられる。オランダ流儀、寸分たがわず、だ。払うと言えば必ず払う、レンブラントが見たいと言えば見たいのだ、有無を言わさずな」

「絵を見たいと言ってるのは誰だ？」

「麻薬取引の大物の一人が、彼のごく近しい友だちを除けば、世界で初めてあの絵を見たいと思っている」マウシーが言った。「オランダ人だ、俺たちとは違う。奴らはこの絵がほしい、俺たちがカナリア諸島で一週間ホリデーとかバルドイルでメロメロセックスや乗馬旅行したいというのと同じさ」

　オランダ人にレンブラントを見せるという日の二日前は、フランク・キャシディ警部との週一面会日だった。彼がやってくるのを見ていると、いつもより元気な足取りでブリーフケースを持っていた。

「警部補から昇進かね」彼が尋ねた。「選挙区に首相を連れ回そうっていうの？」

「ここ絶対安全だろうな？」キャシディが訊いた。

「お前さんは警官」彼は言った。「俺はただの犯罪人」

　キャシディが部屋へ入ってきた。

「お前さん、目つけられてるぜ」キャシディが言った。

「シャーガー〔アイルランドの競走馬〕が見つかったっていうの？」

「厄介な問題だ」キャシディが言った。「あんたの陣営にタレコミ屋がいるのさ」

「陣営なんてないさ」

「ある」キャシディはそう言うと、ブリーフケースから小さなカセット・プレーヤーを取り出した。差しこみ口がどこにあるか部屋を見回した。

「マンスフィールド、覚えてるか？」テレビのコードを抜いてプレーヤーのコードを差しこんだ。

「ポリ公らしくないと思ってる面がまえの奴か？　リフィー北のヒッピーに見えるようにしようとし

ているポリみたいな奴？」

「そうだ」キャシディが言った。「奴だ」

「奴がどうした？　また経費ごまかしたのか？」

「いや、奴に新しい友だち、飲み友だちができた」

キャシディはテープをいじっていた。

「俺となんの関係があるの？」

「奴がこの新しい友だちとしょっちゅう飲んでる」キャシディが言った。

「マルコム・マッカーサー？」

「いや」キャシディが立ち上がってまっすぐ彼を見た。

「マンスフィールドはあんたのおふくろさんと飲んでた」

ぼうっとしていたのが急に焦点が定まった、遠い、だが明確な点が。チラッと笑みを浮かべた。

「金の無心でないことを祈るね、俺無一文よ」

「ああ、金は問題ない」キャシディが言った。

俺は今までに何人か撃ち殺した。ナイフぶっ刺したのは一回、こいつはしばらくして死んだ。だが、首を絞めたことは一回もなかった。絞め方を習っとけばよかったな。

「話聞くかい？」キャシディが訊いた。

「そのために金を出してるだろが」

「まあ座れや」

はじめのうちは何も聞こえなかった。静電気と何かがマイクにぶち当たる音、それから完全な沈黙、安物のプレーヤーの回る音。

「音上げて」彼が言った。

キャシディが手で静かにするようにと合図した。ゆっくりと声が、女の声が聞こえてきた。だが何を言っているのかは分からなかった。それから誰かが機械を操作して動かし母に近づけた。彼女の声が聞き取れ、言葉の一つ一つが分かった。彼女は飲んでいた。

「あまり会わないね。忙しいんだろう。きっとそうさ。怠けということとかってなしの子だからねえ。このあたりはガサツなところでさ。住みにくいね。近所の人たちはいい人でと言いたいところだがどうして、どうして、頭の黒いネズミが走り回ってるよ。自治体の住宅課じゃなくてさ、げっ歯類課だよ。だってネズミだからさ。家の前で犬がフンをしたらうちの息子が黙っちゃいないよ。目にもの見せてくれる。あたしをはすかいに見ようものなら、あの子が黙っちゃいないよ。だからね、あたしゃ、ここでは安全安全」

音はまたはっきりしなくなった。人の動く気配。グラスに酒を注ぐ音、彼女のジンの大グラスだろう。アイスのチリンという音がしてそれからトニックがトクトクと流しこまれる音。缶ビールが開けられる音。それから、彼女が隠しマイクから離れたのでまた声がはっきり聞こえなくなった。少したって彼女がイスに腰かけ、声が聞きやすくなった。話の途中だった。

「……だから安全さ、警察もあの子のことはご存じなし。ああ、ずっとそうやってきたんだよ、暗がりでも見える子さ。何が地下に埋まってるか！探し回ってごらんな。国が一つ動かせるくらいの金さ。

探してもいいがね、まず無理、探しても探しても何も出てこないさ。静かな子でね、タバコもやらないし、飲まないし。どこにいるか分からないよ。キツネみたいでね。ま、とにかく、あたしはあの子がいなきゃお陀仏さ。弟はだめっ子。それぞれ、だめっ子！　ビリーは何をやってもだめっ子」

　彼には目に見えるようだった、酒をガブっと一飲みすると、人生が彼女を悲しくさせたとでも言わんばかりに電気ストーブ入り暖炉を悲しげにのぞきこむ母が。沈黙が続きテープは終わった。

「以上だ」キャシディが言った。「このテープは持ってくぜ。無くならんように元に戻す」

「こいつを俺に聞かせろって言ったのか？」彼が訊いた。

「誰が？」

「ボスたち」

「いいさ、俺のおごり」キャシディが言った。「あんたのおふくろは密告者ということ」

「恩に着るぜ」そう言うと彼は、札束入り封筒をキャシディに渡した。キャシディはカセット・プレーヤーのプラグを抜くとまたブリーフケースに戻した。

　彼はいつも使っている三台の車を、およそ彼とか彼のような人間とかけ離れた場所に停めていた。その日の夕刻、跡をつけられていないか確かめた。シティ・センターの駐車場へ歩いていき、待った。空へ向けて開かれていて、誰もいないことの多い上階に設置された監視カメラに入らないようにして待ち、誰か現れるか見ていた。十分待って大丈夫だと分かると階段を下りて外へ出た。タクシーを拾って、彼の車の一台が停めてあるところへ飛ばした。この晩彼は規則正しく停まり、脇道へ入り、後ろについてこないか確かめた。まだやっと九時半だった。気づかれないようなるべく早く町へ戻りたかった。幹線道路をそれるともう車はいなかった。見張りの車はすぐに彼を見つける。だから気を許せない。跡をつけられているという疑いがほんのちょっとでもあればすぐ引き返すのだ。ついに彼が車を停めてエンジンを切ったとき、完全な静寂が彼に強い力となって押し寄せた。誰かが近づいたり動いたりすればすぐ聞こえる。それまでは一人きりだ。

誰にもじゃまされないで仕事ができた。シャベル一丁と大きな懐中電灯が車の後部座席の下に隠してあった。場所は注意深く印がつけられていてはっきりしている。彼に命があればこれらの絵は容易に町へ持って帰れるはずだった。彼にもしものことがあれば、誰にも見つけられずそこに永遠に眠り続けることになろう。ジョー・オブライエンは、絵がどの辺に埋められているかだいたいの見当はついたが、ずばりその場所は知らなかった。小さな空き地を上がり左側がスロープになっているところまで来て、そこで木を七本数えて右へ曲がりそこでまた五本数えた。するとその向こうに、上の方に木がうっそうと覆いかぶさっている荒地があった。

地面は硬くはなかったが掘り起こすのは楽な仕事ではなかった。ひと掘りしては休憩し、物音に耳を澄ました。だが、周りは静寂に包まれ、聞こえるのは木々を渡るそよ風ばかり。タフな掘り起こしですぐに息が切れた。でもこんなふうに何も考えないで、誰にもじゃまされずに仕事をするのは楽しかった。頭にこびりついている母の声が記憶から消し去られるまで、夜通し仕事をしていられたらいいのにと思った。彼が自分の周りに張り巡らした堅固な防御壁に侵入してきたのはあのテープの声ではなかった。それはもっと昔の声、もっと強烈でもっとしつこい、これまで彼が絶対に考えまい、決して意識の中へ入りこませまいとしてきた声だった。

彼がランファドで教育を終えるよう判事が宣告した法廷でのあの日の朝のことを思い出そうとすると、いつも奇妙なギャップがあった。たとえば、いったいどうやって法廷まで行ったのか。警察の車で運ばれたに違いないと思うのだが全然記憶がない。一人で行ったとは思わなかった。召還状などの記憶もなかったし、それに、ほかの日ではなくその日に法廷へ行かなければならないことがどうして分かったのか覚えていなかった。ランファドへ行く前の、家にいた短い期間の生活をいま考えても空白だった。母が法廷のこととか、あるいは彼が困ったことになったことについて言ったという、記憶も彼にはまったくなかったのだ。

彼が覚えているのは宣告後、警察が彼を連れていこうとしていたときのことだった。ほかの被告たちはまだ被告席に姿を現していなかった。ソーシャルワーカー、保護司、事務弁護士たちは、書類やファイルを前にして忙しくし、判事が待っていた。これらのことははっきり覚えている。ほんのちょっと時間があって、それから警官は彼についてくるよう合図した。手錠とかそういうものは何もなかった。

警察につき添われて法廷から出ようとしていたそのときだ。どこからともなく母が現れた。機嫌が悪いことはすぐ見て取れた。髪の毛はくしゃくしゃでコートは前がはだけていた。大声で彼女が叫び始めた。彼は一歩引いた。とそのとき、彼女は自分にではなく、判事に食ってかかっているのだということが分かったのだ。

「ああなんてこと、神様、どうすればいいの私は」彼女が叫んだ。

周りには大勢の人がいたので、警察も彼女をすぐに捕まえることはできなかった。彼女は人垣を押し分け、法廷席に向かった。

「あの子は最高の息子、最高の子、ああ、連れてかないで、私からあの子をとらないで、私からあの子をとらないで」

警察が彼女を捕まえて法廷席へ近づこうとするのを阻止しようとしていた。彼女は叫び続け、腕をめちゃくちゃに振り回し、捕まえたと思ったらするりと抜けて彼女のコートだけが残った。そして彼女はもっと激しく叫び出した。

「今度ばかりはお目こぼしを、判事様」

警官の一人が彼をわきに寄せ、ほかの警官たちは母が判事に近づこうとするのを阻止した。彼女の腕をつかんで体の向きを変えさせ、群衆のあいだを縫って入り口へ引っ立てて行くあいだも、離せ！とわめいていた。途中彼のそばを通りかかったとき、警官を振り切って彼に触ろうとした。彼は身を引いた。ずっと彼女は叫び続けていた。彼が護送車に入れられると彼女は窓をバンバンたたいたが、彼は彼女を見ないようにした。去っていくとき彼女を見たくなかった。

ランファドにいた年月、彼女は数ヶ月に一回の割合で面会に来た。到着するとブラザーたちに戦闘的な態度を取り、帰り際になると彼女はいつも彼から無理やり引き離された。テーブルをはさんで向き合っているとき彼女はあまりしゃべらず、ため息をつき彼の手を取ろうとしたが彼は手を引っこめた。彼女はときどき彼に質問したが彼は答えたことがなかった。ブラザーたちが出所はいつか知らせた方がいいと言ったとき、彼は手紙にうその日時を書いた。一人で帰りまもなく家を離れた。彼女と会うことはめったになかったが、そのうちにビリーが犯罪を犯し、ビリーに会うためにはどうしても彼女に会わなければならなかった。彼女に金を渡すようになった。

彼はまだ掘っていた。素早く機械的に集中してほかのことは考えないようにするために、ひと休みしながら掘っていた。鍬がときどき一枚の絵の固い額縁にぶち当たった。そこから絵を掘り出すのは大変な作業だった。絵は何枚も重ねられたプラスチックのカバーで保護されていた。全部掘り出して穴はまた埋めておいた。それからシャベルを放りだし車のところへ戻った。周りに誰もいないかチェックしてできる限り長くじっとしていた。

すべてがこんなふうに闇で空っぽだったら、世界が音なしで、音を立てる人間が一人もいなくて、このほぼ完璧な静寂のみだったら。永遠にこういうふうかもしれないと考えれば幸せだっただろう。

絵を車まで運んだ。これをほかの絵と一緒に、ジョー・オブライエンの隣人の屋根裏部屋にしまっておくのだ。それにしても、これらの絵について考えると彼は気がめいった。そもそもこんなもの盗み出さなければよかったと思った。これらの絵にもあのオランダ人たちにも、あるいはマウシーにも自分は無力だと考えるとこれはヤバいと思ったが、不思議に放胆な感覚、機会さえあれば今はなんでもできるという感覚もあった。ものすごくエネルギッシュになって町へ入っていった。

絵が安全に保管されてしまうと、歩いて町の南の我が家に帰り、そっと音を立てずに体をすべりこませた。靴は脱いで玄関に置いておいた。家の者はもうみんな寝ていた。そうっと階段を上がる。この家は新しくて階段がキーキー言わないからいい。ロレーンが姉と共有している部屋のドアを開けて中に入った。踊り場の明かりで、ベビーベッドに彼女がぐっすり眠っているのが見えた。彼女の眠りを妨げたくなかったから、彼女に触ったり顔をなでることはしないでおいた。こうやってこの子を見ているだけで十分だった。もっと近くこの子が見えるように跪いて、できる限り長く娘をじっと見ていた。それからつま先立ちで部屋を出、部屋のドアをまったく音を立てずに閉めた。

朝、彼は母に会いに行った。たいていの朝、彼女はみじめな状態で、服の着替えは途中まで、タバコを立て続けに吸って冷めた茶を飲み続けていた。ドアを開けると、彼を見ても何も言わずに居間へ戻った。

「金を持ってきたよ」彼が言った。

「お座り」

「すぐ行くよ」

「そうかい」

咳をしだしたが、それが止まると急によくなって、ずっと落ち着いたようだった。

「お茶いれるよ、ただ……」

「お茶はいらないよ」彼が言った。

「忙しいんだね」

「母さん、言うことがあるんだ」

「そうかい、なんだね」

「俺のことを誰にも言っちゃだめだぜ。言ったら俺たちみんなえらいことになる」

「よく分かってるよ。余計なこと言うのはあたしも嫌いさ。この頃はそういうことばっかしだ」

「俺のことは言わないんだぜ」彼が言った、声はいつもより静かで口調は単刀直入だった。

　茶をすする彼女。

「酒を飲むのはやめた方がいい」彼が言った。「ザ・ドックの連中にあんたに気をつけてくれるよう言っておかなきゃならん」

「お前にはあいつらみんな怖がってるさ。あいつらからは離れている方がいい」

「ああ、そうだな。まあ、あんたには飲ますなってあいつらに言っとく。飲んでもほんの一、二杯までだ」

「あいつらあたしにゃ盾突き(たてつき)ゃしないよ」

「酒をやめるんだ」

「うん、まあ、誰だって欠点はあるからさ」

「それからな、母さん、人にビリーのことを悪く言ってはいけないよ」

「ビリーのこと？　何を言うことがあるんだい。あたしの息子、神様のお恵みを」

「何もだ、何も言わないようにするんだ、母さん。何にも。いいか？」

「何か悪いことが？　あたしが何か悪いこと言ったと言うのかい？」

「うん、あの子のこと悪く言ったみたいだな。俺、後で聞いた」

「人の言うことなんて」

「知ってるんだよ、俺。いいか、母さん、そういうことがまた耳に入ったらただじゃすまないよ。分かったね？」

「ビリーのことであたしをこづくのはやめておくれ」

彼女は彼を見、頭を横に振った。

「かもられたんだ、お前は。お前が悪いんじゃない」

「もういい。とにかくあの子のことを悪く言ったらただじゃすまないからな」

「忘れな。お前のせいじゃない。誰もお前を責めないよ」

「とにかく、言いたいことは言った」

彼は立ち上がり、テーブルに札束を置いた。

「帰る。もうつべこべはなしだぜ」

「よく看てくれて恩に着るよ」


彼女の家を出たとたん、もうマウシー・ファーロングとは終わりだとはっきり分かった。まるで、分別を行使することで清めてもらうために母の家に行ったようだった。家を去っていきながら、この何ヶ月かで初めてはっきり考えられるようになったと感じた。シティ・センターへ向かって歩きながら、なんだか透明人間になったみたいというステキな感じがした。誰も彼が見えない、誰も彼に気づかない、絶対そうだ。誰も彼を覚えてはいないだろう。最強の自分だ、そう感じた。

あの絵を焼くんだ、全部。それがすべきこと。ジョー・オブライエンと目を見張らせる強盗をやらかし、あと二人の仲間はバイバイ、金のことは言うな、あの絵は売れなかったと説明するとちょっと危ない。この意味深な叡智が分からなければ、ジョー・オブライエンが分からせる。

　いつか晩に行って絵を車に積みこみ、誰にも何も説明せずに一人で始末するのだ。絵のために特別な場所を見つけよう、最も空っぽの場所を。西へ、あのだだっ広い湿地帯も考えられるが、まあそれはないだろう。山だ、ダブリンの南に広がるあの広大な不毛の空っぽだ。石油ではなくたきつけを持っていき、一枚一枚をゆっくり焼く。キャンバスが燃え上がり燃え崩れ、レンブラントの不機嫌な老女が燃えがらになるまで。かつて絵がかかっていた今は空っぽのスペース。その絵を見に来た人に向き合う空っぽのしらじらしい空間。もうそれはどうでもよかった。夜をつん裂く小さな真っ赤な炎、何か古くて乾いたものが燃やされるときのシューシューという音とともに絵は姿を消していく。つぎは額縁も。彼は町へ戻るのだ、生まれ変わって恐れることなく、自分の成したことに微笑んで。解決を手に入れた。自分は絶対正しい、その確信が彼にあった。

歌

友人たちのうちで飲まないただ一人のミュージシャンだったから、その週末のクレア州でドライバーはノエルだった。元気いっぱいの学生やツーリストで絶対町はどこもかもすし詰め、パブなんてもうぎゅうぎゅう、二晩か三晩は田舎のすいたパブとか個人の家でくつろいで演奏したい。ノエルのティン・ホイッスルは出色、ただカッコいいというのではなく、本当に技術のある演奏で、それもソロより大きなグループと演奏した方がよかった。だがそれを超えるのが彼の歌、何と言っても彼が歌うとその特別な声にみんな圧倒された。と言っても、彼の母の力と個性には及ぶべくもなかったが。七十年代初めのたった一つの彼女のレコーディングがそれを証明している。ともあれ、彼の声はいい。誰とでも完全に調和し、上でも下でも音調を変えることができたし、相手がどんな声でも合わせることができた。冗談めかして彼はよく言ったものだ、自分は真の歌の声は持ち合わせてはいないんだ。耳だよ。その小さな世界で彼は知る人ぞ知る、まさに最高の耳の持ち主だった。

日曜の夜の町はとんでもないどんちゃん騒ぎ、友人のジョージが言った。ツーリストのほとんどはめちゃくちゃな連中、イラン・パイプ〔バグパイプの一種〕に平気でじゃあじゃあビールをぶっかけるんだぜ。演奏場所には困るよな。ちょっとは知られた田舎のパブでも、つかの間の慰めを求めるよそ者でいっぱいだし。ミリッシュのキールティのパブで午後の演奏があるという情報が耳に入った。夕暮れ時になったら友人二人を助けて、ここからエニスの反対側にあるさる家まで彼らを運ぶのが彼の仕事だった。そこなら静かに演奏できるだろう。

パブに入るとすぐ、窓際に引っこんだところがあってそこにメロディオン〔日本製の鍵盤ハーモニカ〕が一人、バイオリンが一人演奏中。彼と気づくと二人ともかすかに目くばせし、ギュッと眉根を寄せた。大勢の人が彼らを取り囲んでいた。バイオリンがもうあと二人、フルートの若い女性が一人。前のテーブルには、まだ口をつけてないグラスや飲みかけのグラスが所狭しと並んでいた。

ノエルは座りなおして周りを見回し、バーへ行ってライム入り炭酸水を取ってきた。音楽で場の雰囲気は盛り上がり、音楽のことはよく分からない客もいたが満足してくつろぎ、みんな頬が輝いていた。

バーのところにいた友人の一人が注文した飲み物を待っていた。うなずいてノエルが彼にすぐ出発するんだと言うと彼も一緒に行くと言った。

「どこへ行くかは言わないでくれよな」とノエル。

あまり不躾にならない程度に、というところはあと一、二時間というところかな。彼らを乗せて田舎道を飛ばすんだ、なんだか危険から逃げるみたいだな。

友人は飲み物を確保すると、ラガー一パイント片手に彼の方へにじり寄った。

「レモネードか」にやりとして彼が言った。

「お代わりどうだい？」

「ライム入り炭酸水だよ」ノエルが言った。「金ないだろ」

「演奏はストップ」友人が言った。「やりすぎ、できるだけ早く動かないとにっちもさっちもいかなくなるもの。これから行くところ、飲める？」

「そんなこと知らんよ」午後ずっと彼は飲んでいたのだろうと思ってノエルが言った。

「途中に飲めるとこあるだろ」友人が言った。

「僕はいつでもいいよ、みんなのいいときでいい」とノエルは演奏している方を見て言った。

友人は顔をしかめて一口飲み、目を上げてノエルの顔をチラッと見てから、誰にも聞こえない距離まで彼の方へ近寄った。

「ソーダ水でよかった、おふくろさんが来ていることは知ってるね」

「ああ」ノエルはほほえんだ。「今夜はビールなしだよ」

友人は向こうを向いた。

バーの傍らに一人きりで立っているノエル。いま二十八歳、とすると母に会うのは十九年ぶりだ。母がアイルランドにいることすら知らなかった。気をつけて見回してみたが、母だとは分からなかっただろう。友人たちは彼の両親が離婚したことは知っていたが、その凄まじい分裂とそれに続いた沈黙の年月は誰も知らなかった。

母は最初の頃ノエルに手紙を送ってきたのだが、父はそれを開封もせずに母に送り返したということを、最近ノエルは父から知った。母ではなく自分を捨ててくれていた方がよかったと父に言ってしまったのだが、言ってから深く後悔した。そのことがあって以来、彼と父はほとんどしゃべらなくなっていたのだ。でもノエルは、音楽が一気に高まって速いテンポになるのを聴いているうちに、ダブリンへ帰ったら父に会いに行こうという決意が固まった。

気づかぬうちに彼はグラスをサッと飲み干していた。またバーへ行って、どうしたらいいか考えたり、オーナーのジョン・キールティか、彼の息子、ヤング・ジョンの注意を引こうとしたりしていた。バーを出ていってしまうことはできない。友人たちが彼を当てにしていたし、それにどっちにしろいま彼は一人きりになりたくなかったから。ここにいなければ。でも、母に会わなくてすむように後ろの方に引っこんでるんだ。ほぼ十年くらい僕は毎年夏ここへ来ていたから、バーにいる人たちの中で彼が誰かを知っている人も何人かはいるはずだ。気づかれたくない。たとえ気づかれても、彼女の息子が家から二百マイルのここにいるよ、たまたまフラッとこのバーへ立ち寄ったのだろうねと母に言わないでくれるよう祈っていた。

彼は彼女の声をラジオで何年も何年も聞いた。それは古いアルバムの同じ曲ばかりだったが、これが今CDで発売されていた。うち二枚はアイリッシュの歌で、緩やかなテンポの、いつまでも心に残る曲の数々から聞こえる彼女の声は深みと甘美さ、大いなる自信と流暢さを備えていた。彼女の顔はもちろん記憶にもあったが、アルバムのカバーで知っていたし、十年ほど前『サンデー・プレス』のロンドン・インタビューからも知っていた。父がその週の新聞を焼いているのを見ていた。でも実はこっそりもう一部買って、インタビューとその横の大きな写真を切り抜いていたことも知っている。

一番ショックだったのは、ゴールウェイの彼の祖母がまだ存命だというニュースだった。妻が男と駆け落ちしてイギリスへ行って以来、父は祖母の訪問も彼が祖母を訪れることも禁じたのだと後ほど知った。母はインタビュアーに、自分はしばしばアイルランドへ帰り、ゴールウェイへ旅して彼女の母や叔母たちに会っていると言った。むかし彼女は母や叔母から歌を学んだのだ。息子がいるとは言わなかった。

それから何ヶ月も彼はしばしばその写真を仔細に調べた。彼女のウイットに富むスマイル、カメラのためにとるのびのびしたポーズ、目にあふれる燃え上がるいのちに彼は打たれた。

彼が歌い出したのは十代後半だったが、彼の声の特質が注目されてハーモニー用とかバックボーカル用に数多くのアルバムで採用され、ほかのミュージシャンたちの名前と一緒に彼の名前がプリントされた。いつも自分がまるで母になったような気持ちでCDのカバーを見た。このレコーディングを母が手に入れることはあるだろうか、背表紙の名前をなにげなく見ていて彼の名前を見つけ、一瞬目をとめ、いくつになったかな、たぶん……、どんなふうになっているかな今、など考えることは母にはあるだろうかと思ってみるのだった。

もう一杯ライム入り炭酸水を注文してバーから仲間のところへ。どこへ座ろうか考えていた、とそのとき突然、母が自分をまっすぐ見ているのに気づいた。薄暗がりで見る彼女は、『サンデー・プレス』の写真で見た彼女と同じくらいの年に見えた。五十代前半だということは知っていたが、前髪を長くたらした赤褐色の髪の彼女は十か十五は若く見えた。微笑むとかうなずくとかはせず彼は静かにじっと彼女を見た。彼女の視線はあからさまな好奇心を見せつけていた。

ドアから漏れる衰えゆく夏の光へチラッと目をやりまた彼女に視線を戻したら、彼女はまだ彼を見ていた。彼女は男性グループと一緒だった。何人かは服装からしてその土地の人だったが、少なくとも二人はよそ者、おそらくイギリス人だろう。それから、一人もう少し年かさの女性がいた。同じグループと一緒にいたが、この人はどこから来たか分からなかった。

急に音楽が止まったことに気がついた。友人たちが荷物を片づけているかと見てみたのだが、彼らは何かを期待しているかのように彼の方を見ていた。パブのオーナーの妻、ステイシャ・キールティがバーに姿を現したのを見て彼は驚いた。夕方六時以後バーには立たないと客に説明するのが彼女のルールだったから。彼女が彼に微笑んだが、彼女が自分の名前を知っているかどうかは分からなかった。彼女にとって彼は、毎年夏に数回ダブリンからやってくる男の一人だった。でも彼女は分からない人物だから。彼女の目は鋭く、何一つ見逃さなかった。

グループがよく見えるようにちょっと横にどいてという彼女の合図で彼が動くと、向こうにいる彼の母に呼びかけた。

「アイリーン、アイリーン！」

「ここよ、ステイシャ」彼の母が答えた。彼女のアクセントにはかすかにイギリス訛りが感じられた。

「準備はいい、アイリーン？」ステイシャが言った。「あまり混まないうちにやってくれる？」

彼女は頭を低くしそれからまた持ち上げた。真剣な面持ち。準備は整っていたにもかかわらず、まるで自分にはできないと言うかのように、ステイシャ・キールティを見て頭を横に振った。ジョン・キールティとヤング・ジョンはバーの仕事をやめ、バーの男全員がノエルの母の方を向いていた。彼女は少女のような笑みを見せ、前髪を後ろに押し上げてもう一度頭を低くした。

「シーッ！」ジョン・キールティが叫んだ。

その声は、高音部になるとどこから出ているのかと思われるほどのパワーだった。低音部ですらレコーディングの声よりも力強かった。ノエルは思った。このバーのほとんどの人は、彼女の歌うものより簡単になったバージョンを一つか二つ知っていたはずだし、彼の母のバージョンを知っている人もいただろう。だが今それはもっと荒々しく、すべての装飾音や華やかな音や急激なトーンの変調などに満ちていた。二番に入ると頭を上げて目を大きく開き、ステイシャに微笑んだ。ステイシャは腕を組んでバーの後ろに立っていた。

ノエルは、あまり強烈に始めたから、八、九連へ行くまでにはきっと何かを失い、絶対調子を下げなければならなくなるだろうと思った。ところが、彼女が歌うにつれ彼は自分が間違っていたことに気づいた。高音の装飾音のところでの呼吸調節は驚くべきものだったが、特に自然な言語の使い方で彼女は突出していたのだ。それは彼女の母国語だった。それは彼の母国語でもあったはずだが、アイルランド語を彼は半分くらい忘れてしまっていた。彼女の昔風のスタイルはそれに衝撃を加え、時に朗々と演説するようだった。はっきりしているのは、この歌の甘美さに彼女はほとんど関心を寄せていなかったことだ。

立っているところから動く気はなかったのに、気がつくとノエルは彼女の方へ近づき、彼女のグループとバーのあいだに一人で立っていた。昔の歌の常としてそれは報われぬ愛についての曲だったが、ずっと辛辣でやがてそれは背信の歌になった。

トリルと長い調子のところを彼女は目を閉じて歌った。ときどき歌と歌のあいだにスッと息を入れたが、それは息継ぎのためではなく、バーと歌に聞き入るバーの人たちをチェックするためだ。そのうちに歌は緩慢な絶望的な結末へと進んでいった。

この純粋な詠嘆の部分にかかった今､彼の母はもう一度まっすぐ彼を見た。声は前よりもさらに荒々しくなったが、効果を狙ってドラマチックすぎるとか力を入れすぎるとかではなかった。ノエルから目を離さないで彼女は有名な最後の部分に差しかかった。彼は頭の中で彼女の上の音をハミングする歌い方を見つけ出そうとした。どうやったらそうできるか、彼女の声がどうやってそういう伴唱を避けうるか、おそらく故意に相手のバランスを崩すか、一心に想像をたくましくした。彼女より声を少し上下させるだけでそれは可能だと彼は信じていた。だが彼は声を出さずじっと彼女を見ていて、彼女は彼の目をのぞきこんだ。彼女は北へ南へ東へ西へ流されて、そして今——彼女はもう一度頭を下げ、最後の言葉をほとんど語るように歌った——彼女の恋は神を彼女から奪ってしまった。

終わって、彼女はジョン・キールティとステイシャにうなずき、控えめに友人たちの方を向いたが、拍手喝采には礼を述べなかった。ステイシャ・キールティが自分を見て温かく親しげに微笑んだのにノエルは気づき、彼女は自分が誰か知っているのだと信じた。自分はここにいてはいけないのだ。ほかの者たちにもう行かなくてはという気にさせなきゃ。彼の母は彼女の友人たちと残り、自分は自分の友人たちと去るのが自然だと見せかけなくてはならないのだ。

「すごくパワフルだったね」窓辺の引っこんだところへ彼が行くと一人が言った。

「いい声だね」ノエルは答えた。

「もうちょっとここにいるの？」友人が訊いた。

「できるだけ早くクッシャンへみんなを運ぶって言ったんだ、みんな待ってるよ」

「じゃ急いで片づけよう」友人が言った。

みんながゆっくりと帰り支度をしているあいだ、彼はステイシャ・キールティをずっと見ていた。彼女はバーの後ろから出てきて、客の何人かが彼女にちょっとからんでいたが、彼の母に話をしようと決意した様子だった。ノエルがバーにいると言うのは少し時間のかかることだろうから言わないかもしれない。でも言えば決定的だ。彼の母は立ち上がって彼を探すかも、あるいはそっと微笑み、半ば無関心に席を立ちもせず表情一つ変えないかもしれない。どちらも彼の望むことではなかった。

振り向くと友人たちはまだ飲んでいたし、道具の片づけも終わっていなかった。

「車のところへ行ってるよ」彼が言った。「あっちにいるからね、ジミーを忘れないでくれよ、バーのところにいるから。彼も一緒だ」

一人がいぶかしげに彼を見た。わざとらしかったし早口すぎたからだ。肩をすくめてパブの入口のあたりにいる客のそばを通る。誰も見ないように気をつけて。外、夕方第一番の車がヘッドライトを輝かせてこっちへやってくる。彼は身震いした。何も言わないこと、これはいつもと変わらぬ夕方だと見せかけようとすること。すべて忘れ去られることだろう。音楽を演奏し歌い続けるんだ、明け方まで。暗い車の中で彼はほかの人たちが来るのを待った。

肝心かなめ

階下へ下りていくナンシーが写真の方へ目をやった。これをいつ取り外せばいいのだろう？　壁紙はもう何年も張り替えていないから、写真を取り外せば白いところがくっきり目立つだろう。それは、その周辺の痕跡――重々しい黒色の家具数点、ホールの石膏細工、油絵数点――よりももっと鋭く、モニュメント・スクエアの酒類販売業者の家の上階が、かつてはジョージの家族が豪華なと言える生活をしたところだったことを彼女に思い起こさせた。廊下は今や箱だらけ、石膏細工は彩色もされず、古い家具は隣にある納屋の上の部屋に積みこまれたままだ。ジョージは死んだし、あの古い写真の、大きなイスに高貴に腰かけていた彼の母はとっくの昔に死んでしまった。厚着をして母の後ろに立っているティーンエイジのジョージの写真はもういらない。写真はいつか取り外して物置に入れるのだ。

あの日の朝、ナンシーは一人でレジに座っていた。自分と一緒に働いているキャサリンが休憩に入っていたとき、ある女が万引きしているのを目撃した。ワイヤーのカゴを持たず、みすぼらしいショッピングバッグしか持っていなかったこの女が、真ん中の通路に立っているのを見ていた。冷凍食品のカタログに目を通し始めたが、そのあいだもずっと女から目を離さなかった。そして、女がダッと戸口へ突進したとき、ナンシーはサッと彼女の前に立って道をふさいだ。

「ここへ置いて」ナンシーは、レジ横の棚を指さした。

その女はじっと立ったままだった。ナンシーはドアのところへ行ってカギをかけた。

「早く、さあ、早く」

女は袋からショートブレッド・ビスケットの箱二つを取り出して、それを床に落とした。

「こんどは」ナンシーが言った。「ダンズ・ストアで盗むのね。あそこならビスケットが山ほどあるわ。袋を開けて。ほかには何もないわね」

「さぞ自分を偉いと思ってるんだろうよ」中身点検のために袋を開けながら女はそう言った。「豆粒みたいに小さなスーパーのくせに。なんにもないじゃないか」

「出てって」ドアのカギを外してナンシーが言った。

「あんたの母親と同じくくそ行商人だよ、あんた」

「出ていかないと」ナンシーが言った。「警察を呼びますよ」

「へえ、言うじゃないか。お高くとまってさ」

「帰ってください」ナンシーが言った。

「ウッドバインたばこ、ばら売りしてるのかい?」女が訊いた。出ていこうとしていた、怒りで顔を真っ赤にして。

スーパーの真ん中の通路のところにもう一人客がいたが、聞こえないふりをしていた。

「けつもふかんでさ。シェリダンもあんたなんかよく我慢してるもんだ」女が叫んだ。

ナンシーは彼女に近づくと、モニュメント・スクエアに押し出した。

「出ていって」彼女が言った。「丘の上へ行きなさい、あんたのねぐらへ」

ドアを閉めると、まるで緊急の用事があるかのようにナンシーは静かにレジに戻った。ショートブレッド・ビスケットが幾袋か床に落ちているのに気づいて、拾い上げるといくつか割れていた。割れたのは売れないから横にとりよけておいて、また冷凍食品のカタログを取り上げ、一心不乱にそれを調べた。この町の人たちはフィッシュ・フィンガー以外の冷凍食品には興味はないな。彼女はカタログのページを繰りながら、たった一人の客がレジに来るのを待った。やっとこの婦人がテーブルに買い物カゴを置いたがそのとき、この婦人は何かひどく侮辱的なことを言われたことがその様子から分かった。ナンシーは、この婦人が丘の上の住民ではないといいがとか、あの万引き女に彼女が言った言葉を聞かないでいてくれたらいいがとか思っていた。この店で今までにこの婦人を見たことはなかったので、彼女のご機嫌を取る必要はないようだった。ナンシーは無言で品物の値段を打ちこみ、婦人はスーパーのワイヤー・バスケットから品物を取り出して、ゆっくりと自分のショッピングバッグに入れた。緑色のニットのキャップをかぶったこの婦人は、ナンシーがおつりを渡しているときも目を伏せ、口を堅く閉ざしていた。彼女が店から出ていくとナンシーは窓辺に立って、彼女が広場をさっさと歩いていくのを見ていた。

学校から帰るとジェラードは、カバンをレジの横に置いて黙ってすぐ出かけたそうだった。

「カバンをここへ置いといてはだめ」彼女が言った。「二階へ持っていきなさい」

「みんなが待ってるんだ」彼はモニュメント横に立っている少年たちを指さした。

「二階へ持っていきなさい」彼女が繰り返した。

「姉さんたちは？」彼が訊いた。

「コンサートよ」

　顔をしかめてジェラードは店のドアから出ていき、玄関のドアを開けた。階段を駆けあがり、すぐまたダダッと下りてきた。ドアがバンッと閉まる音がした。彼女は窓辺へ寄り、彼がどっちの方向へ行くか見ていた。乳母車を引いてそこに立っていた若い女が、まるで最新流行の服を着た人形かモデルみたいに、彼女をじっと見ているのに気づいた。若い女はチューインガムをかんでいた。その視線は徐々に生意気になり、ほとんど悪意めいたものになった。誰か知らないが、ナンシーはこの見知らぬ女から目をそらして店の奥へ戻った。


　銀行でのあの場面は、発疹とか何か強い薬の副作用みたいに彼女の記憶に残っていた。ジョージが金を全然残さなかったことを彼女は知っていた。なぜなら、事故の一ヶ月前、彼女がステーション・ワゴンを買い換えましょうかと言ったら、ぶっきらぼうに――〝ぶっきらぼうに〟というのは彼のいつもの調子――金はないと言ったから。彼の言葉の調子がどうであれ、彼に銀行へ行って借金してくれとは言いにくかった。いま思えば、彼は金を借りることはできなかったろう。店もその上の住居も横の倉庫もみんな抵当に入っていたし、支出が店の収入とトントンかそれを上回っていたのだから。ミスター・ロデリック・ワラスは手紙で彼女に会う約束をしていた。彼のさっぱりと整えられた口(くち)

髭とにこやかな微笑みがナンシーは気に入った。彼と話したことはなく、銀行業務が終わり彼が広場でペキニーズ犬の散歩をしているときに温かく挨拶された程度だった。彼のオフィスへ入っていくと、お待たせしてすみませんと数回言われた。彼女が座るとまた、すみませんと言った。

「いえいえ」彼女は否定した。「いま着いたばかりです。待っていたわけではありませんから」

彼は急に興味を持って彼女を見てから、広場に面する高い窓の方をじっと見つめた。

「時間というものは、誰が造ったかは分からないが短いものですね」彼が言った。

「本当にそうですわね」彼女が言った。

何かについて結論を出そうとでもいうように窓の上部を細かく調べながら、彼は窓の方を見続けていた。彼の机は吸い取り紙とペン一本しかないことにナンシーは気づいた。紙もファイルもないし電話も見当たらなかった。

彼女が聞きなれた言葉を彼がつぶやき出した。

「ご愁傷様です。さぞかし大きなショックでしたでしょう。私もお聞きしたときは信じられませんでした。それにしてもあまりにも急なことで。まったく予期しなかったことでした。私も知っています。ですが、まったく突然……いや本当にまったく突然……とにかく、なんと申し上げたらよいやら」

「お気遣いおそれいります」彼女はそう言い、ハンドバッグとハイヒールの靴に目を落とした。

ミスター・ワラスは彼女の背後の壁をじっと見ていたが、やがて再び口を開いた。

「お忙しいでしょうからすぐさま本題に入りましょうか」

「はい」と彼女は言って微笑んだ。

「では」と彼が言った、相変わらず壁の方を見ながら。「自動車販売のメサーズ・ロウから小切手を受け取りました。あなたは中古車を買われたようですね」

彼女には奇妙に思われたが、彼は強調してこの言葉を使った。口をすぼめていた。彼の眉毛は濃すぎる感じがした。

「この小切手はありがたいです。これは申し上げておきます」

最近ほかに小切手を切ったかしらと彼女は考えてみた。数日前に二、三枚切ったと思った。ミスター・ワラスは、難しい考えにぶつかったというかのように顔をしかめて眉根を寄せた。何を言い出すのだろうと彼女は待っていたのだが、彼はまた壁を見つめて何も言わなかった。何が要求されていて、彼女はどうしようとしているかを言っておけばよかったと後で思った。この日の後何日かのあいだに何度も、物思いにふけっている彼はほっといて面会のこの段階でこっそり部屋から出、扉を後ろ手に閉めたらよかったと考えたものだった。

彼がイスからしゃんと身を起こした。

「問題は返済がないということです。預金口座引き落としの小切手を受け取っていますが、口座に預金はありません、いやマイナス預金です」

ここで話しやめ、マイナス預金という考えが面白いというかのように微笑んだ。

「我々が慈善団体なら」と彼は続けた。「もちろん大いにけっこう、心ゆくまで施しをすればいいのですから」

手で口を押さえ、彼女の反応を見ながら彼はじっと彼女から目を離さなかった。

「小切手のことはそうです」彼女は言った。「商売を続行しなければなりませんので」

「ああ、それは大丈夫でしょう」ミスター・ワラスはそっけなく言った。

彼女はもっとビジネスライクに話そうと努めた。

「つまりですね、売るときは継続企業として売ろうということです」

今度の沈黙は一番長かった。彼女は何年もしたことがなかったあることにまたもどった。彼女の母が彼女をいらだたせたときに、それから初めて仕事に出たときにしたあることだった。ジョージにもした。だがそれは結婚して一、二年までのことで、それ以来やったことはなかった。静かに、隠れて、だが、故意に、指でスカートに「ファック」という字を書いた。もう一度書いた。そのあと、今まで口に出しては言わなかったほかの言葉を書いた。目は支配人にじっと注ぎながら、彼女はこういう言葉を気づかれずに指で書き続けた。

「継続企業ですね」彼はそう言ったが、彼女に話す余地は残さなかった。それはコメントでも質問でもなく二人の頭の上に浮かんでいた。それを見ていて彼はまた口を開いた。

「継続企業」

今度の彼の声には疑いの響き、いや不承認の響きすらあった。

「つまり、売りに出した方がいいということです」彼女が言った。

「誰かにアドバイスを受けましたか?」彼が訊いた。

「いいえ。私は一所懸命店を経営してきました。そして今、あなたから手紙を頂きましたのでこうしてやってきました」

こういうふうに話すことで彼女は勇気を与えられた。挑戦しているという気持ちになった。

「経営するというのはいい言葉です」彼はそう言い、また口をすぼめた。「ダンズ・ストア、デイヴィシズ・ミルズ、バトルズ・バーリー・フェッド・ベーコンが今ここへきて、彼らが事業を営んでいるというなら話は分かりますよ」

彼の声は次第に弱くなっていったが、彼女は初めて彼のコーク州の訛りをはっきり聞きつけた。彼の視線を受けとめ、もう一つ別の字を書いた。かつてないぶしつけな言葉を、膝から始めて上の方へ指で書いた。

「私の問題をお分かりいただきたいのですが」彼が切り出した。テレビインタビューを受けている人のように手を前で組み合わせて。「私も忙しいですのですよ。あなたのサイン入りの小切手を三つ、どこかその辺にありますが、あなたにとっては小さな小切手のようですが、私たちには決して小さくはありません。小切手は引き受けます。しかし、これが最後です。小切手はこれで終わりです。小切手より月々滞納なく返済していただくことです、それが私の仕事ですのでね」

彼は引き出しを開けて日記か住所録を見つけ、前に置いてパラパラめくった。数分熱心に読んでから目を上げ、彼女を見た。

「お分かりいただけたでしょうかな、ミセス・シェリダン。よろしいですか？」

泣こうという気にはならなかったが後で考えると、このときわっと泣き伏してみじめな寡婦を演じていたら、彼が立ち上がって彼女を慰め、もう少し寛大な措置を提案してくれただろうか。結局彼女はもっと挑戦的になった。

「では失礼します。いいでしょうか」彼女が訊いた。

「え、まあ、どうぞ」彼が言った。彼のコーク訛りが急にきつくなった。


帰宅すると彼女は、全部の卸売業者の名前を書きだし、支払いを待ってもらえる業者、購入が一番必要な業者を決めた。優先順位をつけたのだ。最初彼女は、ブンクロディかウェクスフォードで別の銀行に口座を開いて小切手を切り、それから現金を引き出すことを考えた。だが、どこの銀行のマネジャーも結託しているから、彼女の手口はすぐ読み取られるだろうと思い当たった。それよりも彼女は、翌日レジから五十ポンドとり、キャサリンに店を任せてウェクスフォードへ飛ばし、マンスター・レンスター銀行へ行って彼女の店の牛乳供給者、エリン・クリーマリー宛五十ポンド為替手形を頼んだのだ。行員は何も訊かず、二ポンド余分に請求して為替を切った。彼女は帰宅すると、その手形を酪農製品製造所に郵送した。これでしばらくは安泰だ。

クロッピー・インからベティ・ファレルが出てきて、彼女の店の前を通らないか何日か待っていた。広場で出会うかもしれない。店に誰もいないときにレジに座っている彼女の手を握り彼女の目をのぞきこんで、必要な時はいつでも声をかけてとベティは言った。ナンシーは、これは親切な同情の表し方だとは思ったが、いつも同じことを言うのにはちょっとショックめいたものを感じた。

結局彼女はベティに電話をして、次の日店じまいをしてからファレル家を訪問するという約束をした。

呼び鈴を押すとベティが出てきたが、その服装に彼女はびっくりした。自分が来るからというので特別な衣装を身に着けたのかしら。薄紫のゆったりしたウールのスーツで彼女が初めて見る服だった。ベティがパブの上にある二階へ案内してくれたのだが、真ん中のドアでつながった二室がすごく大きいこと、そこにあるすべてが真新しく輝いているのにナンシーは驚いた。サイド・テーブルに茶器を載せた盆があった。

「ナンシー、さあどうぞかけて」とベティが言った。「お茶をいれてくるわね」

この家の二階へ上がったのはナンシーにはこれが初めてだった。彼女はベティとは町や広場で会ったり、教会やホイストの大会で知っている程度だった。ベティの夫のジムは地元なのでよく知っていたが、ベティはここの出身ではなかったから。部屋を見回すと床に小型カーペットが敷いてあった。色あせてはいたが、そのためにかえって本物の豊かさが伝わってくるようだった。壁紙も同じ。年代物で色あせていたがみすぼらしい感じがないということは、新品だったときに元手がしっかりかかっている証拠だ。

「私はねナンシー、ここに根を下ろしたのよ」お茶をつぎながらベティはそう言った。「ジムに言ったの。『この家を改装するか、私たちのことを誰も知らない田舎に新しく建てるかどっちにしましょうか』って。でもジムはここで生まれたのだし、絶対動きはしない。それで私は室内装飾の専門家に頼むとか競売品を調べるということをしたわけ。キルケニーに素晴らしいディーラーがいるの、彼は最高よ」

ベティのナイロン・ストッキングを見た。もちろん本物。黒ではないし完全なシースルーでもない、微妙な色合いだ。しばらく子どものこと、街中で庭のない家に住む問題とか話し合った後、ナンシーのことから切り出した。


がどうして彼女に会いたかったかをベティに言うときが来た。あの銀行のマネジャーに会ったときのことから切り出した。

「ああ、あのマネジャーね」とベティが言った。

「お宅はあのマネジャーと取引しないのですか？」

「ええ、ジムはプロヴィンシャル銀行としかやらないわ」

「ベティ、細かいことは抜きますけど、誰か小切手を現金にしてくれる人が必要なのです。いえ、私用の小切手ではなく、私のよく知っている顧客の小切手です」

「それここへ持ってきて、ナンシー」とベティが言った。「それかキャサリンに取りに行かせるか、私たちが取りに行ってもいいわよ。必要なとき何度でもいいです、すぐキャッシュにしますよ。隣人ってそのためのものでしょ」

「本当に？」

「まあ、ジムに訊かなければならないけど」とベティが言った。「でも彼がどう言うかは、はっきりしてるわ。私がいま言ったのと同じことを言うにきまってるわ。彼はジョージと同じ学校へ行ったし、あなたが生まれて以来のつきあいだし。イギリスにいるあなたのお姉さんと親密だったんじゃない？」

「ああ、そうですね」とナンシーは言った。「でもそれはずいぶん昔のことですから」

「とにかく、私たちはあなたを助けたい、それだけよ」ベティが言った。

「大変ありがたいです。長くお借りすることはありませんので」

「あなたはいつも有能だったわ、ナンシー」ベティが言った。「いつもジムが言ってたわ、あなたが教会委員会のメンバーだった頃から、あなたは本物のビジネスウーマンの要素を備えていたって」

「本当ですか?」とナンシーがつっこむように訊いたが、それには答えずあいまいな笑いを浮かべただけだった。足を組み、ベティはくつろいだ様子で深々と肘掛けイスに身を沈めた。

「とにかく来てくださってうれしいわ」彼女が言った。


その日の夜、子どもたちの就寝時間になった。着替えとおしゃべりの時間をしばらくおいてから二階へ上がり、まず女の子の部屋へ行き、次にジェラードの部屋へ行った。彼女はこういうことをさりげなくしようとしたのだが、今ではそれが彼らの儀式になった。それはジョージの死で中断されることはなかったし、それで妨げられるということもなかった。彼らが学校から帰ったときすぐにやれなかったので、この時間にいろいろ質問したり、彼らの言うことに耳を傾けた。彼女は買い物客のこと、彼らは学校、先生、友だちのことについて話した。絶対に彼らの批判はしないことと、アドバイスをしすぎないよう彼女は気をつけた。母親というよりはお姉さんという感じで話すように努めた。ジェラードが、ラテン語と科学のムーニー先生をぶん殴ってやりたいと言ったとき、彼女は静かに言った。

「そんなこと言っちゃだめよ」

「じゃ、どう言えばいいの?」

「分からない。ほんと、分からない」

彼女が笑った。

「本当にぶんなぐってやりたいんだ」そう言って、ジェラードは手を頭の後ろに回した。

「思うだけならいいよ」と彼女が言った。「私はあまり人に言わないと思うけどね」

彼女はジェラードの時間割を知っていたし、女の子たちが誰と並んで座っているか、誰が好き誰が嫌いかも知っていた。彼女は買おうと思っている服のこと、目をつけたコートのことを話した。でも、こういう短い夜の会話で彼女が絶対彼らと話し合わなかったことが二つあった。一つはジョージのこと、もう一つは金のことだ。ジョージやジョージが亡くなったときの状況については話さなかった。それから、銀行に借金の返済をするのをやめ、返済は大事な顧客だけにしたことと、彼女の寝室にあるタンスの一番下の引き出しにかき集められるだけの現金を貯めていることは言わなかった。彼女がクロッピー・インで小切手をキャッシュにしていることをミスター・ワラスが知ったとしても、そうすぐに反撃に出ることはまずなかろうと彼女は思った。できる限り早く彼女の動きを止めておくべきだったと気づくまでには少し間があるだろう。もう彼と取引は一切なし、手紙が来ても一切無視。ミスター・ワラスに金が渡らないよう、全部キャッシュで手元においた。半年経ったら彼女はダブリンに移り、家を借り、平和に暮らすだけの活動資金ができる。それまでのあいだにタイプと速記、そのほか何か就職に役立つ技術を習うのだ。

彼女はビジネスマンの秘書である自分を想像してみた。電話の応対、訪問者への連絡、ボスの手紙をタイプし、自分は美しく装う。まさに有能を絵に描いたようだ。トニー・オライリーとか、エア・リンガスとかシュガー・カンパニーのディレクターとかのような。自分の困難とか夢を彼女は誰にも、自分の姉や姉の夫にも語ったことはなかった。スーパーのレジに座って、彼女は毎日キャッシュを誰も知らないところにしまった。

ジョージがこの町で初めてのスーパーを開きたいと思ったときに、店の所有権を握っていたのはジョージの母親、つまりナンシーの義母だった。母と息子の取引にナンシーは全然加わらなかったが、金曜日の午後八時、今ブリーへ向けて突っ走りながら彼女は思った。あの時自分も中に加わるようになっていればよかった、と。彼女の義母は、スーパーになってもこれまでの客と店の関係がそのままずっと続くよう願った。買い物が不便な田舎に住んでいる長年変わらずのお客さんで、毎週金曜日に店から必需品を配達してきた人もいたし、土曜日に町へ出てきて店の一隅にある小さなバーで一杯ひっかけ、金はあるとき払いという人など、いろいろな人がいた。ジョージは酒類販売に断固反対した。酒類販売の権利は保持しておく、だがこれまでのバーは倉庫にすると言うのだった。土曜日のちょっと一杯はどこかほかでやってもらいたいと彼は母親に言った。それから、これまでのつけはいずれやめにして、顧客には現金払いにしてもらうことに決めた。しかし配達という問題になるとジョージも一歩譲らざるを得なかった。これまでの長いつきあいのある顧客が足のない場合、見捨てるわけにはいかないというのだ。彼は母に同意した。そして、ジョージも彼の母もいなくなった今、食料や雑貨類の箱を積みこんだセコハンのステーションワゴンをナンシーがただ一人でぶっ飛ばしているというわけだ。

彼女がジョージと結婚した当初、彼は木曜日と金曜日の夜に配達をした。一晩に十から十五もの配達をやるので帰宅は遅かった。しかし長い年月が経つうちに注文がゆっくりとだが落ちこんでいった。町へ引っ越した客もいれば車を買った客もいた。最近、昔からの律儀な客でこのスーパーを敬遠するようになった人たちがいることに彼女は気づいた。彼らは町で彼女やジョージに出くわしたりすると、恥ずかしそうでよそよそしく、早く別れたくてうずうずしているように見えた。

ナンシーに残された客は七、八人だった。だいたい老人で、毎週同じ注文をしいつ来ても同じことを言うだけだった。中には注文がほんのわずかで、主な買い物はよそでやっていることの分かる人もいて、気の毒だから買ってくれているのかなと彼女はよく思った。自分が気の毒と思われているのだ。だが、金曜日の夜配達に行くと彼らは本当に親しげで感謝でいっぱいなので、訪問看護師みたいに週一回ぬかるみ道を運んでくるのを彼女はやめたいと言う勇気はなかった。ジョージが亡くなったときに配達停止をするのが一番やりやすかっただろう。ところが彼女はまさにその時期に、何も変化なくすべて今まで通りにやるべきと愚かにも決心していたのだ。自分が銀行マネジャーの意のままに操られる状況をジョージがつくってしまっていたことを彼女は知らなかった。

車を走らせながら、まだ残っている客の名前を検討した。パディ・ダガン。母親が亡くなって以来掃除したことがない、ちっぽけなコテージに一人で住んでいる。ブラディ・ブリッジ近く出身のアニー・パールと彼女のちょっとおつむが弱い妹。ゲート五つを開けたり閉めたりして彼女たちの古い農家へ行く。双子のパッツィ・バーン、モウグ・バーン、彼らは毎日ポテトにバターをつけたのを食べ、炊いたライスと柔らかく煮たプルーンをデザートにしていた。どちらも帽子を取ったことがなかった、と彼女は思う。サザランドの六人。一人の姉、三人兄弟とそのうちの一人の妻、二階のベッドに寝たきりの、いとこだか叔母だかがいる。みんな金曜日に彼女からパンを買い、月一回払う、それだけ。瓶詰のボヴリル〔牛肉エキス〕とイチゴジャムの大瓶だけは例外で、全員自分だけのボヴリルとジャムを買った。マグズ・オコナーは、長い轍道の奥の二階建ての家に二匹の犬と住んでいて、暖炉横にぽつんと一人、いつも微笑んでいた。遺産か年金があったに違いない、彼女の注文は一番大きかった。アヒル肉の塊、グレープフルーツ・ジュース、ミカド・ビスケット、鮭缶、チキン、ハムペースト、サンドイッチ・スプレッドなど。

十時。もうマグズ・オコナーとサザランドが残るだけだ。彼女は寒かったし疲れていた。食料品をほかの店から運んでもらう方法を探してもらいたいということを、彼らにどうやって言えばいいのか。マグズ・オコナーの家に近づくと車が二台停まっているのに気がついた。一台はイギリス・ナンバーだった。ステーション・ワゴンから出ると、しっぽを振りながらシープドッグが一匹やってきて、もう一匹が彼女に鼻づらをすり寄せた。後部座席から箱を取り出して玄関まで運んだ。ドアはいつものように半分開いていていた。

「ほら見て、この人」マグズのいつもの挨拶だ。

「この人はね」と彼女はキッチン・テーブルに座っている三人の訪問者に言った。「この人は私の命の恩人なんだよ。この人がいなかったらどうしていいか分からない。お元気、ナンシー?」彼女が訊いた。

ナンシーは挨拶して待っていた。

箱が部屋の片隅に運ばれた。「元気そうですね」といつものようにマグズが言った。

「ナンシー、お茶をいれますよ」と彼女は続けた。「ここにいるお客がいれてくれますから」

彼女は大きな体の女性で、いつもは優しくにこやかなのだが、いま彼女は客たちを居丈高に見つめていた。

「お茶にしましょう」彼女が言った。「紹介するわ。私の姪二人、ダブリンのスーザンとシェフィールドのニコル、あっちがニコルの連れ合いのフランク、アイリッシュじゃないですよ、ま、どうでもいいけどね。私がそう言ったって外ではもらさないでね」

飲んでたのかなマグズはとナンシーは思ったが、こういう親類のいるせいでおしゃべりになっていたのだろう。

「一番いいコップとソーサーを使ってね」と彼女は、お茶の準備をしだした二人の姪に言った。「ここへ座って、ナンシー。あなたのことやかわいそうなジョージのことを話してたんですよ。老ミセス・シェリダンはこの町一番の素晴らしい人だった。あんな素晴らしい人はいませんね。ああ、もちろんあなたも素晴らしい。ね、それも言ってたよね？　要するに、シェリダン家の人たちはみんな素晴らしかったし、今もそうですよ。ドアのところで耳をそばだててなくて残念、あんたのいいことばかりしゃべってたんですがね」

いま言ったことは彼女の想像の中にあったことなのかしらとナンシーは思った。この後ちょっと沈黙があったが、こちらに背を向けて姪の一人が、体をゆすって大笑いしているのが見えたように思った。

「ああ、忘れないうちにあの赤い本を見せておくれ」老婦人が言った。「いくら借りてますかね。金をそばにおいてるから盗られやすいよね。近所のフィリ・ダンカンがしょっちゅう郵便局へ行ってくれるんですよ。あなたと彼、ラジオとシェップとモリーがいなかったら私は州立老人ホーム行きだね」

マグズはひと息入れてお茶をひとすすり。

「で、元気、ナンシー？」

「元気ですよ、ミス・オコナー。とても元気です」

「あなたに会うとうれしくてね。そう書いて送ったんだよ、ここにいるこの子たちにね。フィリ・ダンカンにも、ナンシーは決して屈することはないって言ってるんですよ。シェリダン家の人たちも彼女も屈しない。自分でここへ運んでくるか、でなければ誰かに任せるか。いつも優れたビジネス感覚にあふれた人たちだった、シェリダン家の人たちは」

彼女は顎を引き、真剣そのものの面持ちで火を掻き起こしていた。

「シェリダンの店はいつも最高級品を扱ってましたよ。パンは最高、新鮮そのもの。品物がなんでもあって。だけどねえ、時代は変わるから。交通は便利になるし、金はあふれているし。そりゃね、ラジオでダンズ・ストアの宣伝を聞きますよ。だけど好きじゃないですね。ここの土地と関係ないし、知らない連中だし。ダンズ・ストアは受けないと思いますよ、ナンシー」

お茶が終わるとマグズ・オコナーがナンシーに、シェリーを少しどうかと訊いた。

「帰りが楽ですよ」と彼女が言った。

ナンシーが断ろうとしていたら、姪の一人が運んできた盆が出された。小さなグラスが五つとボトル一本。

「私はこの子たちに頼んだのですよ——とてもいい子たちですよ——小さなプレゼントを買ってきてって。あなたにプレゼントしようと思ってね」

マグズは、キラキラの赤い紙に包んだ小さなものを出して彼女に渡した。

「ほんの記念にね」マグズがそう言った。ナンシーが包みを開けると４７１１香水のボトルだった。

マグズは微笑み、ナンシーが礼を言うとうなずいた。

「本当にシェリダン家の人たちはいつも素晴らしかったですよ」マグズが言った。

ナンシーがその家を辞したときは十一時を回っていて、雨も降りだしていた。左か右かどっちの道を取ろうか。左に曲がれば二十五分で帰れて、ジェラードはまだ起きているかもしれない。右へ切ればもうあと三マイル走ってもう一本小道を行ってサザランド家に着く。荷物は大きな鍋三つ、パン四斤、ジャムの瓶詰六個、ボヴリル六個だ。そう考えたとたん、左に曲がり帰宅することにした。翌日スーパーでパンは売れるしと彼女は考えた。


次の週のある晩、ジェラードが彼女に再婚するのと尋ねたときは驚いた。そんなこと考えたこともないと彼女は言った。

「うそ」彼が言った。「みんなそうだって言ってるよ」

なかなかしゃべろうとしないでじらした挙げ句やっとジェラードが言ったのは、セールスマンのバーズアイと彼女が話しこんでいるのを最近彼と姉妹たちが三回も目撃したというものだった。

「商売の話をしてただけよ、ジェラード」と彼女は言った。「バカなこと考えないことね」

「みんながそう言ってるんだってば」彼が答えた。

それから数日、彼はバーズアイのカスタードをテーブルの彼女の場所に置いておくようにした。やめろとも言えないから無視したが、彼の自信、生意気な言葉にはちょっと驚いた。しかし、さてどう答えたものかとなると判断しかねた。

バーズアイとの会話についてはジェラードに何も知られたくなかった。バーズアイは、店に来るセールスマンの中で一番人気があり、話し好きだった。彼は話の終わりに名前みたいに必ず「ミセス」をつけた。ジョージが生きていたときでも、注文を取りつけたときには彼女にだけ特に長々と話しかけ、いろいろなニュースを話した。拡張プランのこととかダンズ・ストアの内部事情もよく知っていた。小柄でぽっちゃりしていて、顔は大きくて親しみやすかった。彼が行ってしまうといつもジョージは彼のことを笑って、あの男は本当に根っからのセールスマンだな、当たりが柔らかいからうまうまと買わされてしまう、と言った。

彼女は、自分の問題を打ち明けたのがなぜ彼だったのかは分からなかった。たぶん彼なら害にはならないということ、彼女のことを知っている人のいない遠く離れたところに彼が住んでいるということも一役買っただろう。だが何よりも、彼なら耳を傾けてくれる、そしてどんなことでも一つ残らず記憶にとどめているという確信があったからだ。引き出しの底にキャッシュがゆっくりとだが貯まってきていることは彼にも言わなかった。どういう反応をするか分からなかったから。だがほかのことは話した。彼女をじっと見て彼は言葉一つ一つに注意を払い、次なる情報を待っていた。

「明日また来ますよ、ミセス」と彼は言った。「四時でいいですか？　明日来ます。申し上げることはいっぱいありますよ、きっと、ミセス」

翌日彼がやってきた。ちょうどキャサリンも勤務中だったので、着くが早いか彼は、廊下の向こうの店を見せてもらいたいのだがとナンシーに耳打ちした。酒類販売の古いカウンターはまだそこにあったし、通りに面した窓のカーテンは開けてあったが、ここには荷物やらそのほかのものがいっぱい詰まっていた。彼はじっと観察してすべてをしっかり頭に収めた。

「大丈夫です」と彼は言った。「昨日思った通りでした、ミセス。ただ、一晩じっくり考える必要がありましたのでね。知り合いに電話を入れました。どこの町かは言いませんでしたが、同意見でしてね、ミセス。で、決まりました。できることはたった一つ、低投資ですよ、ミセス、それとすぐ金になること。これが肝心かなめです」

ほこりっぽい古ぼけた部屋に彼らは立っていた。彼は今にも飛びかかろうとしている小動物よろしく彼女を見たが、彼女は目をそらさなかった。彼の真剣さと確信にびっくりしていたのだ。

「フライドポテト、バン・バーガーですよ、ミセス、インスタント・チキンにフィッシュ天ぷら」彼が言った。

「フライドポテトなんて無理ですよ」彼女が言った。「私はポテトのフライが下手だって子どもたちに文句言われてるし」

「今は何でもやってくれる機械が安く簡単に手に入る時代ですよ、ミセス」

「私の仕事は？　一日中ポテト・フライを作れっていうんですか？」

「週末ビジネスってのが一番なんですよ」バーズアイが言った。

「ここでフライドポテト売りなんてできませんよ」ナンシーが言った。

「それなら、道路脇ですればいいですよ、ミセス」

「それならありがたいわ」彼女が言った。「大助かりです」
「店の改装なんかはすぐできます」彼が言った。真摯な熱意をもって彼は彼女にじっと目を注いだ。
「私はものすごくこの町を出たい、出ていって二度と戻ってこないつもりなんですよ」
「やりましょう、これ、ミセス」もう一度部屋をぐるっと見回して彼が言った。「成功間違いなしですよ」

次の週、土曜日の夜はグレーシズ・ホテルのバー新装第一夜で、一時半にたくさんの人々がモニュメント・スクエアに殺到した。モニュメント辺りに座っている人もいたし、スーパーの外にたむろしている人々もいた。ナンシーは眠れなくて、子どもたちが寝ている奥の部屋まで音が聞こえるのではないかと気が気でなかった。

この日の夕刻、広場で犬の散歩をしているミスター・ワラスに出あった。期限の来ている返済をしなかったことを彼は知っていたに違いない。それなのに彼はいつにも増して温かく、礼儀正しく微笑んだ。ほんの一瞬だったけれど、彼が立ち止まり何か社交辞令を言うのじゃないかとさえ思った。ますます彼が怖くなり、彼のオフィスに腰を下ろすなどということは二度とすまいと強く心に決めた。

バーズアイの電話番号を彼女は知らなかった。彼はウォーターフォード近くに住んでいる。結婚していて、小さい子どもたちがいて、仕事はキルケニー、カーロウ、ウェクスフォード周辺にまで広がっていることなどを彼女は知っていた。今度彼が来たら、彼が彼女に声をかけて以来ずっと持ち続けていた質問をしようと思っていた。ポテトフライ事業のもうけは？　もうけが出るまでにどれくらいかかる？　改修費はいくら？　改修に必要な時間は？　答えのまだ出ていない質問を考え続けて彼女は眠れなかった。

　窓の下の方で男が二人歌っていた。そのうちにほかの者たちも加わってグループができた。大声、嗄れ声、酔っぱらった声で何人もが歌っていた。

「彼女の瞳はダイアモンド
　うるわしの女王、肩に波打つ髪を押さえる
　黒いベルベット」

　歌いやめるのを待っていたのだが、彼らは一つ終わると大喝采、そして新しい歌を歌いだした。

「さようなら、私のいとしいディナ、さようなら、さようなら、さようなら
　聖なる地を、われらが最愛の乙女たちをわれは去りゆく」

　ほかの誰よりも大きな声の歌い手が歌い出した。ナンシーは暗闇に横になって聞いていた。第一連の終わりがどうなるか彼女は知っていた。「愛しき乙女よ！」そしてまた続くのだ。隣人たちも起きているのかしら。警察に電話しても無駄か。

　歌声が大きくなっていったとき彼女は窓辺へ行き、カーテンを開けてシャッターを半分引き上げた。この音に気づいて黙るかと思ったのだが相変わらず歌っていた。五、六人若者がいて、すぐそばに若い女の子が二人いた。

「すみません！　すみません！」

　初めのうちは誰も彼女の声を聞いていなかった。そのうちに女の子の一人が彼女を指さした。歌っ

ている連中が通りに出てきて彼女を見た。

「すみませんがもう寝る時間なので。子どももいますし」

「別にじゃまなんかしてないよ」一人が叫んだ。

「ここは自由な国だろ」彼の横の若い男がつけ加えた。

ほかの連中はみんな黙って彼女を見上げた。

「ずいぶん遅いですよね」彼女が言った。「すぐ家へ帰ってくれますか」

ちょっと上流ぶった言い方だということは分かっていた。

「聞いたか、みんな？　えらく上流ぶってるじゃないか」一人が叫んだ。

「お偉方様」

彼女はそこにいる方がいいのか引っこんだ方がいいのか分からなかった。見ていると一人がグループから出てきた。大声で歌っていたあの男だろう。モニュメントの方へ来て叫びだしたが、誰かは知らなかった。

「ケツ、ケツ」

彼女は窓を閉めカーテンを閉めた。ところがこれが広場にいるこの男をますます怒らせたようだ。

「ケツ」叫ぶ。「大ケツ」

「おい、マート、やめなよ」連れの一人が彼に怒鳴った。

だが男はやめなかった。

「大ケツ穴、大ケツ穴」

次の週にバーズアイが来たとき、スーパーが閉まる六時にもう一度来てもらえるか訊いた。彼女は質問を準備しておき彼はその答えを万全にしておいた。木曜日に据えつけに必要な部品を見にダブリンへ行く、そして必要なものを彼女に販売する会社と条件を打ち合わせるという手筈になっていた。バーズアイは彼女のために、橋渡しやいろいろな取り決めをやっておくことを保証した。

「スピードですよ、ミセス、スピードが決めてですよ」と彼は言った。

彼が帰っていくとすぐ彼女は二階へ行きベティ・ファレルに電話して、彼女が勧めたキルケニーの家具屋の名前と電話番号を訊いた。ベティは何も訊かずに彼女に電話番号をすぐさま教えた。彼女が電話するとオーナーが出て、翌日夕刻彼女が売却する必要のあるものを見に行くことに同意した。

彼は白髪交じりの背の高い男で、いなかの国立学校の先生を思わせる穏やかな風貌をしていた。店の上の、古いダイニング・テーブルが置いてある部屋へ彼を案内した。彼はテーブルの表面に指を走らせ、跪いてテーブルの下を見た。

「これ、売られるんですね？」彼が訊いた。

「ええ、それとサイド・テーブル二つですね、値が合えばですが」と彼女は言った。「ほかにもあります」

彼を居間へ連れていき、マントルピースの上に掛けてある絵を見せた。

「はっきり言いますとね」と彼が言った。「私なら売りませんね。売ったら最後、二度と戻りませんよ」

「いい値なら売ります」彼女は言った。「もう一枚二階にあります」

「これに値をつけるのは難しいでしょう」彼が言った。「本当にこれがほしい人はなかなか現れないでしょうね」

「あなた、バイヤーではないのですか」

「私はディーラーです」

「なるほど。本もありますが、本は扱われるのですか」

夕方いっぱいかけて彼はリストを二枚作成した。一枚には三点しかなかった。ジョージ王朝様式の食卓、サイド・テーブル二つ付き。フランシス・ダンビー作スレーニー川の油絵二点。ホアの『ウェクスフォード史』初版本。もう一枚のリストには、これより価値の小さいもの十五、六点が載っていた。

「もう一度こちらへどうぞ」彼女が言った。「玄関のシャンデリアは元からあったものです」これを彼は第二のリストに加えた。

「どうでしょう?」玄関のドアのところで彼女が訊いた。

「そうですね」彼が言った。「金を持ってまた来ます」

「現金でお願いします」彼女が言った。

「逃亡寸前という感じですね」彼が言った。

「なんですって?」

「これくらいのもので現金をと言う人にはお目にかかったことがないですよ」

木曜日に彼女はダブリンへ飛ばし、セント・スティーヴンズ・グリーンに車を停め、ラッセル・ホテルで取引相手と会った。この男、バーズアイと同じく熱心で、親切で、積極的だった。

「では」と彼が切り出した。「このトマス・ストリートの男がお宅に必要なもの一切を販売します、そして取り付けもしてくれます。真っ正直で、仕事を熟知しています。支払いは即金です」

ここで彼は言葉を区切り、これで承諾か確かめようと彼女を見た。彼女は身じろぎもしなかった。

「ジャンボ冷凍庫が要ります」彼が続けた。「そういうの持ってる人を一人知ってます。材料卸人を一人決めなくては。それを私がやります。全部準備完了、冷凍、週一回配達。すべて即金です」

急に彼は手ごわそうな、脅しに近い、即金でなければどうなるか分からないぞということをほのめかすような顔つきになった。

「まあ、ほかも当ってみようと思われるかもしれないが、こんないい取引はありませんよ」

ダブリンへ来る途中ずっと彼女の心に引っかかっていた質問が一つあり、それを彼に訊いた。「知りたいことがあります」彼女が言った。お宅の冷凍ポテト、大はいくらですか？　フライドポテトはそれで幾袋できますか？　冷凍ハンバーガーは一ついくらですか？」

書きましょうと彼が言ったのだが、彼女は、すぐ頭で勘定して分かる範囲でけっこうです、それを教えてくださいとはっきり言った。詳細を彼が言ったがずいぶんゆっくりやっていた。暗算でやる必要があるのでもうけっこうだと言った。

「ほかの店を当たる必要はありません」しばらく後で彼女が言った。「あなたに決めます」

「それだけですか？」初めてちょっとからかい半分に彼がそう言った。

「そうです」彼女はそう言い、にっこりした。

トマス・ストリートの倉庫の男は小柄で太っちょ、快活だった。バーズアイが彼女に頼んだ店の寸法を彼はすでに持っていた。彼女に図面とファーストフード店の青写真を見せた。これを昼夜兼行、一日きっかりで仕事完了とのことだった。

「何が起こるか分かりませんよ」クスクス笑いながら彼が言った。「もう一つだけ必要なことがあります、新しい足以外にね」足に触ってさも痛そうに飛び上がった。笑って、「名前ですよ。それを照明で浮き上がらせるんです」

「店の？」

「大きな照明サインです」

「ザ・モニュメント」彼女が言った。「名前はザ・モニュメントです」

「いいですねえ」彼はそう言ってメモを取った。「じゃ、二週間で準備完了。来週、半金お願いします。残りは仕事が完了してから」

「現金ですね」彼女が言った。

「その通り」彼が答えた。


キルケニーの男が言葉を濁した。

「あの絵は値がつけられませんね。値打ちの分かる人はまずないでしょう。ダブリンの大きな競売でもかけれれば別でしょうが」彼が言った。

「じゃ、どうしてあなたが買って競売にかけないのですか」

「つまり、そういうことです」彼が言った。「特にあの大きなのは、私がお支払いするより五、六倍の値で売れますよ」

「幸運おめでとう」彼女が言った。

「私はやりませんよ。私は妥当な線くらいで」冷ややかに彼が言った。

「そこそこ出してくださって即金なら売りますよ。あなたがそれで億万長者になろうと、支払い後は文句なし」

「明日電話します」

スーパー横の倉庫でファーストフード店を開くというプランは誰にも言わなかった。ベティ・ファレルに言おうかと思ったが、そういうベンチャーには彼女があまり乗り気ではないかもしれないと考えてやめた。だがファレル夫妻と小切手取引でキャッシュを集めるということは続けた。銀行とはもう取引をしなかった。キルケニーの男が当初目算したより多い売却金で手を打つことになり、彼に会いに車を飛ばした。何も言わずに彼は二十ポンド紙幣がいっぱいの封筒を彼女に渡した。サイン板と店の装飾は無論、大きな急速冷凍庫、機械類、備え付けも優にできる金額だったが、材料費やスタッフの給料、維持費も必要だった。へそくりに手をつけたくはなかったが、信用組合に金を入れるとたくわえの二倍借りられることが分かっていた。

ジム・ファレルが信用組合委員会のメンバーであることは知っていた。彼女はベティに、ジムとベティが現金に換えられるローンを、信用組合が現金か小切手で出してくれるかどうかジムに訊いてもらえないかと頼んだ。

「ジムが現金でやってくれますよ」同日少し後でベティが彼女に言った。「ただし、あなたは委員会に一度顔を出さないといけないけど。それからジムがね、委員会メンバーの中にはうるさいのがいて、あなたのビジネスについていろいろ聞きたがるだろうが、彼らのことは気にせず、現金の件については黙っているようにって」

彼女はベティに打ち明けようかともう一度思ったが、思っていることを一度口にしてしまうと勇気が消え失せるかもしれないと考え、結局何も言わなかった。ベティはきっとものすごく興味津々に違いなかった、それなのに、彼女にすぐ問いただすなどしないベティを彼女は讃嘆した。

信用組合に金を入れた翌日、ローンを依頼するために委員会メンバーと対面する順番を待っていた。待合室に顔見知りは誰もいなかったが、オフィスに入ると委員会のメンバー四、五人は顔を知っていた。ジム・ファレルは努めてビジネスライクに振る舞って、彼らが彼女を知っていることを確認し、彼女を信用組合に迎えたいことを明確にした。ジム・ファレルが話しているあいだ彼女をじっと見ているほかのメンバーがいやだった。最初の手付けを打ってすぐローンを頼もうとする人々にはいい顔をしないのだ。とにかく彼女に質問をしないではいられないこと、家に帰ると妻に彼女のことをしゃべらないではいられないことが見え見えだった。

「ダンズ・ストアは打撃だったでしょう」委員会のメンバーの一人、マット・ノーランが切り出した。

「なかったと言えばうそになるでしょうね」口紅の色が濃すぎたかな。

「広場に駐車場がないことは致命的でしょう?」彼が続けた。

彼を無表情に見つめて彼女は何も言わなかった。

「私たちは、ビジネスの才腕ジョージとナンシーを尊敬してきました」ジム・ファレルが言った。「それでは、もしご質問がなければ……」

「これまでに信用組合へ一度も足を運んだことがなかったというのは変ですね」マット・ノーランが食い下がった。「それに」彼が手を上げた。「発言を許してもらえるなら、ジム、経験もない女性がビジネスを引き継ぐというのはいかがなものでしょう。融資の拡大解釈は危険です。助言があるとすればそれはどんなものですか。もう少し数字を出してほしいですね」

彼女の知らない人物だったが、メンバーのうちのまた一人がタバコに火をつけた。若かった頃のマット・ノーランをナンシーは思い出した。彼女の母の店で、自分用に菓子や袋入りのシャーベットを買っていった。同じ光沢のあるスーツ、この三十年間続けているオイルでなでつけた同じ髪形、同じパイオニア・ピンをつけている。

「ですから、もしできれば……」と彼が続けようとするのをジム・ファレルが遮った。

「ナンシー、よく来てくださった。信用組合はあなたを歓迎します。今後は必要に応じて連絡を取り合いましょう」

彼女が立ち上がると、マット・ノーランが憤慨した顔つきで彼女を見た。彼が何を考えているか分かっていた。シェリダン一族の者と彼女は結婚した、そしてその虎の威を借りて金を借り入れようとしている、まったく図太い神経の持ち主だ、と。

この日の夕方遅く、彼女が子どもたちと一緒の時間を過ごして居間に戻ってくるとベティ・ファレルが電話してきて、借り入れが認められたことを伝え、ジムが明日現金で持っていくと言った。

彼女はダブリンへ車を飛ばし、トマス・ストリートの男に半金を渡した。先日スーパーを解雇した若い女の子二人を見つけ出し、彼女たちがこの仕事を必要としていることが分かっていたので、勤務時間が変わるということをはっきりさせた上で再雇用を申し出た。急にきれいに片づける必要があるのが何のためか子どもたちは怪訝な顔をしていたが、彼らの助けを借りて空き箱とか要らないものを倉庫から出し、山のようなゴミを町のゴミ集積場へ運んだ。ペンキ塗りをある男に頼み、終わると報酬を現金で払った。バーズアイが彼女の注文を取りに来たときに、彼とあらゆる細かいことを相談しあった。彼の友人に電話して、二週間の商売をするのに必要な品物はなにとなにか相談した。そこでやっとすべてが終わり、あとは秘密を守るだけ。

二日後に冷凍庫が設置され、それから材料が届いた。ハンバーガーの箱、衣つきフィッシュ、冷凍フライドポテト。真昼間の仕事だったにもかかわらず、冷凍庫が店に運びこまれるのを誰も気づかなかった。起こっていることすべてを知りたがっていたジェラードだが、店をのぞいて目新しいことはないか見てみようなど考えもしなかった。彼女は倉庫のカーテンを下ろしたままにしておいた。

トマス・ストリートの男が金曜日の夕方八時にやってきた。彼に会えるように配達は一日早くやっておいた。ドアのところに立っていると彼のバンが乗りつけられ、中に男が五人いた。

「みんなイングランドから帰ってきている男たちでね、残業がのどから手が出るくらいほしい。で俺は、残業か、オーケー、あるよって」と彼は言った。「明日の晩、家で最後の一杯が飲めるようちゃんと送り返してやると約束したんだ。これは大忙しだね」

彼がクスクス笑った。

「で、いつ寝るんです、あなたは？」彼女が訊いた。

「あまり寝ないね」彼が言った。「床に寝っ転がるだけ。真夜中頃と朝八時にどっさり食う必要あり。ソーセージやベーコンや卵、全部ね」

「この機械の使い方はいつ教えてもらえるのかしら」彼女が訊いた。男たちが店へ入ってきた。

「フライドポテト作りは五段階」と彼が言った。「フィッシュも同じ、でもバーガーは別。紙とペンくださいい、書きますよ」

「開店はいつなのかしら」

「ここを出るのは明晩九時、そのときです。油を熱して待つだけ」

「明日の晩開店ということ？」

「もう一つ。これね、扇風機、これはミラクル。窓の隅に置いておきますよ。油を熱してできるだけ高い温度にする、そこへ冷凍ポテトを放りこむと数分でほぼ出来上がり。そのとき窓を開けて扇風機を回すと町の人たちはフライドポテトのいい匂いにつられて、オックステール・スープにおびき寄せられたテリアよろしく集まってくること請け合いですぜ」

彼女は町を走り回ってあの女の子二人を見つけ出し、翌日の夜九時過ぎに来て数時間働くよう頼んだ。二人ともスーパーがなぜそんな時間に開いているのかなど訊かなかった。

帰宅すると子どもたちにテレビを消させ、これから何が起きるか話した。

「フライドポテトなんか金になるの?」ジェラードが訊いた。

「お母さん、そこで働くの?」少女たちの一人が訊いた。

「スーパーは続けるの?」ジェラードの質問。

彼女は子どもたちに始まったばかりの仕事を見るのを許した。

ホールに立って見ていると、男たちが重い箱を運びこんでいた。本当に父親そっくりだった。「この商売ってどんなの?」なんでも知りたがるジェラード、彼女はハッとした。

真夜中、彼女は男たちをキッチンへ呼んだ。テーブルには彼らの食べ物がわんさか並べてあった。言われた通りに大量のフライを作り、ビーンズの大缶数個も温めておいた。ところが料理はあっという間に消えてなくなり、お茶も飲んでしまった。もっと作らなきゃ。ベーコンとソーセージを炒め、ビーンズの缶詰を温め、店へ行ってパンをもっと持ってきた。お茶もどんどん入れた。男たちはしゃべり、笑い、彼女のことなど知らん顔、食事を勧められたときだけ彼女に気づいた。二の腕に長いブルーの刺青(いれずみ)の男がいた。碇(いかり)の刺青だった。

夜通しハンマーやドリルの音で何度も目が覚めた。七時に彼女が着替えをして階下へ行くと、ジェラードがもうそこに座って仕事の進行を見ていた。彼女を見てもほとんど無視。ワイヤーとおがくずの山の中にカウンターと調理場はもう形ができていた。スーパーで一日中どんなふうに過ごそうか。通りに駐車したバンに男たちが出たり入ったりしてドアはしょっちゅう開いたから、倉庫のドアの隙間から改装工事が進行しているのを見た人たちがいろいろ訊いてきたら何と言おうか。

「奥さんもうすぐ朝飯だ、頼んだよ」ボスが言った。

「夕べは徹夜だったんですか?」彼女が訊いた。

「悪人に暇なし」笑いながら彼が言った。

「今夜オープンって本当?」ジェラードが彼女に訊いた。

「本当よ」彼女が言った。

「めっちゃいっぱいやることがあるんだなあ」彼が言った。

朝食後、今日一日のことを考えていたナンシーはボスに出くわした。

「店の名前は分かっていますよね」彼女が訊いた。

「ザ・モニュメント。ここにありますよ」彼が言った。

「ギリギリまでその看板を出さないでもらえますか、ほかのことがすべて完成するまでということだけど」

「もちろんですさ」彼が言った。ジェラードが疑わしい目つきで彼女を見ていた。


彼女はいつも通り九時半にスーパーを開け、パンを中に運びこんだ。早く学校へ行った女の子たちは、この日は友だちと遊んでくるはずだ。ジェラードは倉庫辺りをぶらついてそこから離れようとせず、外出することも拒んだ。十時にキャサリンが来た。彼女もナンシーも、いつもと違ったことは何もないかのようにレジに座った。土曜日は開店時間が遅くて一番忙しい日だ。トンカントンカン打ち続ける音やドリルで穴を開ける音が大きくなっても、キャサリンは彼女に何も訊かなかった。すごく眠そうで、何かおかしなことがあっても気づかなかったみたいだ。午前中ナンシーは、隣でやっている仕事について説明を求めに誰か来るかと待っていたが、誰も来なかった。

昼食時彼女はキャサリンを一人店に残し、男たちのためにフライを作った。彼らが注文したポテトも。何か大事な機械を入れ忘れたとか、予想していなかった問題が発生したとか、所要時間の計算が間違っていたとか、ボス――あのトマス・ストリートの男だ――が、言いに来るかと待っていたのだが、彼は微笑み、自信に満ちていた。男たちが食事をしているあいだに彼女は階下へ行った。倉庫にジェラードが一人きりでイスに腰かけていた。二人でそこにある新しい機械を見たり、接続がまだ終わっていないワイヤーが迷路のように絡まり合っている天井をじっくり見た。フライドポテトを揚げるスチールのクッカーを彼女が開け、揚げたフライを載せるところを二人で点検した。そこからフライドポテトをすくって袋に入れるのだ。この袋も業者から渡されていた。プラスチックの塩と酢のボトル、それとトマトの形のケチャップ容器は二階に置いてあった。

ジェラードと新しい機械を点検していた彼女は、倉庫のカーテンが開いたままになっているのにすぐには気づかなかった。二人の女性が中をのぞきこんで彼女を見た。二人が行ってしまうまでカーテンの陰に隠れて待ち、行ってしまうと急いでカーテンを閉めた。

「どうしたの?」ジェラードが訊いた。

「二階へ戻るわ。誰にもしゃべらないでよ」彼女が答えた。

「ジェラード、誰か町の人が何か質問したらね、母さんに言ってくださいって言うのよ。あんたは何も言ってはだめ」

「オーケー」自分が差配しているみたいにジェラードが言った。「二階へ戻って。誰か僕を呼んだら、いないって言って」

六時。彼女は再び店をキャサリンに任せた。帰宅した娘たちは倉庫を無関心にチラッと見ただけで、そこで何が起きているか興味を示さなかった。それに対してジェラードはずっとその部屋にいて、まるで目を離したら消えてしまうというかのようにじっと仕事を見ていた。男たちの次の注文はハム・サンドイッチとお茶、それとチョコレート・ビスケットだった。


新しい店がほぼ出来上がった。すべて順調。二人が看板作りにかかっていた。倉庫のドアと窓の上の石を削りとり、ドリルで穴を開けていた。「ザ・モニュメント」と大胆に赤で書いた、白いプラスチックの長いサイン板が壁に持たせかけてあった。

「ライトがつくとステキですよ」ボスが彼女に言った。

ナンシーは陰になったところに立っていた。すぐにも人が集まってくるかと期待しながら。

「元気出して！」彼が言った。「うまくいくから」

「大丈夫だよ」ジェラードが遮った。「今夜九時に開くんだ」

「宿題ないの？」彼女が訊いた。そのとき急に二人は、ドアの上にかけるサイン板と同じ硬いプラスチック製の値段表に気を取られた。品目と値段を書いた値段表はナンシーが数日前にボスに伝えておいたものだ。

「これもライトアップです」彼が言った。「それからこれね、あなたが言った通りの値段ですが簡単に変えられます。最終値段は任せますよ。ちょっとここでアドバイスを二つ。まず辛抱。辛抱ね。油もフライドポテトも衣もバーガーも時間がかかる。客は待ちきれない、匂いをかいただけでワオ！速く速く！客は無視するの、ね、いいですかい。フライドポテトが生揚げだとか、衣がパリパリになってなかったよって真っ先に流されるからね。これが一つ。もう一つはですね、フライドポテトを袋に詰めるとき、もうひとさじ余分におまけ、ね、これはききますぜ。なんてことはないんだけど、もうけた気にさせる。みんなこの店が大好きになりますよ」

「ケチャップのお金とるの？」ジェラードが訊いた。

「うんにゃ」彼が言った。「塩、酢、ケチャップはいくらでも使ってもらう」

「うまくいかなかったらどうするの？」ナンシーが訊いた。

「お祝いのフライドポテトを道で食べよう！　絶対うまくいく。バーガーは冷凍庫から出しておくこと。腹痛起こしたら困るもんね」

彼女はいつもより一時間早く八時にスーパーを閉めた。隣で何が起こっているか全然興味を示さずに、キャサリンは家へ帰った。二人の娘が二階から下りてくると、ちょうどドアの上にサイン板がネジで止められて後ろのライトがついたところだった。ナンシー、ジェラード、娘たち、ボスは通りの向こう側へ行って、モニュメント近くに立った。この新しいファーストフード店のピカピカ、モダン、きれいなこと！　そこへあのスーパーで働いていた二人がやってきて、ウワッ！　目を見張った。油はもう熱くなった。ハンバーガー、衣つきフィッシュは解凍できた。冷凍フライドポテトのプラスチック袋第一号が床に置いてある。油が完全に熱くなって材料を放りこむばかりになった。ナンシーは二階からぼろきれを持ってきて、そこらじゅうをきれいに拭いた。やってきた店の女の子たちは窓を、ジェラードは床を拭いた。もういつ開いてもいいぞ。

とにかく辛抱だと言ったボスの言葉は正しかった。彼女が最初のフライドポテトを放りこむのを彼はすぐそばに立って見ていた。冷凍ポテトが熱い油にジュッと大きい音を立てて飛びこんだとたん、彼女は思わず後じさりした。

「あのね」彼が言った。「もう一つの黄金律。見ててもフライドポテトはできないよ」

「どれくらいで揚がるの?」ジェラードが訊いた。

「十五分」彼が言った。「十五分きっかり。フィッシュも同じ、ホットプレートのハンバーガーも同じ」

フライドポテトが揚がっているあいだにバスルームから男たちが一人また一人、シャワーと髭剃りを終えて出てきた。ナンシーは二回目の設置費用を払った後、一人一人に渡すチップの入った封筒を準備しておいた。

「あのね、一つだけ忘れていたことがある。あなたも気づいていないが」とボスが言った。「ちょっとフライドポテトはおいといて、考えて。ちょっと見回してみて」

みんながぐるっと見回した。フライドポテトがジュージュー言ってる。ナンシーは何も思いつかなかった。

「レモネードとかペプシコーラの注文があったらどうする?」

「冷蔵庫にありますよ」彼女が言った。

「うん、でも私が渡したリストを見て。ソフトドリンク・メーカーがあるはず。どこ?」

「知りません」彼女が言った。

「忘れたんです」彼が笑った。

新しい大きな金属の道具で最初に揚がったフライドポテトを彼女が取り出したときは、もう九時近かった。

「もう慣れましたね」ボスが言った。「カフォラ〔レストランの名前〕のスタッフ並みだね」

　通りがかりの人たちが足を止めて店内をのぞきこんだ。フライドポテトを袋に詰めビネガーをかけた、とそのとき、ベティ・ファレルが窓のところを通りかかり、チラッと彼女の方に視線を投げ、足早に立ち去った。ほかにも何人か窓のところで立ち止まるのが見えたが、誰も彼女に挨拶をしないし、店に入ってもこなかった。

　フィシュ・アンド・チップスが出来上がり袋に詰めるとすぐ、男たちはバンへ車へと急いだ。ナンシーは彼らと握手し、礼を述べた。

「ハグしてね」ボスが言った。彼女の頬にキス。

　ナンシーとジェラード、女の子たちは、ダブリン目指して出発する彼らに手を振った。

「またあの顔になったよ」ジェラードが彼女に言った。

「あの顔って?」

「今にも逮捕されるんじゃないかみたいな顔だよ」

次の週の水曜日に行政の企画課、木曜日に保険課から担当者の訪問があった。どちらもまるでフンフンかぎまわるグレーハウンドみたいだと彼女は思った。二人とも彼女をまともに見ようともしないで、話しかけるときは天井とか床に目をやるのだった。企画課担当者は、この店は閉めなければならないだろうと言った。いろいろ苦情が出ている、それに苦情がなくても、スクエアにファーストフード店を開く許可を取っていない。もちろん許可の申請はできますよ、でも時間がかかります、と言った。そのあいだ商売はできない。保険課担当者は長いこと冷凍庫の中をのぞき、油の匂いをかぎ、何も言わないで行ってしまった。

二日後彼女は保険課から、衛生規則違反の旨を指摘する手紙を受け取った。同日の朝別の手紙を開けると、銀行の弁護士からのもので、彼女に対する訴訟手続きを始める旨が認めてあった。

その晩、通りの角を曲がりアイリッシュ・ストリートへ車を飛ばした。徒歩だとファーストフード店のことを訊かれるとか、ゴミの苦情を言われるとかするかもしれないと思ったのだ。ネッド・ドイルの家のドアをノックすると女房が出てきて、ゆっくりと注意深く彼女を観察した。

「主人が家にいるか知らないわ」と彼女が言った。「見てくるわね、出かけたと思うけど」

無表情でナンシーは彼女を見つめた。

「見てくるわ」彼女が言った。

ネッド・ドイルが玄関に出てきた。スリッパも靴も履かず、胸のところのボタンはいくつかはずしたまま、くしゃくしゃ髪で手に『イヴニング・プレス』を持っている。

「ああ、ナンシー、ちょっとタイミングがよくないですね」と彼が言った。「が、まあお入りなさい」

カーペットの敷いてある小さな表の部屋へ通じるドアを彼が開けた。部屋のテーブルや食器戸棚は箱や紙でいっぱいだった。

「ネッド、お手間は取らせません」彼女が言った。

肘掛けイスの紙類やパンフレットなどを片づけて、彼女にイスを勧めた。一瞬彼女はどうしようか迷った。言いたいことを説明するのには立っている方がいいことが分かっていたので。にもかかわらず彼女は腰を下ろした。彼はテーブルの反対側の固いイスに座った。

「私がここへ来た理由はお分かりですよね、ネッド？」

「分かっています。分からないといってもしょうがない。騒音だ、ゴミだとモニュメント・スクエアの商店からの苦情が多くてね。それにもちろん規制が、ありとあらゆる規制がありますからね」

立っていたらよかった。そうすればもっと鋭く彼を見据えていられるのに。こんなふうに彼に向き合って座っていると威厳が保てなくなってしまう。彼女はそう感じた。とにかく黙ったままではいられない。

「おかしな助言をもらったようですね、ナンシー。ファーストフード店を開くというのはどうもねえ」

彼女は何も言わずマントルピースの上の時計のチックタックを聞いていた。デ・ヴァレラ〔アイルランド共和国第三代大統領〕と握手しているネッドの写真が壁に飾ってあった。

「当然考えたのは」彼が言った。「ジョージはかなり残したということですよ」

「そうですか？」

「それにね、ああいう店はね」ちょっと心配そうな顔つきだったが、しばらく躊躇（ちゅうちょ）した後、「パブがひけた後フライドポテトを売るという、ああいう店はね、まあこんな言い方で悪いのだけど、シェリダン家の家名にシミがつくといったものかと思いますがね」

「私はシェリダンと関係ありませんよ、ネッド」

「別にまずいと言っているのではないんですよ、ナンシー」

「分かっています、ネッド」彼の目をじっと見て彼女はそう言った。

再び沈黙があった。まず自分から切り出さなくてはいけないこと、目をそらすようにさせたのは自分だということが彼女には分かっていた。

「つまり、これはフィアナ・フォールの仕業ですか、寡婦はビジネスに手を出すべきではないと?」

「ちょっと、ナンシー」彼が手を挙げた。

「そういうことなんですね、ネッド」

「ナンシー、あなたは企画許可なしに開店し、誰にも相談しなかったでしょう」

「うちの店を閉めさせようというならまずいことになりますよ、ネッド」

「ナンシー、それは私たちとは関係ないですよ」

「ああそうですか。では政治はいったい誰が取り仕切っているんでしょう。州議会や市街地評議会を動かしているのは?」

「ナンシー、法の目をくぐり抜けることはできませんよ」

「できない、そうですか。ダンズ・ストアの駐車場はどうしてできたんですかねえ。ずいぶん鷹揚ですよね」

こう言ったとたん、言いすぎたと彼女は思った。彼は彼女の失点をつかみ、心配げにうなずいていた。シェリダン一族は代々フィナ・ゲール党をサポートしてきた。そのことを彼が了解ずみであることを彼女は知っていた。彼はこの土地の人の支持政党を全部知っていたのだ。今フィナ・ゲール党は無力、権力はフィアナ・フォール党の手に握られていた。

借入金の大きさを強調した銀行からの手紙と、彼女に対する脅迫的言辞を連ねた、銀行弁護士からの手紙を取り出して彼に渡した。彼はシャツの胸ポケットからメガネを取り出して手紙を読んだ。彼を見ていてナンシーは思った。自分はネッドと同じ年なのだ。たいそう若いときに学校を出たわけだが、どのようにこの町でフィアナ・フォール党運営を軌道に乗せたのだろう。選出された政治家の中でも彼は一番強力だった。一瞬彼女はジョージに聞いてみようと思った。こういうことに詳しかった彼に。ジョージは死んでもういないことをすっかり忘れていた。

「ああ、ナンシー」ネッドが言った。「どうしてこんなひどいことに?」

「最初の手紙の日付を見てください、ネッド。ジョージが残したのは借金だけ。そして書類はすべて彼の母親がサインしたのです。ですから、こんな大変なことになったのはシェリダン親子のせいです。ジョージが私に残したものは三人の子どもと莫大な借金だけです」

これまで彼女はそれほど徹底的に考えたことはなかったのだが、赤裸々に事態をさらけ出す方が、今の場合涙よりずっとものをいうことを知っていた。

「財産はないのですか?　投資とか貯金とか?」ネッドが訊いた。

「何も。その手紙に書いてあるだけです」

「売れるでしょう」

「持ち家の値打ちより借金の方が大きいです」

「そうですが、これは銀行からの借金ですから取引はできますよ」

「でもネッド、そうなったらどうしたらいいんでしょう？　住むところもなくて」

彼女に手紙を返した。

「私に何をせよと？」彼が彼女に訊いた。

「手を引けと言ってください」

「誰に？」

「企画課と衛生課に手を引かせてください。それから、あなたの言うスクエアの商店主たちに本当のことを言ってくださいい、私を路頭に迷わせたいのかと。私はもう道がない、放り出されるのはゴミじゃないです、私です」

「それは難しい、ナンシー」彼が言った。

そんなことは過去にもあったでしょうともう少しで口に出かかったが、ここは黙っていよう。みじめで謙虚な態度が一番だ。

「三人の子どもを抱えて私は路頭に放り出されました」彼女は悲しげに言った。

「二、三日ください」彼は言った。「しかし約束はできませんよ。商売を始める前に一言言ってほしかったですね」

もう黙っていられなかった。

「答えは分かっていましたよ」

彼女は立ち上がった。

彼女にドアを開けてやりながら彼は玄関でちょっとためらっていた。

「まあ、いろいろ困難はあったにしても」彼が言った。「我が国はものすごく進んだ、そうでしょう、ナンシー？　発展ぶりはめざましいものがあるじゃないですか」

これが援助しましょうという彼独特の言い回しなのだ。そういう印象が何日も彼女の心に残った。ネッドと彼女は、銀行とか弁護士とか企画許可とかなるものを知らないで育った世代であり、今そういうことを自由に論じあっているのだという含み。これで何か手が打たれるとあれば、それこそ進歩というものだろうと彼女は考えた。


一週間後、ネッドがやってきた。彼女の援助はできる、ただし慎重に秘密裡にやらなくてはならない、と言った。彼女は企画許可申請をする、もし却下されたら訴えること。時間はかかるだろうが拒絶されることはないだろう。彼女の方でも衛生規則はちゃんと守らなければならない。約束をだんだん増やしながら、再び彼女は徐々にではあるが進めるようになった。規則の完全順守を明記した書類をただちに衛生課課長に送ること。彼がまた来るまでには時間がかかるからそのあいだに彼女は、彼からの要求を少しずつ満たすことが可能だった。衛生課課長は気難しい男だとネッドが言った。

その日彼女は、ベティ・ファレルに会って謝るか説明するかしようと心に決めた。何度かベティはこの店を通りかかったのに、いつものように手を振るなどしなかった。ファーストフード店のおかげで現金はそれこそありあまるほどあったから、安全のためにチェックを現金にすることは今はもう必要ではなかった。それで彼女は銀行のマネジャーにアポを取り、週後半にローン一ヶ月分の現金を持って会いに行った。全ローンの支払いが完了するまで毎月この日に同額を入れると約束した。スクエアを横切りながら彼女は、ミスター・ワラスに言う言葉を考えた。金は受け取ってもいいし受け取らなくてもいい、どちらでもよいということで終わりにしようと決めた。でも、彼はいつも愛想よかったからスピーチはやめにして、何も言わずに汚い、くしゃくしゃの札の混じる金を渡す、彼が金を数えているのを見、レシートを受け取り、握手して別れるのだ。そうだ、それがいい。

どの時間帯が一番もうかるか、だんだん分かってきた。十二時から二時のランチタイム、その後夕方八時近くとパブの閉まる十一時まで、週末はこれよりもっと遅くまでだ。ファーストフード店はすごく儲かるのにどうして誰も気がつかないのかなと思ったが、それは誰にも言わなかった。バーズアイにすら言わなかった。

それはともかく、スーパーは赤字なのでたたもうと思っているのだと言うと彼が、ちょっと待って、考えるところがあるから。細かくつめた案をもってまた来ますよと言った。

「この前は私の言うことに耳を傾けましたよね」彼が言った。「ま、あなたが思慮深い方であれば、も一度耳を傾けることですな」

次の週彼がやってきて、スーパーは閉店し、スピリッツとワインとビールとタバコだけを売る店をオープンしなさいと言った。

「ワインはここに置いてますよ」彼女が言った。「誰も目もくれやしない、古くなって腐ってますよ。

それはだめだわ」

「これね、これから売れますよ」彼は言った。「ワインは人気が出てきます。それからね、ビールを家で飲むようになってきます。うそは言いませんよ」

彼と同じくウォーターフォード出の友人という人物を彼女のところへ来させたが、この人物が市場調査の結果というものを彼女に見せた。

「この町で口火を切るんですよ」彼が言った。「ワインとビールをウインドーいっぱいに並べるんです。特価セールも絶対ね。客はワンサカ飛びこんできます。コーンビーフや食器洗いより売れること間違いなし。仕入をうまくやれば儲けは上々、きれいな商売ですしね。朝は遅い、十一時開店ですよ」

今度も彼女はマグズ・オコナーの姪、ニコルにだけ打ち明けた。彼女は実家へ帰ってきて、もうそこに定住するのだそうだ。街で出会ったときナンシーは彼女に、店をたたもうと思っているのだと言った。

「あらまあ、マグズがどんなに残念がることか。彼女金曜日が大好きなのよ、あなたが来る日だから」

「また出かけていくって言っといて」彼女は言った。でも、ファレル夫妻は道で何度か会っても彼女に話しかけようともしなかったので、ベティ・ファレルには必ず会いに行かなければと考えていたから、無理だとは分かっていた。

借金が大きすぎるということで、彼女の店にはもう卸はやめだという業者もいた。店じまいする何日か前まで残りの業者に言うのは待った。だが、一人として返却を要求する者はいなかった。彼女はバーズアイの友人に、腐らないものを底値セールで引き取ってもらった。一週間後、これもバーズアイのまた別の友人だが、彼に新しく陳列棚と明るい照明を取りつけてもらい、シェリダンズ・オフ・ライセンスをオープンした。ウインドーは特別セールの宣伝でびっしり。開店第一週目ですでに売上高は彼女の予想を上回った。キャサリンはこの新しい商品が気に入ったようで、それまでワインを飲んだことはなかったんだけど、この味好きと言った。卸業者が彼女にフリーの見本を渡していた。ナンシーがある日話しかけると、彼女はほとんど微笑みをもらさんばかりだった。

「クリスマスだね」立ち寄ったバーズアイが彼らに言った。「クリスマスはクライマックスだね」

夏の終わりまでにジェラードは、母がどれくらい儲けたのかが分かった。休暇中ほとんど、ランチタイムのファーストフード店は彼が一人でやった。そして、必要なものはなにか、何時ごろオーダーするか、値段はなどを母よりよく知っていた。彼女がすべて数字を頭の中に収め、キャッシュをテーブルの引き出しに積んでいくらもうかったかというやりかたなのに対して、ジェラードは、数字を書き出し、縦線を引いて七スペースを作り、週単位に毎日の収入、週給や材料費そのほかの経費を書き入れた。学校が始まってからも彼はこれを続けた。

「これって税金払ってるの？」彼が訊いた。そうだと彼女は答えたが、実は税金のことは考えたことがなかった。顔をしかめる彼。翌日彼はまた彼女のところへ来て父親そっくりの声で言った。あちこち照会したのだそうだ。経理を任す人間が彼女には必要、フランク・ワディングがいい、税金関係の仕事をやってくれる。

「誰に照会したの？」彼女が訊いた。「家のビジネスのことは誰にも言ってないでしょうね」

「訊いてみただけだよ。誰にも何も言ってないよ」

「誰に訊いたの？」

「そういうことに詳しい人だよ」

現金を扱うようになって彼はすぐ気がついた、銀行と信用組合に月支払いをすると、ごっそり金が消えることに。彼女に話しに来た日の彼の口調はほとんど彼女を非難するものだったので、そんな大きな責任を彼に与えたことを彼女は後悔した。住居とビジネスのこの建物は二重抵当に入っていること、いま金は入ってきているがそれでも借財はまだ大きいのだと言わざるを得なかった。正確にいくらの借金かと彼が訊いたとき彼女は、自分が経験してきた苦労と努力を彼は完全に無視していることに気づいた。彼は金の勘定に忙しかった。


大きすぎる机に向かって会計士は、ノートに全部の数字を書き出し、黙って考え老人のようにうなずいた。

「まあ、はっきりしていることがあります、それは」やっと彼が口を開いた。「ローンを組みなおして利息と税金が相殺になるようにすること、有限会社を作り自分もサラリーを受け取ること、現金はできるだけ早く処分すること、です」

言うやいなや彼はこういう大事な点を書き留めた。

「この先数ヶ月は最低まあ週一度くらいで連絡を密にすることです、そうすれば会計は軌道に乗ります。概観したところ、これはなかなか実りのあるビジネスですね」

女の子たちは酒屋にもファーストフード店にも興味を示さなかった。反対にジェラードはこの両方にあまりにも関心を持ったのでナンシーは、授業のあるあいだは彼が店で働くのは土曜日だけと制限しなければならなかった。だが、彼の数字の理解力は彼女のそれを上回っていたし彼の週単位収支決算は慎重に管理されていたので、決算書を経理担当に渡して銀行と交渉するようにさせた。ミスター・ワラスは大喜びだった。

「息子さんのジェラードね」ある日スクエアで彼女に出会ったとき彼が言った。「二十一になるまでに億万長者になりますよ」

次に会うとき小切手帳を頼むと言うと彼は即座に同意した。

彼女が仕事をするのは主に週末の夜だった。パブやディスコが閉まってから、フィッシュ・アンド・チップスやバーガーを待つ客が三、四人はいた。彼女は雇いの若い女の子二人と同じくらいよく働いた。客が酔っぱらっていようと早く早くとせっつこうと丁寧に応対し、いい顔を崩さなかった。客から金を受け取ることの楽しさ、コインや札でお釣りを出す楽しさ、これは彼女がスーパーで絶対経験したことのないものだった。レジの周りの熱気！　粗暴な客もいた。ぐでんぐでんに酔っぱらっていて、どこかの家の窓のところにフィッシュ・アンド・チップスを置き忘れたり、モニュメント・スクエアでゲロしたりということもあった。彼女は金を受け取り、にっこりした、誰にでも。

ゴミとゲロの苦情がずっと続いたとき彼女は、閉店後にモニュメント・スクエアを自分で掃除することにした。見つけたゴミは箱に入れ、あとで石鹸水を入れたバケツとブラシを持ってゲロ掃除。こういうことを朝の三時に音を立てずにやったのだが、スクエアの住人たちがみんなそれを知るようになって、余計なことを言ってすまなかったと言っている人も中にはいるということも耳に入ってきた。

スクエアの店のオーナーたちが、彼女が極めて善戦していることを理解し始めた。そして、きっとネッド・ドイルが口添えしてくれたのだと思うが、彼女がどんなに莫大な借金をしょいこまされたかということが人々の口に上った。ゴミの苦情は言わなくなった。ある日ネッド・ドイルが立ち寄って、彼女がジェラードのためにビジネスに全力投球しているのをみんなが讃嘆していると言った。

ジェラードが土曜日にファーストフード店で仕事をしているところとか帳簿をつけているところを見て、彼はちょうど彼の父が祖母からビジネスを引き継いだと同じように、いずれ自分がビジネスを引き継ぐのだと考えているのだとナンシーは気づいた。クリスマス・レポートにどの先生からも彼の学業状況に苦情が述べられているわけがそれで分かった。授業に身を入れる必要なんか絶対ないと彼は思っていたのだ。

ファーストフード店でレジを打っているときとか、酒類販売所からの売り上げを銀行に入れるときに必ず彼女の心に湧き上がったことを、ジェラードに最初に言っておかなかったことを後悔した。いつも彼女はこんなふうに人の目にさらされる存在だった。彼女の母の小さな店の時代以来、彼女を好きなだけ見つめたり、目をそらしたりされる存在だったのだ。いま彼女はダブリンを夢見ていた。両側に並木道が続き、そのあいだを縫うように家々が続く。ゴウツタウン、スティローガン、ブーターズタウンなどでは、ドアから外へ出るたびごとに親しげに好奇心に満ちて挨拶するなどということもない。お互い知らない同士だし、立ち止まって呼び止めたり話しかけたりするのを遠慮する人たちだった。みな普通の生活をする普通の人だった。それこそ彼女の望んだもので、彼らのようになるためにがむしゃらに働いていたのだ。借金を返して十分な金ができたら売り払い、誰も彼女のことを知らないダブリンへ出る。ジェラードと女の子たちは、普通に生活している普通の人たちになるのだ。行く手に立ちはだかって、ほらほら見ろよと札束を見せびらかすような人間のいない未来の生活を彼女は夢見たのだ。

クリスマスが終わった後のセールス・シーズンを楽しみに、彼女は娘たちとダブリンへ旅した。スイッツァーズやブラウン・トマス界隈を一緒に歩いていて、彼女たちの背がぐんとのび、すべてのものがサイズ調節を必要としているのにナンシーは急に気がついた。まるで、この都市へドライブしている途中で起こったかのように、その急劇な変化に彼女は驚いた。試着室から彼女たちが新しい服を着て出てきた。いいわねと言い、くるりと向きを変えさせたり、値下げ価格をチェックしながら、この六ヶ月彼女は娘たちをちゃんと見たこともなかったことに気づいた。家に帰ったら、ジェラードも気がつかないうちに大きくなってしまっているかもしれない。

門限を決めるとかファーストフード店に現れることすら禁じたのに、ジェラードは勉強は絶対やらないと固く決心していた。彼の背は伸びていなかった。だが彼独特の重心が横にある自信たっぷりな歩き方をするようになって、特に両手をポケットに入れているときこれが決まっていた。人によく話しかけるようになった。中には自分の三倍も年上の人たちもいたが、彼らにほとんど生意気なくらい親しげに話しかけるのだった。いっぱしこの町の名士になろうと努力している彼を見て、彼女は何とも言えない優しい気持ちになった。

一時に帰宅する子どもたちのためにちゃんとした食事を用意しようと思って、ナンシーは店の仕事を女の子たちに任せ、子どもたちが学校に戻ってからまた店へ行った。問題は三時からあとをどうするかだった。ワインのことが少しずつ分かってきていたキャサリンが仕切っていたから、酒売り場では彼女は仕事がなかった。底にワインをちょっぴり入れたグラスをゆっくり揺らして香りをかぐキャサリン。すごく人気の出てきたホテルで卸業者と一緒に彼女はワインフェスタを催したりもして生き生きしていた。彼女はナンシーとは、新着のいろいろなフランス・ワインや、彼女の意見ではひどいものらしいが、ブルー・ナン・ワインの品質について話したいと思ったことがある程度、一方ナンシーは彼女にはうんざりしてきたが、売り上げが上がったから彼女のサラリーを上げた。

こういう状況だったからナンシーが寝るのは午後だった。自分の眠りは死者のそれのように深く、夢など一切ない完璧な眠りに違いないと彼女は思った。子どもたちが外から帰ってくるのが聞こえると、もうあと三十分寝るのだ、絶対それだけと肝に銘じた。春になった。彼女は夕方六時になってもまだベッドの中、いま味わったばかりの快い重みを伴った忘却の数時間から抜け出すことは難しかった。ファーストフード店を八時にまた開けるのがいやでたまらなかった。週末などもう耐えられないくらいだった。でも、金のことを考えてがんばった。

会計士のフランク・ワディングがずっとアドバイスしてくれていた。酒店のもうけは大きいしファーストフード店も順調だから二年で借金は返せること、さらに、この二つは売っても、これを担保にしてさらに借りてももうけは上々と彼は言った。どれくらいの値打ちかと彼女が訊くと少しためらい、きっちりいくらかの数字は出せなかったが、彼女が追いこむとだいたいのところを出した。それによれば、ビジネスを売れば、もう働かなくても銀行と信用組合の支払いを終えてさらにダブリンに家を買うことができるらしかった。

次の夏の休暇をジェラードは、キャサリンがいないときは酒類販売所で、ファーストフード店の女の子たちが休暇でいなくなるとショップですごした。休暇の終わりに彼はフランク・ワディングと一緒に、税金をうまく逃れるより精密な会計システムと現金をより有効に処理する方法を考案した。もうすぐ学校へ戻る彼に会計士を目指したらとナンシーが提案すると、彼は肩をすくめて会計なんかもう知りたいことは全部知っているよと言った。

この頃亡夫ジョージのことが彼らの話題にほとんど上らないことは不思議だとナンシーは思った。一年ちょっと前くらいは、彼女を見た人は誰でも彼女を気の毒がった。何度も気の毒がらなくて済むように彼女を避ける人もあった。通りのむこうからこっちへ来て彼女の手を取り、意味ありげにお元気ですかと訊くということもあった。今や彼女はファーストフード店と酒類販売店を経営し、新車とカッコいい服を着ている女社長だ。彼女の二人の娘はなんでもほしいものが手に入るし、一人息子はまだ十六歳なのにもうスーツを着ているのだ。

しかしいくら金があっても、家中に広がって寝室まで直撃する油の臭いはどうしようもなかった。あらゆることをやってみた。新しく扇風機を入れ、階段下に新しいドアを付け、家中のペンキを塗り替えた。彼女の快適な生活にずっと関心を持ってきたバーズアイにこぼすと、もうけを考えれば小さいことじゃないですかと言われた。だが、娘たちが学校へ行く前に服の匂いをかいだり、友だちと遊びに行くときはドライクリーニングに出した服しか着ないとなると、これは重大問題になってきた。

女の子たちが、学校の女子生徒たちやジェラードの学校の男子生徒たちからフライドポテトと呼ばれていることを、誇らしいと言わんばかりに彼女に告げたのはジェラードだった。娘たちに問いただすと彼女たちは顔を赤くして何も言わなかった。母に告げ口したと彼女たちはジェラードを責めた。食用油の臭いって自分たちには分からないのだけど、人には分かるみたい。いや？とナンシーが訊くと肩をすくめた。恥ずかしいと思っていることがよく分かった。

店と上の家を売ることに彼女は腹を決めていた。借金を支払い、誰も彼らを知らないし食用油など使わないブーターズタウンに家を買ってあった。庭にバラとラベンダーを植えよう。今はただ金を貯めることだけ、儲けは全部銀行に入れる。これで一、二年いやもっと暮らせるだろうから、そのあいだに彼女は仕事を見つけるのだ。

十一月のある日のこと、午前中にジェラードが学校から帰ってきたとき、ナンシーはフライドポテトの材料を電話で交渉しているところだった。彼はスーツを着ていて、年よりずっと老けて見えた。学校のカバンを下ろして言った。

「もうこれ要らないよ。ムーニーにくそったれって言ってやった。ブラザー・ディレーニーが来たんで、またくそったれって言ってやった。みんなくそったれだ。学校から家庭訪問があるだろうけど、もう戻らないからね。やめたんだ」

彼は泣きそうだった。

「ジェラード、学校に戻りなさい」彼女が言った。「それからね、そういう汚い言葉をここで使ってはだめ」

「毎晩そんなのばっかり聞こえてくるじゃん？」

「そうよ、でもそれはあんたの教育のために我慢しなきゃ。とにかく、この家ではそういう言葉を使わないこと」

「教育のため！」彼が言った。

「そうねえ、寄宿制学校へ行きたければそれもできるよ。だけど、そういうのではない学校がいいだろうねえ」

「行かないよ。学校はやめた」

急に彼はずっと大胆になった。

「ここで働く必要はないよ。これは私の商売、あんたがいなくてもいい」

「僕なしでは切り盛りできないよ」彼が言った。

「さあ、それはどうかねえ」彼女が言った。

結局ジェラードが学校に謝罪して、以後数ヶ月は不安定ながら何とか平和が保たれていた。成績表が割りこんではきたが、それも前年度と大した違いはなかった。

「あの息子さん、見こみありますねえ」やってきたバーズアイが言った。「商売やれば大成功間違いなしだ。血統ですな。お祖母さんね、覚えてますよ、本当の商売人だった。あなたはもう休んでたらいいいんです」

彼女は、もう自分が必要とされなくなった店で途方に暮れてうろついている、老人のイメージで自分を想像してみた。あるいは、ターマック舗装の車道に小さい車が停めてある田舎のバンガローで一日中何もすることなく一人ポツンと暮らしている自分を。結婚しているジェラードはいろいろな責任があり、女房にせっつかれて、彼がこの町に腰を据えようとするなら商売を譲ってもらわなければならないと、彼女に説明する図も想像した。食用油の臭いは墓場までついてくることだろう。

町中そうだった。商売は一つの世代から次の世代へと受け継がれ、息子たちは学校へ行くようになるとすぐ、代々受け継がれた商売が自分に譲渡されることを確信していた。自信たっぷりにカウンターの後ろに座るようになり、朝は誇らしくゆうゆうと店を開けるのだった。十代も終わり近くになると、もうすっかり中年のリズムに乗って、まったく違和感がなかった。

ジェラードがほとんどの学校友だちを捨てたのに彼女は気がついた。そして、これで彼はもっと快活で元気いっぱいになったようだった。町の商店主たちと会ってしゃべる、ジョークを飛ばしあったり冷やかしあったりして、新しい発展とかニュースとか話し合ったりするのが何よりも好きだった。彼が見せている顔は実はもろくてつくられたものだということを彼女は知っていた。それはゆっくりと固まっていくだろう。何年も何年もかけて彼は彼自身になっていくだろう。

彼をじっくり観察した。晩春の午後寝室の窓から見ていると、学校のカバンを下ろすが早いかすぐ店から出ていき、スクエアを横切る、だれかれとなくにこやかに微笑んで。率直で親しみがあり、すっかりくつろいだ様子だった。彼女が見ていると、電気屋のダン・ギフォードが自分の店から出てきた。ジェラードも彼に気づき、まっすぐ彼の方へ歩いていった。楽しそうに話し、笑う二人。ポケットに手をつっこんで腹を突きだしているジェラード。訳知り顔で気楽そうで、面白がっているという表情を時折見せる。

夕方の仕事のための着替えにかかった。この次のバトルは最高に難しいものになるだろうが、彼女の決意にはいささかのブレもなかった。あと一、二ヶ月のうちにモニュメント・スクエアの店舗に売り出し広告を出すのだ。再出発に向けて準備万端整ったと彼女は考えた。


土曜日だった。ファーストフード店が忙しくなる前に彼女は三人の子どもたちに、店舗を売ること、ダブリンへ移ることを話した。いつ売却するか、いつダブリンへ移るかはあまりはっきりとは言わないようにしたが、新しい学校へ行くことははっきりさせた。これで彼らはこの話が本当のことだと分かるはずだ。娘たちはどこに住むかとか、自分たちは何をするのかとかいろいろ質問した。すべてきっちり計画済みということを信じさせるために彼女は、彼らに率直に答えるようにした。ジェラードの顔が真っ赤になったが何も言わなかった。後ほど店へ手伝いに来たとき彼は何も変わったことはなかったかのように振る舞った。

女の子たちは引っ越しについて冗談を言ったり、その後の何週間のあいだにもっといろいろな質問をした。学校についてあれこれ調べたりしていた。ある女子高へ手紙を書き送ったら案内書が送られてきた。

ジェラードは何も言わなかった。自分のいるところでこの話題が持ち上がると不機嫌に黙りこくった。彼は学校友だちの誰とも疎遠になってしまっていたし、尊敬するというほど親しいビジネスマンは町にはいなかったので、誰にもこのことを語らなかったことは察しがついた。

　彼女はフランク・ワディングと数回会い、家の見積もりにふさわしい競売人を探す仕事を任せた。競売人の訪問がジェラードが学校へ行っているあいだだったのでよかったと思った。だが、家の寸法を測っている競売人と自分がいるところで鉢合わせということだったなら、もっとよかっただろうとも思った。その日の夕食のとき、子どもたちに今日競売人が来たことは言えなかった。そんなことをすればジェラードをひどく苦しめることになろう。彼は今でも、ここから出てダブリンへ引っ越すというプランはあり得ないというように振る舞っていたのだ。

　数週間後のある土曜日のことだった。彼が部屋へ入って来るやいなや、彼女が店舗を売ることは確実だと誰かが彼に言ったことが分かった。彼は泣きださんばかりでほとんど食べ物を口にしなかった。いつもの尊大さは消え失せ、食卓をすぐ離れた。女の子たちは寝室へ行き、彼女一人がキッチンにいた。彼はドアのところでぐずぐずしていた。

「今夜は仕事できないよ」彼は小声でそう言った。

「いいよ、ジェラード」そう彼女は言い、にっこりした。

「あの子たち二人と私、それで十分」

仕事をするつもりの日に彼が休んだことはこれまで一度もなかった。

「みんなが店舗売却のことを話してる」彼が言った。

「そう？」

「母さん冗談言ってるんだと思ってたんだ。店舗を売るというのは、僕たちにもっと勉強させるためだろう特に僕にって、そう思っていたんだけど」彼が言った。「僕がやるビジネスはここにはないことを分からせようとしているんだと思ったんだ。母さんがまじめに売却を考えているなんて思わなかった」

「店舗売却の事を誰が言っているの?」彼女が訊いた。

「みんなに会ったんだ。パブ帰り。『おふくろさん、売るんだってね』フォンシー・ノーランがわめいた。『これからはフライドポテトは金を出して買うんだぜ』」

「勝手に言わせておけばいいよ」彼女が言った。

「なんでダブリンへ行くの? なんで引っ越すの?」彼が訊いた。

「ダブリンならああいうバカ連中にあれこれ言われなくて済むよ」彼女が言った。「それに色んなチャンスがある、みんなにね」

「僕は別だよ」彼が言った。「ダブリンなんかへ行ったら何も僕にはない。冗談だと思ってたのに」

「そうでもないでしょ」彼女が言った。「今はそう言ってるけど」

「ダブリンで何をするのさ?」彼が訊いた。

「卒業試験でいい点をとること、あの子たちもよ。みんな大学へ行く、私は仕事を見つける」

「大学へ行くなんてこれっぽっちも考えたことない」彼が言った。

「道が開けるよ」彼女が言った。

「僕の言ってること聞いてなかったの」彼が訊いた。「大学なんて行かない。勉強は大嫌いだ。どうしたらいいんだ」

「まあ、やってみましょう」彼女が言った。

「無駄だよ」彼が答えた。

「商売をやるといっても、ここではいつまでもやれるわけじゃない」彼女が言った。「あんたの年齢の人間にふさわしい仕事かは疑問だね。ほかのところも行ってみなくちゃ。世界を見てくること」

「帰ってきても何もないじゃん」

「少し年を取るとこれでよかったって分かるよ」彼女が言った。

「そんなことは無理だよ。もうはっきりしてるよ。自分はどこにも属さないし、どこにも行き場所がないこと、何も持っていないことに感謝しろっていうの？　バカなこと言わないでくれ！」

相変わらず泣きださんばかりだった。

「とにかく」と彼は続けた。「売るのは母さんのものじゃない。みんなのものだ」

「いや、私のものだよ」彼女が言った。

「お父さんは……」と彼が言いかけた。

「やめて」彼女が言った。「それは言わないで、ジェラード」

「お父さんがお母さんのしようとすることを知ったら」

「言わないでと言ってるでしょう」

「父さんがいま天国から見下ろしてるよ！」彼が言った。

「仕事だよ」彼女が言った。

「お父さんが今のお母さんを見たら！」彼が言った。

彼のそばを通ってファーストフード店へ行くと、二人の女の子はもう来ていた。夕方の油はほとんど完璧に熱かった。すぐ帰ると言って彼女はスクエアへ出ていった。

最初のうちはどこへいくかも分かっていなかった。もう店はほとんどが閉めにかかっていて、交通もゆっくりだった。店という店のウインドーを見ていった。気を紛らそうとセールなどを見ていたのだがそのうちに、ウインドーに映る自分の姿に注目しだした。明かりがついているか否かで変わる自分の影。まるで見知らぬ人のような自分の影、見返す影、同情的でもなくうれしそうでもない、ほとんど敵意を持っているとすらいえるような、影。それを見ていると落ち着いた。ウインドーからウインドーへとなじみの場所を歩き続けた。洋品店、肉屋、新聞販売店。なじみ深い自分の顔、彼女の顔はだんだん優しくなり、だんだんリラックスしていった。もうこんなチャンスはないのだと言わんばかりに町中歩き回るのだ。月曜日には店舗売却の広告を出す。もう安全、そう彼女は思った。帰って夜の仕事だ。忙しい夜になることだろう。夜が更ける、ますます忙しくなる、しっかり気合を入れなくては。

フェイマス・ブルー・レインコート

ガレージの隅に置いてあったレコードの入った箱の一つが、わきに動かされているのにリサは気がついた。箱が置いてあったところは、白いセメントがくっきり四角く浮き上がっていた。レコードに触ったかテッドに訊いてみたら彼は肩をすくめて、箱がそこにあることすら忘れていたと言った。

「とにかくもう使い物にならないよ」と彼が言った。「プレーヤーの針はだめになっているし、つけ替えるといったって古いからだめだよ」

「それはいいのよ」彼女が言った。

ルークが帰宅したときあの箱のことを知っているか聞こうと思ったけど、ルークは自分が批判されているとか非難されていると感じると扱いにくいから、これは言わないでおいた。箱をもとあった場所へ戻し、予備の部屋に彼女のためにセットされた暗室で彼女はそのあと何日か、スキャナー用のネガを現像するのに忙しかった。この液体、この古い焼きのばし工程などももうすぐ時代遅れになってしまうのだろうし、この特殊暗室なども彼女の支配するスペースではなくなり、明るい空間で暮らさなければならなくなるのだろう。できるだけその日が先延ばしされることを彼女は願った。

いま彼女は、記者会見とか会議の写真が必要とされるとき、雇用主連合で写真家として働いていたが実は、フォーク・ブームとダブリンロック初期の作品で彼女は一番よく知られていた。野生の魅力、若きスター、ゲルドフ、またのちに荒削りの美しいティーンエージャー、ボノの写真は今でも世界中の雑誌に定期的に掲載された。

何日かたって彼女は、箱からレコードが何枚か取り出されて脇に取りのけられているのに気づいた。テッドが彼女に言った。ルークと友人がCDを焼きだしたので、おそらくそのプロジェクトのためにレコードを取り出したのだろう、と。レコードがCD化され、ネガがディスク化されるこの二つの並行する流れを思うと思わず笑いがこぼれた。ルークはギョッとするだろう。だって彼は、誰かに勧められてやるとか、先例に倣うなんてとんでもない、ましてや五十を過ぎた、彼にとっては老人に違いない彼女のまねなんて。後でレコードのことを思い出して彼女はガレージへ行き、古い箱を調べてルークが取りよけたレコードをチラッと見た。古いクラシックスは手つけず、取り出したのがほんのわずかだなと思った。箱から消えたものと彼が取りのけたものから、彼が何を探していたかが分かったとき彼女は愕然とし、身震いして目をそらした。

ルークが寝てから、彼の部屋でアルバムを三つ見つけたと彼女はテッドに言った。彼が箱から出したアルバムだ。第一ページに彼女と彼女の姉の写真があり、あと二つのアルバムにはバンド四人全員の写真が載っていた。だが彼女がバンドとツアーを組んで歌っていた頃のことが彼らの口に上ることはめったになかったから、あの頃写真を撮ったことすら彼女にはほとんど信じられないくらいだった。自分が誰か別人になって郊外に移り住み、歌手であった彼女のことを知っている人に会わないことはダブリンでも簡単だった。たまにバス待ちの列とか空港とか父兄会で出くわすくらいのもので、そんな時はちょっと手を振ってにっこりし、親しくしていたとか友だちだったとかいうこともあったけどもう本当に昔のことねえ、バイバイ。それで終わり。

テッドは寛容と温和で世界を受け止める人間だった。悪臭とか激痛とかを人が嫌うように彼は悶着を嫌った。できれば自分の声や姉の声を聴きたくないとか、バンドの演奏を二度と聴きたくないと彼女が言ったとしても、彼は微笑んでうなずくだけだろうということは分かっていた。だから、ルークにあのLPの箱から好きな歌を選んで焼いて構わない、ただし母がメンバーだったバンドの曲だけはだめだということを説明する方法をなんとか見つけなければならないだろう。

「あの子に説明するのなら」テッドが言った。「僕にも説明してね」

「そういうことね」彼女が言った。

「レコードを戻せと言うだけではねえ」彼が答えた。

土曜日の朝ルークが金を借りにやってきたとき、彼女はバッグの中を探って財布を取り出すのにずいぶん手間取っていた。彼を傷つけないで自分の言うことを聞かせようと思えばいつもより多い目に金をとも考えたが、いやそれはまずいだろう。あのアルバム聴いたのと尋ねてみた。

「素晴らしいよ」彼が言った。「CD二枚に焼くよ」彼の顔は無邪気に輝いていた。

「あのＣＤをイアン・レドモンドの親父さんが一つ持ってるんだ。それを僕は数えきれないくらい聴いたよ。でもそれ一枚だけだったから」

「そんなこと私に一度も言ったことないじゃない」彼女が言った。

「母さんはあのＣＤのことでは複雑な気持ちを持ってるんだって父さんが言ったから。でもそんなことはないよ、一枚目は確かにあまりよくないけどね。すっごくいい」

「ありがとう」

「本当だよ。ジャニス・ジョプリンとかそんなのじゃないけど。オリジナルだよ。あの頃にあんなのが出たんだから」

「ありがとう、ルーク」

「なんでやめちゃったの」彼が言った。

「あんたが生まれたから」そう彼女は言った。

「違う、違う」彼は言った。「日付調べたんだ。やめたのは僕が生まれるずっと前だよ」

ほんの一瞬彼女はじっと彼を見た、目をそらさずにじっと。彼の目は話すうちにだんだん力強く、だんだん自信に満ちてきた。二十ユーロ札を彼に渡した。

「ありがとう」彼が言った。「イアンの親父さんがＣＤバーナーを使わせてくれるから、ＣＤは来週末にはできるよ」

「私、聴きたくないの、ルーク」

「すっごくいいよ。本当だよ。それからね、イアンの親父さんの演奏も聴いてみて。アイリッシュ・

ローバーズやウルフ・トーンズばりだよ」

にっこりしてコートを取り、バイバーイ！　戸をしめて出ていった。

彼女のバンドは一時期大きく飛翔した。そのときの写真はないと彼女は思う。若くて幸せな彼らの写真があるのじゃないだろうか。演奏を聴いた人々の記憶があるのじゃないだろうか。イギリス音楽のシーンに踊り出た年ある批評家が言った、このバンドはペンタングルの上、スティールアイ・スパンと同列、フェアポート・コンヴェンションを凌ぐようになるだろうと。これが彼らの信念になった、表向きはみんなこれには笑っていたのだけれど。有名シンガーたちのグレードに従って、食事もローディーたちもツアーの町もグレードづけられていた。リサのグループはこういうグループすべての前座を務めた。ローディーの一人が彼女のボーフレンドだった頃のことをリサは懐かしく思い出した。ゆっくりとだが彼らはビルボードのトップへと上がりだした。彼女は思った、最初のツア・シーズン終わりに作れたはずのアルバムはおそらく彼らの最高のものになり、彼らの名前を世界に出したことだろうし、一九七三年の春と夏に彼らのライブをレコーディングしていたら、これは押しも押されもしない大傑作だったことだろうと。

彼らはダブリンでスタートした。二人姉妹が歌った、ジュリーは低い声で情感深く、リサは高く細い声で。彼女の声の方が幅広く柔軟性があり、ジュリーよりもっとキラキラとした音楽の感性が光っていたけれども、彼女はいつも姉のガイダンスに頼っていた。二人は正反対くらいに違っていて、ジュリーは孤高、人となれなれしくはしないで、夜のエネルギーが人を胸焦がす憧れへ誘うとさっと自分の部屋へ消えてしまうのだった。

ジュリーは金についてはしっかり者だった。後にバンドが結成されたとき彼女はツアーを企画し、必要経費を割り出した。やる気満々だったが恨みを抱くタイプだった。彼女より二つ下のリサはなんでもケセラセラ、生理痛も軽かった。ジュリーはこれでウツになり不安定になり、ときによっては彼女の声の音質が急に変わるということさえあった。

男性歌手二人を探しに行ったのはジュリー、妹をあっちこっちの音楽演奏があるクラブやパブへ連れていったのも彼女だ。サラブレッドの目利きが競馬馬を見るように若いミュージシャンを見ていた。ジュリーは自分が探しているものが何かは分からなかったが、だいたいの感じは言った。カッコいいのはだめ、かわいいのも、白いポロネックセーター着たのもだめ、ブルット・シェービングローションをぷんぷんさせているのもだめ。にこにこもだめ、とつけ加えた。

「臭くてもいいよ」彼女が言った。「それはなんとでもなるから」

バンドの最初のメンバー、フィルは申し分なくオーケー。ミュージシャンの家系で、二十一歳で無数の曲と曲のヴァリエーションに通じていた。声はさほどでもないが彼のギター演奏は巧みでオリジナリティがあったし、編曲、テンポ移動、コード・チェンジには彼独自の流儀があり、全体をまとめるようにして彼女らの声と合わせた。レコーディング・システムについて彼ほど詳しい者はいなかった。だが決定的なのは彼の靴だった。長年はき古した、磨いた痕跡ゼロの彼の靴だった。

これでバンドは完璧になるはずの第二の新メンバー、シェーン、これは超ユニーク、北の出身だった。ジュリーが彼のアクセントは聞くにたえないと言った。彼、フォーク・ミュージックはヘドが出るがジャズとブルースは大好き、フォーク・ミュージックに顔を出すのは酒目当てさと彼は言っていた。声は高音、アイルランド語で歌えた。マンドリンとブズーキが弾けた、もっともこの二つの楽器を軽蔑ものよと言ってはいたが。仕事はほしかったが二人姉妹を魅せる努力なんか彼はしない、もうそれでジュリーには十分だった。油染みた髪の毛とみすぼらしい服だから彼はパスなのだと彼女は主張した。第一リハーサルでシェーンは後の三人に、ピーター・ポール・アンド・メアリのように歌おうとする彼らの傾向と断固戦うのだと言った。

モルスワース・ストリートのはずれにある家の二階の部屋で四人一緒の仕事は始まった。新たに加わったこの二人のメンバーはお互い気が合った。だが彼らはジュリーとリサをそっちのけで、しゃべることと言ったら音楽のことだけ、イントロを試す、曲を選ぶ、ビートとテンポを決めるといったことばかりだった。でもそのうちに姉妹に焦点を合わせ、最終的には二人の声で終結へと向かうように整えた。後で四人はキョウの店かザ・リンカーンで飲んだがほんの短い時間だった。第一回目のコンサートと第一回目のレコーディングに向けての最初の数ヶ月、彼らは友だちにはならなかった。

ジュリーとリサは試行錯誤を繰り返して、直観的に自分たちのハーモニーを作り出した。二人はピアノのレッスンを受けたことがあったし音楽理論の基礎も習ったけど、彼女たちの歌はそういうものと関係がなかった。二人のニューメンバーが一連の曲をアレンジし、あらゆるものに名前をつけていくのを見ていると、シェーンが軽蔑していると言っていた作品群全部を深く知っていることが分かってきた。ティム・ハーディン、トム・パクストン、ジョニ・ミッチェル、レナード・コーエン。ときどき彼は、コーエンの憂いに沈んだ曲とか、ジョニ・ミッチェルのバカげたのを取り上げて、マンドリンに乗せて最悪部分を強調するということをやってのけた。

彼がクラシックを知っていることも分かってきた。

「ブリッツさ」いつもよりもっとひどい北なまりで彼が言った。「なんでも教えてくれてさ。それに比べると南は何も知らんね」

聴いていると、マンドリンで爪弾きゆっくりメランコリックに弾く、それから速度を上げる。みんなの知らないメロディだった。手を休めて彼を見ていると、イスに背を丸めて座り、自分はいま演奏しているんだという事実に緊張して急にバリエーションが入ったりする。でも結局最初のスローなしみわたるメロディへ必ず戻った。

「ま、こんなの」そういってマンドリンを置いた。

「それ知ってる」ジュリーが言った。「でもなんだったっけ、それ？」

「見つけたんで拾ってみた」

「言葉はあるの？」

彼は目を上げた、真剣な目。

「歌おうか？」

「歌って」ジュリーが言った。

リサとフィルは少し後ろへ動いた。シェーンがまたマンドリンを爪弾く。さっきより自信がなかった。キーをいろいろ試してやっとメロディーに。シェーンが歌い出した。リサは気がついた。それはクラシックの曲だった。

第二連でクラシックはミサの侍者であることをやめ、メロディのリフレインが始まった。ブルースの歌手のようにスローでダークなテンポになった。アクセントはアメリカン、マンドリンがうまく乗らないこともあったし旋律を伸ばしすぎるときもあった。そんな時は歌うのをやめて楽器でメロディーを拾った。

「マンドリンやめて」フィルが尋ねた。「ギターでやってみない?」

シェーンはうなずいて彼にマンドリンを渡した。ギターをとってきて旋律合わせをした。彼が準備しているあいだにフィルはそのメロディを弾いた。まさにその旋律だ。だが、リサには理解できないやり方だが、なんだかアイリッシュ・ソングになってしまっていた。二人が演奏し始めた。一緒に合わせ、キーを見つけテンポを探そうとときどき相手の動きを見ながら演奏した。再びシェーンが歌い出した。こんどはもっと単純に、言葉になりきって。

「この曲を書いたのは誰?」二人の演奏が終わったときジュリーが訊いた。

「ヘンデルだ」シェーンが言った。

「『メサイア』のヘンデル?」ジュリーが訊いた。

「ああ」

「ヘンデルは故人だし、生きている近親者はいない」フィルが言った。「だから俺たちの好きなようにできるのさ」

レート・レート・ショーで歌ったこの曲が彼らのトレード・マークになった。アイリッシュ・ソングのニューバージョンを加えたものと、新曲のアイリッシュ・バージョンをファースト・アルバムに入れた。「レディ・マドンナ」の四部ハーモニーで演奏したものもこれに入っている。セカンド・アルバムはイギリスの小さいレコード会社と契約した。彼らのサウンドは新しいものだったが、アイルランドよりはちょうどその頃イギリスで出てきていたサウンドに近かった。アイルランドではちょっとパッチワークすれすれで低いレベルとみなされ、ナウっぽさも足りないというわけですごく受けるというところまでいかなかったのだ。それで彼らは車で移動して安ホテルに寝泊まりしながら、イギリスのクラブで歌ったり、頼まれればどこへでも行って演奏した。スタートして六ヶ月経った頃、もうけは山分け、将来のことはみんなの意志で決定、少なくとも理論上はそれでいこう、ということにジュリーは同意した。実際のところはジュリーとフィルが決定していたのだが。

彼らのステージにマイクはたいてい一つだった。舞台ではガッチリ連携し合い個人プレーはしない。リハーサルのときも、偶然生命が吹きこまれるように全力で注意深く聴き、呼応した。だいたいジュリーの気分次第、というのはジュリーの声が一番強力で、お客さんは彼女の声を聞きに来たからだ。リサはほとんど無視されていたが平気だった。彼女のためのソロ・ソングが当てられると、彼女は舞台でスポットライトを浴びるのが不安で、終わるといつもホッとしたものだ。

フィルはシェーンより安定したキャラクターだった。癇癪(かんしゃく)を起すことなどかつてなかったし、気分にむらがなかった。決まってやってくるガールフレンドは彼のホームタウン近くの子だった。彼女のことを彼は何も言わなかったが、コンサートが終わって疲労困憊(ひろうこんぱい)し、あたりがざわついていても彼女だけに献身、べったりだった。シェーンはというと、ボーイフレンドのいる子や既婚者に惚れたり、でなければ恋人ゼロで不遇だった。リサにそう見えただけかもしれないけど。舞台裏とかパーティとかが好きな子もいたけど、シェーンと二人っきりになるというのはぞっとしないというか。シェーンの恋愛のどん底とジュリーの生理はそっくりで、それがマイクに拾い上げられるやいなやほかのシンガーに伝染し、彼らが埋め合わせをしなければならなくなる。かと思うと素晴らしいリフレインや音域チェンジになったりして、それにほかのシンガーは慌てて合わせるといった具合だった。

セカンド・アルバム、これはファーストよりずっと洗練されたものだったが、これが出たときはちょっとした成功でほとんど人気者といえるくらいにまでなった。特にアイリッシュで歌うと喜ばれたが、そういえば、イギリスの聴衆はこれが大好きなようだった。彼らはフォークグループというより現代サウンズと呼ばれ、ジョン・ピールさえ褒めて、何週か続けて土曜日に彼らのアルバムから一曲を選んでかけた。アラン・プライスが自分のショーで彼らのアルバムからシングルを一つ選んで演奏した。彼らはカルト的存在だった、だが、いつ普通になってしまうかというところもあった。決め手の歌が一つ、幸運、それとマネジャー、この三つが必要とは言われていた。しかし、ジュリーがマネジャーとやっていけるなどとはとても考えられなかった。

彼らをほとんどスターにのし上げた曲はシェーンが特に忌み嫌ったやつだ。レナード・コーエンの「フェイマス・ブルー・レインコート」。リサが覚えている限りでは、あの時あの曲には誰も気づきもしなかったし、レコーディングなどやろうともしなかった。シェーンが大嫌いの彼いうところのお涙頂戴はともかく、フィルとシェーンはこのメロディを抜き出して、何も入れない部分と声、エコー、楽器、ハーモニーでいっぱいの部分を分けた。するとこの曲は結果的には強烈なものになったのだ。

発見だった。初めて彼らはよい環境のスタジオで、彼らの仕事が好きな音響エンジニアに出会った。

装飾楽句なしで無伴奏でソロ、それを第一録音セッションにしてくれるかとジュリーが初めて言ったとき、リサは驚いた。フィルとシェーンは怒った。どのへんで感情を出すかどこで引くか、曲全体のマップをつくるのに忙しく、準備が整うまでにジュリーに歌ってもらいたくなかったのだ。それでも彼女はやりたがった。

その日の朝までリサは聞く側に立って姉を観察したことがなかった。だがジュリーが歌い出したとき彼女はのめりこんだ、魂を奪われたように。メロディーにはなんの努力もせず言葉に集中した歌い方で、毎晩酒とたばこに生きる女のハスキーが最もきいた声だ。リサは彼女の歌い方が大好きで震えた。軽くハーモニーで自分も歌えたら！　だが、シェーンはこの率直な感情の吐露にイライラしていた。終わったときフィルはまっすぐスタジオの隅から彼女に近づき、彼女の前に立つと頭を下げた。これはジュリーの最高の歌だとリサは思った。レコーディングはこの朝行われ、後日二回流されただけで発売の運びにはならなかった。もうあれから三十年以上経つ。カット場面や忘れられて久しい歌手たちがつくった無録音リールの、ほこりにまみれたアーカイブの中にあれもあるかしら。でもハイテク時代の今、バンドの名前も消滅してしまったし、きっと捨てられてしまったことだろう。

フィルとシェーンは、このトラックで歌うのはジュリーとリサだけと決めた。ジュリーが出だしを歌った後、エコー効果を使いサウンドトラックを重ねていくうちに、彼女が一人無伴奏で歌うところがあったり、姉の声に合わせたり、チェロ、サックス、マンドリンを一斉に合わせたりしていった。リサは歌全部をジュリーと一緒に歌うよう勧められた。ただし、別マイクで同じピッチという注文だ。

ハーモナイズすることなしに歌うことは無理、彼女は小さなボートのようにジュリーの意のままに操られるだけだった。終わったとき彼らは、二人の歌手が交互に歌う歌詞のためにレコーディングは彼女だけだったと知らされた。そのテープを聴きに行った彼女は、自分の声が姉の声にあまりにもよく似ているのに驚いた。同じくらい深く強いところがあちこちにあったのだ。

このトラックは七分、普通のシングルの二倍の長さだった。バンドのブランドが信用度を高めつつあったし、サンディ・デニーが次の曲を歌い、フェアポート・コンヴェンションが"Si Tu Dois Partir"でヒットを出したので、片面に彼ら四人のアイリッシュ・ソングを入れてリリースということに決まった。ラジオは誰もあまり期待していなかったし、それよりマーティン・カーシーがサポートとして加わる新しいツアーが販売を促進することに望みをかけていた。

リサは思い出した。イギリスの北のどこかにいたとき耳に入ったのだが、ジョン・ピールが彼らの新しいレコーディングについて語ったらしかったのだ。ピールは彼らをアコースティック最前線バンドだと紹介した。勇敢に七分シングルを出したニューサウンドだと持ち上げ、彼らのバンドをナウい反体制ミュージックのように仕立て上げたのだ。次の週、ラジオ・ルクセンブルグで「フェイマス・ブルー・レインコート」が午前〇時過ぎに演奏され、一週間後に彼らのシングルはトップ50の外を低迷、ラジオ1に流れ、だいたい三分くらいで消えていった。

トップ30にとどまっていたとき、小さな独立レコード会社から二人のアメリカ人ジャーナリストがグラスゴーの満員コンサートへやってきた。後で舞台裏へ来た。即契約とかローリング・ストーンズ・サポートでトップに彼らのバンドを載せるとか持ち出したことを、ツアーのあいだ中シェーンは面白おかしく真似していたものだ。

「カーネギー・ホールがいいですか？　カーネギー・ホールお取りしましょう。ジャッキー・ケネディつきアルバムほしいですか？　オーケー、手配しましょう。イエス・キリストより有名になりたいですか？　ピーター・ポール・アンド・メアリに会いたいですか？」

ずっとこんな調子だった。

契約とかビジネスとかはなし、この連中のお目当てはもっぱら楽屋セックス。とにかくリサにはそう見えた。一杯飲んで、ね、どっか行きません？なんて言ったのが一人いた。フィルがボーイフレンドよとジュリーが言うと、シェーンに首ったけ？と聞かれて彼女は大笑い、そんなバカな。

あのエグゼクティブたちはそれっきり現れなかった。彼らがロンドンに戻るとすぐ現れたのは、そわそわと落ち着きのない、音楽のことならよくしゃべる物知りのあのジャーナリストだった。彼らのレコーディング・セッションに立ち合って長い記事を書きたい、それをイギリスの雑誌に売りこむというのだ。彼の名前はマット・ホール。ユーモアのセンスはゼロ。揶揄されたとか無視されたとか思って憤りを表すことに長けていた。シェーンはしょっちゅう彼のことを茶化していたし、ほかの者は可能なら彼を無視したので、マットはチャンスをとらえては自分の怒りを表した。がっしりとした肩幅の彼が顔青ざめ眉間にしわを寄せてにらむと、脅威を与えるのに十分だった。深く物思いにふけり、目は地面の一点をじっと見つめて一人ポツンと立っていた。

「フェイマス・ブルー・レインコート」がトップ20から落ちラジオからも消えて数週間、マットに出ていってもらいたいとはみんなが思っていた。ところが彼は出ていかなかった。彼はシェーンにあざけられるのを待っていて、沸き立つ沈黙の中で長いこと彼らと行動を共にしたというふうにリサには思えた。彼が書く予定だった雑誌記事のことを彼はだんだん言わなくなった。彼がいるとみんな居心地が悪い、少なくともリサにはそう見えたのだが、マットがあまりにも傷つきやすそうなので出ていけという勇気は誰にもなかった。

リサが思い出すあることはこの頃起こった。ダブリンのゲイエティ座でコンサートがあった。何かの募金活動で、六つか七つのバンドが演奏した。彼女はカメラにプランクスティを収めた後、舞台の袖でトリオナ、マレード・ニ・ゴーナルを見ていた。イスを探していると、重いカーテンの下りたグリーンルーム・ドアの反対側に人影が見え、この人物が一瞬光の中に浮かび上がった。ジュリーだった。ジュリーはバーにいるものだと思っていたのだが。リサが一度も見たことのないような仕方でジュリーは誰かに微笑んでいた。シャイで乙女のように純真、彼女は陰に入っていき誰かを抱擁した。誰かは分からなかったが。闇の中だったから自分は見られなかったろうとリサは思った。彼女の目に映ったジュリーの微笑みは、つくり笑いにこめられた感謝のような感じだった。いつもだったら、女がそういう感じだと彼女は大嫌いだったはずだが。

ジュリーが一緒だった人物は彼女の愛を勝ち得たのだ。そう考えると彼女は、ショックと驚きだけでなく苦痛に満ちたジェラシーといったものも感じたのだ。そのとき突然拍手が沸き起こったので、ジュリーとマットは舞台裏のぼんやりとした明かりの中へとりこまれることになった。二人の姿がくっきり見えた。

新しいアルバムのためロンドンへ帰ってすぐ、フィルはマットとジュリーのことを知っていたのだとリサは思い当たった。マット・ホールはいつも彼らと行動を共にし、フィルはマットの存在を当たり前のこととし、彼が何か言うと彼に耳を傾け何か提案するとうんうんうなずいた。だが、シェーンには誰も話さなかったようだった。レコーディングしなければならない曲――マットの言うアップテンポなもので、基本的にジュリーの声に合うかもしれない三分ポップ・ソングだった――をもってマットがスタジオへ入ってきたとき、彼はこのアメリカ人にぶっきらぼうに分からないふりをして粗野な答えをした。ドラマーも入ったセッション・ミュージシャンが必要だとジュリーが言ったとき、あこれはマットのアイデアだとリサは思った。

ある朝マットとジュリーが新しい曲二つを持ってやってきた。あるアメリカの新しい有望な作曲家の書いたものだとマットが言った。このソングライターがバンドの最新アルバムを聴いてすごく気に入り、その二つの曲を特別扱いしようと言っているそうだ。彼が楽譜を回しジュリーが歌い出してすぐ、リサは彼女がこの曲をそらんじてるのに気づいた。曲は陳腐、独創性のないもので、ジュリーが歌い終わるとシェーンが立ち上がった。

「この歌詞、なってねえよ」彼が言った。「あんたの友だち、そのアメリカの作曲家ね、いいかげんバカだと思うよ、マット」

「ちゃんとアレンジすればいい曲になると思う」マットが言った。顔は真っ青だ。

「あ、そう。じゃ、やってみるんだな」シェーンが言った。

「やってみるとも」マットが言った。

「ちょっと待ってよ」ジュリーが言った。「新しいのもアルバムには必要でしょ」

フィルは黙って座っていた。彼がジュリーをじっと見ているのにリサは気がついた。後で彼はリサに言った。あの時もうバンドはだめになることが分かったよ、と。彼は中に割って入ろうとしなかった。シェーンの沈黙とジュリーとマットの決意があったので、このアルバムにこれが入りこんだのだ。ドラムとアップビートでできたこの曲、ジュリーはアメリカのロック歌手みたいに歌い、リサが同じくアメリカン・アクセントでくっついている。ルークはこれも焼こうと思えばできる、でもそうすれば彼女が戸惑うと思うかな。アルバムのジャケットを見たら、これがマット・ホールによって作曲されたことに気づくだろう。マット・ホールは、この曲のコピーライト点検のとき、自分はこのバンドを称賛し、自分の曲を演奏する最初のバンドになることを切望した、才能ある若い作曲家なのだと言っていた。

シェーンはマットがだんだんバンドに影響力を持つようになってきていたので激怒していたが、このアルバムのキャンペーン・ツアー中のある日のこと、リサはジュリーと二人だけでランチを取った。ほかの連中を待っていたのに違いない。いつもより時間があったことをリサは覚えていたから。二人がくつろいで向き合ったのは実に久しぶりだった。やがてジュリーが彼女に、どうしてマットのことを何も言わないのと訊いた。「彼のこと嫌いなんでしょう」と彼女が言った。

「ま、姉さんは彼が好き、それが大事なことじゃないの？」リサが言った。

「ちょっと、私あんたに訊いてるのよ」

「分からない」リサが言った。

「重大よ、これ」ジュリーが言った。「あんたの考えを言って」

「彼、姉さんの自由を制限しているという気がするの」姉が顔を赤らめた。リサはいま言ったことを後悔した。

「愛してるの、彼を」

「姉さんを困らせるようなことをしないでくれたらいいのだけど」リサが言った。

「もしそういうことがあるとしても」妹をまっすぐ見てジュリーが言った。「あんたには言わないわ」

コンサートやアルバムについてのレビューもたくさん出たが、ツアーが続いているあいだ五人の関係がそれで改善するということはなかった。レビューはだんだん商業主義へ傾いていったから、ますますシェーンはマットとジュリーに攻撃の矛先を向けるようになった。ツアー最後の夜、舞台の照明が消えたときシェーンは、楽器をまとめて別れの言葉もなく去っていった。リサのファイルのどこかに、かんかんに怒ったあの晩の彼の写真があったはずだ。彼がバンドと共演することは二度となかった。それからまもなくフィルが、ちょっと休んでニューヨークへ行きたいと言った。リサはダブリンへ旅したとき、ジュリーがアメリカでソロシンガーとしてデビューするという記事をアイルランドの新聞で読んだ。

次の年ダブリンで、彼女はジュリーのことをいろいろ父から聞いた。ジュリーは日曜ごとに電話してきて、ジャズコンサートのことや飛行機の旅行やホテルのことなどを父に話したのだ。リサは何度か歌ってと頼まれたけど断った。だってジュリーの声なしでは意味がなかったから。彼女は写真を撮ることに専念した。これから起こりそうなことの何かしるしのようなものが一つ、それは、ニューヨークのフィルからの電話だった。ダブリン時間朝九時、彼は酔っぱらっていた。サンフランシスコのフォーク・バーみたいなところで彼はジュリーを見たという人に会ったそうだ。ジュリーは具合が悪そうだったって、松葉杖をついてサングラスをかけていてね。顔にアザがあり、そこにいる誰かが自分のことを知っていると分かると、さっとそのバーを出ていったそうだ。

その晩ジュリーは番組に出ていなかったとフィルが言った。マットは出ていて、ギターを弾きながら自分自身の曲をいくつか歌い、バンドと関係ある曲も歌っていた。リサはフィルに頼んだ、ジュリーの電話番号を探してちょうだい、マットの電話でもいい、と。なんとか探してまた電話するよとフィルが言った。父もジュリーの電話番号は知らなかったが、毎日曜電話があるので彼女のことを心配したことはなかったのだ。ある日曜日リサは父の家へ行き、なんとか父が電話に出る前に受話器を取ったのだが、ジュリーは愛想よく同時によそよそしく、特にまずいことなどない様子だった。フィルが酔っぱらって根も葉もないうわさを勝手に解釈したのではと思ったほどだ。フィルはジュリーにずっと会っていなかったし。父はジュリーと話して受話器を置くと、幸せだね彼女、アメリカは彼女に素晴らしいパワーをくれてるんだと言った。

土曜日にルークは彼女に、彼らのアルバム三つを二つのCDにしたと言った。イアンと彼はそれを聴いた。彼女が思った通りの評が返ってきた。ひどいのもいくつかある、特にアイリッシュ・ソングは聞くにたえない、でも、と彼はつけ加えた。すごくいいのがあるんだ、だからそれは絶対再発売すべきだと。バンドの最高ヒット曲をシングルCDにするのだそうだ。彼の自信、気持ちよさそうに自分の音楽の好みを論じるところ、彼女がまったく彼の眼中にないところをリサはじっくり見ていた。

彼の純真無垢がどれくらい続くか、何事につけいつも簡単とは限らないという符号を読み取るようになるのはいつごろかと考えていた。そのＣＤは聴きたくないとはいま彼に言えなかった。が、聴かないわけにはいくまい。

ジュリーの死んだことをルークが知っていることをリサは思い出した。曲のすべてに記録された彼女の声にどん底の悲嘆などないし、こんなに長い時間が経っても後悔の念というもので聞くにたえないということはないから、ジュリーの歌と死を考えてみることはルークにないのだろう。でもやっぱりそれはちょっと不思議なことに思えた。

バンド解散から二年半、ある朝早く警官が二人彼女のアパートへ来て、ジュリーがカリフォルニアのホテルの一室で死亡しているのが発見されたと告げた。彼女はタクシーを拾って父の家へ行き、父を起こしてジュリーの死を告げた。

「ああもう終わりだ」彼は言った。「終わりだ」

彼女が父に、自分と一緒に遺体確認に行くかと訊くと父は怪訝な顔をした。マットがしてくれないのか？

「誰もそばにいなかったのよ。警察がそう話したわ」リサが言った。

一緒に行きたくない。ジュリーがどこに葬られようと葬式がどこで行われようと構わないと父は言った。そんなこともうどうでもよかった。

「もう終わりだ、終わりだ」彼は言った。

彼女はロンドンに飛びそこからロサンゼルスへ飛んだ。さらにそこから小さな飛行機に乗り換えて、霊安室にジュリーの遺体が横たえられているカリフォルニアのフレズノへ飛んだ。アメリカは初めてで、何時間も飛んでいたのと見慣れないのとで、すべてがワントーン柔らかくなったように見えたし感じた。色はぼんやりし声は分かりにくかった。知っているホテルといえば、ジュリーの遺体が発見されたそこしか知らなかったから、どこかほかへ行こうとかは考えもしなかった。それはこの市のはずれにある新しいモーテルだった。チェックインしてベッドに横になってから急に、ここは滞在には不適当だろうと思い当たった。マネジャーを探し出して、姉が発見された部屋を見せてくれるよう頼もうかと思ったが、言いそびれてしまった。スタッフをよく見てみた。どの人が姉が死んでいるところを見たのか。昼か夜か分からないが、彼女が死んだときにマットは一緒だったか知っているのはどの人か。

その後ずっと彼女は考え続けていた。なぜあの時警察へ行かなかったのか、警察を呼んでもらいたいと言わなかったのか、あるいはアイルランド領事館を探そうとしなかったのか。彼女の署名に立ち会った霊安室にいた男たちの一人は警官だったかもしれないということもずっと考えていたのだ。ダブリンで彼女がもらった番号に電話をし、翌日霊安室へ行く手筈を整えた。マットの名前も言ってておき、彼がコンタクトを取ってきたら彼女がどこにいるか言ってくれるよう頼んでおいた。その電話はなんだかビジネスの取引をしている感じだった。そしてそれがあの感覚、誰も彼女のことを知らなかったし誰も彼女に話しかけなかったあの時、ほっとするバーもレストランも喫茶店もなかったあの時の奇妙な感覚と結びついた。彼女は幽霊の領域にいたのだ。

姉の遺体に面会しに行く前のフレズノの夜と朝は果てしなく長かった。何もすることがなく、果たすべき義務もなく、眠りの保証はゼロの煉獄（リンボ）。タクシーを拾ってシティ・センターを歩いてみようとしたが、誤解を繰り返した挙げ句彼女が発見したことは、ここにはシティ・センターもなければ通りもなく、木の葉が茂っている家屋が延々と続いているばかりのまるで閉鎖された死者の都市であり、家は小さい墓みたいだった。アイルランドの友人たちに電話しようとしたがいちいちフロントを通さなければならない、フロントのスタッフは国際電話に慣れていなくてたいてい失敗し、つながらなかった。ロビーへこっそり入ってタクシーを待っている彼女、出たり入ったりする彼女を彼らは敵意と疑いの混じった目で見るようになった。

　彼女はアメリカを映画で見たことはあった。だが、ハリウッドから飛行機ですぐのここには、映画で見たイメージに合うものは何もなかった。平坦な土地と死滅、長い長いタクシー待ちと疲労に満たされたすべては、およそハリウッド・ドラマには縁のないものばかり。ただ一回だけ映画の場面っぽいものに出くわした。中華料理がものすごく食べたかったので、一番近い中華料理店の名前をフロントで訊いてみた。フロントは彼女が何を言いたいのかさっぱり分からない様子だったので、とうとう彼女はタクシー会社に直接電話したら、四十五分後に会社が車を一台回してきた。そして運転手は近くの商店街へ彼女を運んでいった。

　夕闇迫る頃、レストランへ行く途中で美しい墓地が目に入った。墓石はすべて背が低く形が統一されており、草は刈り取られたばかりだった。傾く日没の陽光の中で、まるでここ以外の世界はモノクロだといわんばかりに、この墓地はめくるめくテクニカラーに染まっていた。レストランの食べ物には少し手をつけただけでほとんど何も口にしなかった。モーテルへ帰る途中でまたこの墓地を通りかかったとき、運転手に停めてくれと頼んで、見知らぬ名前や見知らぬ出生地を見ながら墓を歩いた。黄昏のこの空間にやすらいで、この死者たちのコミュニティに温かさを、希望とも言えないことはない何かを感じたのだ。それは、霊安室に到着すると彼女を待ち構えている恐ろしさを一瞬だが取り払ってくれた。

モーテルに帰るたびごとに誰かから連絡があったか尋ねたが、誰のメッセージもなかった。マットがかけてくるかもしれないと思って、父に電話番号を言っておいたが何もなく、受付係がイライラしただけだ。霊安室の人たちならジュリーの死の状況を知っているかもしれない。ほかの誰かが彼女と一緒にチェックインしたのかとか。可能な質問のことを考えていると気が紛れた。

ジュリーの遺体は寒々とした小さくて狭い部屋へ運びこまれた。彼女の顔には覆いがかけてなかったのでリサはすぐに彼女の顔を見た。ジュリーは微笑んでいた。死んだよそよそしい笑顔ではなく、メーキャップ・アーティストがつくろうとしてもつくれない、それはジュリーだけのものだった。彼女が話そうとするときや人の話を遮ろうとする寸前に見せた、じれったそうなほほ笑みだった。冷たく硬直しているのに彼女の顔にこの笑みが浮かんでいるのは驚くべきことに思われた。遺体を運んできた係員の一人が立って待機していた。リサは姉の手と額に触れて彼女に話しかけ、頭に浮かぶ限りの言葉を、どんなに彼女が愛されていたかをささやいた。父の言葉も。何か曲の一節を歌おうかと思ったが、思っただけで涙を抑えることができなかった。

今、まさにこの今この三十分間に、誰に話したらいいか、誰に尋ねたらいいか分かっていたのだったら。パスポートを見せて書類にサインした。覚えていることは、その部屋には三人の男がいたが一人だけが話したこと。後の二人は誰なのかは分からなかった。書類にはジュリーが心臓麻痺で死亡と書いてあった。彼女があまりにも悲嘆にくれてそれだけを考えたいので、もう一度遺体を見ることを許され、翌日また来られるように手配された。

あの墓地へまた行った。日が照っていた。タクシーの運転手に待ってもらって中に入った。彼女の姉の葬儀が執り行われる墓地に付属した事務室があり付属した僧侶がいると思ったのだが、礼拝堂はなかった。彼女が会った人たちはそれがアルメリアの墓地だと言った。リサは一番新しい墓を見つけて、その横の使われていない一区画を見た。ここが、彼女の姉がアイルランドでもアメリカでもない場所で見知らぬ者たちに取り囲まれ、陽光に温められた大地に横たわるだろう場所だった。この頃は、いったんしばらくでも寝ると、もう何かを組織的にやろうとする意志もエネルギーも消えてしまっていたのだ。

リサが二度目に会ったときジュリーの顔は変わっていた。彼女の笑みは内奥に隠れてしまって、かつての活気はなかった。

「行ってしまった」リサは係員に言った。彼は親切に彼女にうなずいた。

「行ってしまったの」彼女は繰り返した。

前日冷凍室から出したことから姉の顔に新たな死相が出たのか、あるいは不思議なことだが、ジュリーは彼女が来たので安心して死ねたということなのかしら。生きていたとき彼女は強力なパワーを持っていた。死んでからもそうなのかもしれない。だが今はもうすべてが消え去り、何も残ってはいなかった。もう一度父に電話して、空の便で遺体をダブリンへ送ってほしくないのか確かめた。送らなくていいと彼は言った。霊安室を通じて葬儀係りを見つけ、ミサの後、姉の遺体を町の反対側にあるカトリックの墓地の端に埋葬する手筈を決めた。彼女はアイルランドの移民たちのあいだで永遠に眠るのだ。

その後数年彼女は写真家として仕事をしていたのだが、アメリカへ行ったことがあるというミュージシャンには、マット・ホールに会ったことはあるか、あるいは彼のことを聞いたことがあるか訊いてみた。フィルがダブリンへ来たときに彼女を訪ねてきて、マットが姿を消したというのは不思議だ、アメリカは巨大だが音楽業界は小さいから、今頃は何か別のことをやってるに違いないと言った。バンドの中でもっとも不運だったシェーンが、ＣＤが流行になるとアルバムを再発売したいと言ったのだが、もうそのときまでにリサは昔のことは忘れてしまいたいと思っていた。彼女は拒絶したのだが、シェーンはなぜ彼女が拒絶したのか分からなかった。

ルークは自分のしたことにすごく誇りを持っていたので、リサはルークの言うことを拒めなかった。抗議もしなかったし聴かないとも言わなかった。彼女はいつも大きなカメラを身近に置いていた、顔を隠す必要とか気持ちを紛らわす必要があるときに備えて。

ディスクをプレーヤーに載せるときのルークの有能ぶりと誇り。

「最初に一番いいやつね」彼が言った。「終わりの部分に余裕を作ってもう一度ベストを入れたんだ」

彼女は知っていた。無伴奏で「フェイマス・ブルー・レインコート」の出だしを歌い出したジュリーの声。彼女の死んだ日にリサは彼女の顔を見た。議論をおっぱじめようという意気ごみ、自分の素晴らしい権威を楽しんでいる、生命に満ちた彼女の顔を。すぐにエコー効果が加わってチェロが入り、リサ自身の声が現れた。ずっとこの曲を聴かなくてよかったと思った。CDの曲の中でこれだけがまだ生命を保っている、後はもう化石だ。でも、最初と最後のこの曲は、あの二階に置かれた輪郭と影のネガの一つのような彼女自身の縮小された自我の形、それと、レコーディングをした頃の彼女の姉の顔をはっきり見せた。CDは終わりに近づいた。二度とこれを聴かなくてすむようにしたいものだ。

神父持ち家族

　彼女は空が暗くなるのを見ていた。雨が今にも降りそうだった。

「この頃明るさがありませんね」彼女が言った。「こんな暗い冬は初めてですわ。雨や寒さは大嫌いですけど、明るさがなければかえって気になりません」

　グリーンウッド神父はため息をつき、窓の方へ目をやった。

「冬が好きと言う人は少ないですね」彼が言った。

　話の種も尽きたし、もう帰ってくれるといいがと思った。ところが彼はうつむいてグレーのソックスを引っ張り上げている。ちょっとしてからもう一方のソックスを見て、それも引っ張り上げた。

「最近フランクに会いましたか?」彼が訊いた。

「クリスマスの後に一、二回会いました」彼女が言った。「教区の仕事が多いのであまり会いに来られません。当たり前のことで、これが逆に教区の人たちより母親に会う方が多かったらおかしいですよね。あの子は私のために祈ってくれています。私も祈りを信じられればあの子のために祈ることでしょうが、信じているかどうかはっきりは言えません。そのことについては話しましたですよね」

「あなたの人生はいつも祈りでしたよ、モリー」グリーンウッド神父はそう言って優しく微笑んだ。

　彼女は首を横に振った。信じていないことを表していた。

「昔は年を取った婦人方は祈りの日々を送っていたものですが、今は髪をきれいに整え、ブリッジをし、ダブリンへフリーパスで旅をし、自分の言いたいことを言っていますよね。でも、フランクの前では言うことに気をつけなければ。あの子は本当に聖人、父親譲りですわ。聖なる神父を持つことは素晴らしいです。昔タイプの神父ですけど。こう申し上げるのも、神父様、あなたには言いたいことが言えるものですから」

「聖なるというのもまあいろいろありますが」グリーンウッド神父が言った。

「私たちの時代は、聖なると言えば一つの意味しかありませんでした」彼女が答えた。

　彼が行ってしまうと、彼女は『RTÉガイド』〔テレビガイド〕をとって夕方のテレビ番組のところを開けてみた。ビデオをセットして、集中してゆっくりと「グレンロウ」の録画をした。午前中は『アイリッシュ・タイムズ』を読んでから、足休めに足をのせてシリーズの一番新しいエピソードを観た。ブリッジに行く前にとってある短い時間には、食堂のテーブルに座って新聞をパラパラめくった。見出しと写真はじっくり見たが、別に読まないし考えることもせず気楽に時間をやり過ごしていた。

　キッチンの奥の小さな部屋へコートを取りに行った。とそのとき、グリーンウッド神父の車が相変わらず家の前にあるのに気づいた。のぞいてみると彼が運転席に座っていた。

真っ先に思い浮かんだのは、彼女の車を通せんぼしているのでどけてくださいと頼まなければということだった。後ほど、ほかのことを考えなかったのはこのおかしな無邪気な考えのせいだったという感じが残ることになった。後で思い出してふっと微笑みが浮かんだ。

コートをぞんざいに腕にかけて彼女が外へ出てきたとたん、彼が車のドアを開けた。

「何かあったのですか？　うちの娘たちに何か？」彼女が訊いた。

「いや」彼が言った。「いや、何も」

家の中へ入ろうとして彼女の方へ歩いてきた。目が合った瞬間、夕べのカードゲームと人の集りへ逃げていきたかった、必要なら彼の横を通り抜けてホテルのブリッジ・クラブへ行ってしまいたかった。何を言いに来たのかは知らないが、それを言わせないためならなんだってするわ。

「息子たちのことじゃないでしょうね！　あの子たちが事故を起こした、それを言うのが怖いとか！」

彼女が言った。

彼は頭を強く振った。

「いや、モリー、そうじゃないです。事故ではありません」

彼女のところまで来ると彼は、自分の支えが必要だといわんばかりに彼女の手を取った。

「ブリッジに行く時間ですね」彼が言った。

別にそれは緊急でも重要でもないことなのだと彼女は確信した。ブリッジをやれるくらいなら、誰か死んだとか、けがしたとかいうことはないはずだ。

「少しでしたら」彼女が言った。

「また出直しましょう。その方がゆっくりできるでしょう」彼が言った。

「何かお困りですか?」彼女が訊いた。

質問が解せないというように彼女を見た。

「いや」彼が言った。

彼女は玄関入り口のイスにコートを置いた。

「いや」もう一度彼が言った。声はさっきより落ち着いていた。

「それじゃあ話はまた今度にしましょう」彼女は静かにそう言い、何とか微笑みを作った。彼がためらっているのを見て彼女はすぐ出かけようとした。コートを取り、ポケットにキーがあるか確かめた。

「今度でいいのでしたら、今度にしましょう」彼女が言った。

玄関を出て彼は車へ向かった。

「いいですよ」彼が言った。「楽しんできてください。おじゃましました」

表のドアを後ろ手にしっかりしめ、車のキーを手に彼から離れた。

翌日ランチを済ませると、傘とレインコートを持ってバックロードの図書館へ歩いていった。図書館は静かだ。新しいスタッフ、ミリアムが時間をとってくれるといいのだが。このあいだ図書館のコンピュータの使い方を勉強しようと思って彼女が訪れたときに、ミリアムが、molly@hotmail.com はもうあるので、メール・アドレスにするためには、名前の Molly という語に何かオリジナルな、数字のようなものをつけ加える必要があると言った。

「Molly80 でいいかしら?」彼女が訊いた。

「八十歳ですか、ミセス・オニール？」

「まだですけど、間もなくなります」

「全然そんな年に見えませんね」

彼女は年と共に指がこわばってきたが、それでもまだタイプは二十歳の頃と同じくらい正確で早く打てた。

「タイプさえできたらいいんです」彼女が言った。ミリアムが、オフィスのイスをコンピュータの方へ動かして彼女の横に座った。「でもあのマウスだけはだめ、私がやりたいように動いてくれないわ。孫たちは思い通りにマウス操作できるんですけどね。昔の方が簡単でしたよ。クリックって大嫌い、タイプするだけがいいわ。クリックはだめ」

「ううん、でもeメール打つとか受け取るとかするときはクリック万歳ですよ」ミリアムが言った。

「そうですね。できるようになったらすぐeメールを送るって言ったのだけど、何を書こうかしら」

体の向きを変えたそのとき、人の声がした。見ると、町の婦人が二人図書館へ本を返却しに来たところだった。ものすごい好奇心いっぱいの目つきで彼女をじろじろ見ていた。

「まあ、モリー。あなた本当にナウいね」一人が言った。

「流行に遅れないようにしなくちゃね」彼女が言った。

「どんなことでも知りたいあなただから。コンピュータだったら今どんなニュースでも見られるものね」

コンピュータに向き合って、Hotmailのアカウントを開く練習をし始めた。ミリアムは婦人たちに応対してもう戻ってこなかった。婦人たちが本をあちこち探す様子、小さな声で話をしているのが聞こえたけど彼女は振り向かなかった。

ミリアムが忍耐強く応対してくれるのもそろそろ限界だと感じたので、コンピュータは終わりにして外へ出た。教会の方へ歩いていき、メインストリートからアイリッシュ・ストリートへ入った。会う人ごとに挨拶を交わす。慣れ親しんだ人々や彼女と同年齢の人たちの子ども、彼らももうみんな中年だ。彼らの子どもたちにも挨拶した。よく知った顔たちばかりで、立ち止まって話しかける必要はなかった。彼らのことは全部知っているし、彼らも彼女を知っている。彼女が図書館でコンピュータの使い方を習っているというニュースが広く知れ渡ったとき、どうですかと聞く人もちらほらいたが、今は微笑んで会釈し、彼女は足早に通りすぎた。

暖炉が赤々と燃えている表の部屋に義姉が座っていた。モリーが窓をトントンたたくと、ジェインがオートマチックシステムを操作して、「押して！」インターホンから彼女の声がした。

ドアを押した。固いドアを後ろ手に閉めてジェインの居間に滑りこんだ。

「月曜日が待ち遠しいわ」ジェインが言った。「あんたが来るもの。よく来てくれたわね」

「外は寒いわよ、ジェイン」彼女が言った。「でもここはステキ、暖かいわ、本当にありがたいことだわね」

どちらかがお茶を作ったらほっとくつろげるのだけど。でもジェインは弱っていてあまり動けないし、プライドの高い彼女は、義妹にキッチンでお茶をいれてとは言いにくかったし。向き合って座る二人。ジェインはぼんやりと暖炉の火を掻きたてていた。何も言うことがないわと彼女は思ったけど、でも二人のあいだで沈黙なんてまずありえないから。

「ブリッジはどうだった？」ジェインが訊いた。

「だんだん下手になっていくわ」モリーが答えた。「まあましな方だとは思うけど」

「あんたはいつもカードがうまくて強かったわ」ジェインが言った。

「でもブリッジはね、ルールと正確なビッドを全部覚えていなくちゃいけないから。私はもう年だし。でも楽しんでいるの、終わったときすごく楽しいものね」

「女の子たちはカードをやらないのね」ジェインが言った。

「小さい子どもたちがいると心配ごとばかり、彼女たち暇がないのよ」

ジェインはちょっとうなずいて、火をじっと見ていた。

「いい子たちよ、あんたの娘たち」彼女が言った。「来てくれると本当にうれしいわ」

「あのね、ジェイン」モリーが答えた。「あの子たちに会うのは確かにうれしいわ、でも一週間くらい来てくれなくても構わないの。私は子どもより孫の方が好きよ」

「そんな」とジェインは言った。

「そうなのよ、ジェイン。かわいい孫たちが水曜日のお茶にやってこなかったら私はカンカン。いつもね、母親たちがあの子たちを迎えに来るとうれしくないの。男の子たちにいつもそばにいてほしいのよ」

「子どもはあれくらいの年が最高ね」ジェインが言った。「とにかく、近いところにいて仲良くやっているのが一番」

「フランク、ここへ来ました？」モリーが訊いた。

ビックリしたようにジェインが彼女をちらっと見た。苦渋が一瞬彼女の顔に現われた。

「え、ううん」彼女が言った。

「クリスマスの後は私もあまり会ってないわ」モリーが言った。「でもあなたの方が彼のことよく知っているわね。あなたは教区会報も読んでるし。私には送ってこなくなったわ」

ジェインがうつむいた、床に何か落ちたものを探すみたいに。

「訪問するように言っとくわ」モリーが言った。「母親はいいけど、叔母さんを訪問しないというのはいけない、家族一敬虔な叔母さんを……」

「ああ、そんなこと言わないで！」ジェインが言った。

「言っときますよ、一言書き送るわ。電話してもしょうがない。機械は機械ね。機械に話しかけるのって大嫌い」

ジェインの動きをじっくり見た。この家に一人暮らしをしていたためか義姉の顔つきが変わった。答えもゆっくりになって顎に柔軟性がなくなったし、彼女の瞳はあのかつての優しい輝きを失っていた。

「いつも私言ってるでしょ」立ち上がって彼女が言った。「ビデオを買わなきゃって。これは時間つぶしにいいわよ。今度ビデオ持ってきてあげる」

ジェインが小さな袋からロザリオを取り出した。もっと大事なことがあるのだということを示すためにロザリオを出したのかしら。

「まあ、考えといてね」彼女が言った。

「ああ、そうするよ。モリー、考えとくわ」ジェインが答えた。


バンガローに近づいた頃にはもう夕闇が迫っていたが、彼女の車の前にまた停まっているグリーンウッド神父の車ははっきり見えた。彼に気づいたときにミラーに映った彼女が見えただろうから、引き返そうとしてもだめだ。私が未亡人じゃなかったらこんなことはないだろう、気をつけてまず電話をかけてくるだろうが。

近づくとグリーンウッド神父が車から出てきた。

「ああ、グリーンウッド神父、どうぞお入りください」彼女が言った。「キーは持っています」。珍しいもののように彼女はキーをかざした。

タイマーをセットしておいたのでラジエーターはもう暖かかった。玄関のラジエーターにちょっとだけ手を触れて彼を居間へ案内しようと思ったが、キッチンの方が都合がいいだろうと感じた。座って彼の話を聞きたくなければ、立って何かその辺でやっていればいいから。居間だと身動きできなくなるだろう。

「モリー、こんなふうにまたやってきたのできっと不思議に思っているでしょうね」グリーンウッド神父はそう言って、キッチンのテーブルに座った。

無言の彼女。彼の真向かいに座り、コートのボタンをはずした。一瞬彼女は、今日がモーリスの命日で、何か神父の支えとか同情がいるのではと思ってやってきたのかと思った。だがすぐに気がついた、モーリスは夏に亡くなったし、もう何年も経っていて彼の命日なんて誰も思い出しもしないことに。ほかには何も思い浮かばなかったので、立ち上がってコートを脱ぎ隅っこの肘掛けイスにかけた。グリーンウッド神父が組み合わせた手をテーブルに載せていた、今まさにお祈りをするかのように。とにかく、神父が予告もなく訪問することがこれからはないようにしようと彼女は思った。

「モリー、フランクから頼まれたのですが……」彼女が遮った。

「フランクがどうかしたのですか?」彼女が遮った。

弱々しげにグリーンウッド神父は微笑んだ。

「ちょっと困ったことが起こりましてね」彼が言った。

即座に彼女は意味が分かった。だが考え直して、いや彼女の反応はみんな間違っていた、だからこれも機械的に彼女の心に浮かんだこととは違うかもしれないと思った。

「それは?」

「裁判になるのです、モリー」

「虐待ですか?」新聞やテレビで毎日出てくるこの言葉を使った。誰か分からないようにアノラックを頭からかぶり、手錠をはめられて法廷から連れていかれる神父たちの姿が目に浮かんだ。

「虐待ですか?」再び彼女が訊いた。

グリーンウッド神父の手が震えていた。彼がうなずいた。

「そうです、モリー」

「教区でですか?」彼女が訊いた。

「いや」彼が言った。「学校でです。だいぶ昔の話です。彼が学校で教えていたときのことです」

突然彼らの視線が激しい敵対感に満ちてぶつかり合った。

「ほかに誰か知っている人はいるのですか？」

「このことを言おうと思って昨日来たのですが、どうも勇気がなくて」

一瞬息を止め、訪問者の顔から目を離さず、ひっくりかえろうと構やしないからイスをのけて立とうと決意した。

「ほかに誰かこのことを知っているのですか？　この質問に答えてくれますか？」

「もう知られているのですよ、モリー」グリーンウッド神父が静かに言った。

「娘たちも知っているのですか？」

「そうです、モリー」

「ジェインも知っているのですか？」

「娘さんたちが先週叔母さんに話しました」

「町中みんな知っているのですか」

「みんながそのことを話しています」グリーンウッド神父が言った。彼の口調にはあきらめとほとんど寛容に近い響きがあった。

「お茶をいれましょうか？」

彼がつけ加えた。「けっこうです」

ため息をつく彼。

「今月中に公判があります。延期しようとしたのですが、来週の木曜日にでも行われそうです」

「フランクはどこにいるのですか？」

「まだ教区にいます。ですが、まあ状況が状況ですからあまり外へは出ません」

「少年たちを虐待したのですね」彼女が訊いた。

「ティーンエージャーです」彼が答えた。

「今はもうみんな大人になっているのですね？　そうですね？」彼女が訊いた。

「彼に必要なことは……」

「あの子に必要なことなんかどうでもいいです」彼女が遮った。

「あなたにはつらいことになるでしょう」彼が言った。「彼には致命的です」

彼女は両手でテーブルの端をつかんだ。

「町中に知られているのですね？　そうですね？　知らなかったのは母親の私だけなのですね？　みんな私を物笑いにして！」

「あなたにはなかなか言えなかったのですよ、モリー。娘さんたちも少し前に言おうとしました、私も昨日」

「そして私のことをみんながひそひそうわさしていたのですね！」彼女が言った。「ジェインはロザリオを繰りながらね！」

「みんなあなたに優しく接してくれますよ」彼が言った。

「さあ、どうですかね」そう彼女は答えた。

お帰りになるようにと強く勧めるので神父はやっと腰を上げた。夕方のテレビ番組を新聞でチェックしてお茶をいれた。ふだんの月曜日と変わらずくつろいでいるというように、熱いお茶にいつもより少なめにミルクを入れて無理に飲もうとした。今なんだってできる、何にでも向き合えるということを証明しようとして。車が停まった、娘たちだ。神父が彼女たちに連絡しただろうから、娘たちはこのニュースがまだ新しいうちに、いま来たいと思う。今なら一人で母と向き合わなくていいから。

いつもなら彼女たちは家の横をぐるっと回ってキッチンのドアから入ってくるのだったけれども、彼女は短い廊下から表玄関へと急ぎ、玄関の照明をつけてドアを開けた。彼女は立って娘たちを見ていた、胸を張って。彼女たちが近づいて来た。

「入りなさい」彼女が言った。「寒いから」

彼女たちは玄関のところで、どの部屋に入るといいか分からなくて不安そうにしていた。

「キッチンよ」と素っ気なく言い，彼女たちの先に立ってキッチンへ行った。テーブルに広げたままの新聞の上にメガネを置き忘れてきてよかったと思った。彼女が熱心に何かしていたことが分かるから。

「クロスワードをしようとしていたところだったの」彼女が言った。

「大丈夫、お母さん？」アイリーンが訊いた。

無表情に彼女は娘を見た。

「二人一緒に来てくれるなんて」彼女が言った。「子どもたちは元気？」

「元気よ」アイリーンが言った。

「もうすぐeメールで受信ができるってあの子たちに言っといてね」彼女が言った。「ミリアムが、もう一回教習受ければ終了だって」

「グリーンウッド神父、来られなかった?」アイリーンが訊いた。

マーガレットが泣きだして、ハンドバッグの中のティシューを探していた。アイリーンは自分のポケットからティシューを出して彼女に渡した。

「ああ、来られたよ、今日。昨日も」モリーが言った。「だから全部知ってるよ」

ハッと胸を突かれた。孫たちはずっとこれから、テレビや新聞に出ている叔父、小児性愛者である神父の叔父という重みに耐えて生きていかなければならないのだ。まあ、彼らの苗字は彼とは違うし、それに彼の教区は遠く離れているが。マーガレットがトイレへ行った。

「お茶はいいよ、飲まないからね」モリーが言った。

「何と言ったらいいのか」アイリーンが言った。「最悪のことだわ」

アイリーンはキッチンの肘掛けイスに座った。

「子どもたちに言ったの?」彼女が訊いた。

「学校で耳に入っても困るから言わないではいられなかったわ」

「私の耳に入ることは考えなかったの?」

「お母さんに面と向かって言う人はいないわ」

「勇気がなかった、あんたたち二人とも」

「まだ信じられないんだから。名前も何もかも出るでしょうし」

「名前は出るよ、もちろん」モリーが言った。

「ああ、そうでないといいんだけど。罪状は認めているのだから名前は出されないと思ったけど。でも、被害者たちは名前を出すよう要求するようだわ」

「そうなの?」モリーが訊いた。

マーガレットがキッチンに戻ってきた。彼女がハンドバッグからカラーのチラシを取り出して、それをキッチンのテーブルに置いた。

「ナンシー・ブロフィに話したの」アイリーンが言った。「そしたらね、お母さんがカナリア諸島へ行くなら一緒に行くって。天気は最高よ。費用など調べたけど、安いわ。航空運賃やホテル代などは私たちが持つから。お母さん喜ぶと思ったんだけど」

ナンシー・ブロフィは彼女の一番の親友だった。

「そう?」モリーが訊いた。「そうね、すてきでしょうね。チラシを見てみるわ」

「裁判中はね。どの新聞にもその記事が出るでしょうから」アイリーンが言葉を継いだ。

「私のために考えてくれてありがとう、みんな。それからナンシーも」モリーはそう言って微笑んだ。

「みんな、すごく気を遣ってくれて」

「お茶いれようか?」マーガレットが訊いた。

「マーガレット、お母さん飲まないわ」アイリーンが言った。

「あんたたちは自分の子どものことを心配しなきゃ」モリーが言った。

「ううん」アイリーンが答えた。「何かあったかってあの子たちに訊いたの。フランクが……」

「なに？」モリーが訊いた。

「あの子たちに何かしたことがあったかと」マーガレットが言った。そっと涙を拭いて母をまっすぐ見つめた。「そんなことはなかったって」

「フランクにも訊いたの？」モリーが訊いた。

「ええ、訊いたわ。もう二十年も前のことで、本当にそのときだけだったたって彼は言ってる」アイリーンが言った。

「でもそれ一つではなかったみたい」マーガレットがつけ加えた。

「真相は分からないって私の読んだものには書いてあったわ」

「まあ、まず子どもたちをだいじに育てることだね」モリーが言った。

「グリーンウッド神父にまた会いたい？」アイリーンが訊いた。

「まっぴらごめんよ」モリーがピシャッと言った。

「考えたのだけど……」マーガレットが切り出した。

「何？」

「お母さん、しばらく私たちのどっちかの家に来たらどうかな」マーガレットが続けた。

「あんたの家で何するの、マーガレット」彼女が訊いた。「アイリーンの家には場所がないよ」

「それかダブリンへ行くとか」アイリーンが言った。

モリーは窓辺へ行き外に広がる夜を眺めた。彼女たちは車のライトをつけたままにしていた。「あんたたち、ライトつけっぱなしだよ。バッテリーがだめになってしまう、それこそ旦那さんたちがあんたたちを保釈金で出す羽目になるよ」彼女は言った。

「消してくるわ」アイリーンが言った。

「私、出かけるから」モリーが言った。「一緒に行きましょう」

「お母さん、出かけるの？」アイリーンが訊いた。

「そうだよ、アイリーン」彼女が言った。

娘たちは怪訝そうに顔を見合わせた。

「でもお母さん、月曜日の夜は外へ出ないでしょ」アイリーンが言った。

「車道を通せんぼしてるあんたたちの車を出してくれないことには出られないよ。あんたたちが先、さあ出て。とにかく会えてよかった。広告見てみるわね。カナリア諸島へは行ったことないから」

もう帰っていいわねと娘たちが合図しあっていた。

次の週のあいだずっと、町は彼女にとってほとんどまったく新しいものと見えた。どんなものもこれまで思っていたように知りつくしたものではなかった。チラッと見るとか、会釈するとかでも何かを隠しているのかもしれなかったし、一歩家から出たら自分のことをうわさしているかもしれなかったから、急に振り向くとかじっと見るとかはしないようにした。人が立ち止まって彼女に話しかけたが、彼女の息子の不始末を彼らが知っているのかどうかは分からなかったし、彼女と同じように彼らも、当たり障りない言葉を非常にうまく使うようになったので考えていることをうまく隠せるのか、はっきりは分からなかった。

休暇を取りたくはないしいつもの生活を変更したくないということを、彼女は娘たちにはっきり言っておいた。いつも通りブリッジを火曜日と日曜日の夜にやり、木曜日はグラモフォン・ソサエティへ行った。水曜日は、学校が終わると四人の孫息子がやってきて、彼女と一緒にビデオを見、フィッシュ・フィンガーとフライドポテトとアイスクリームを食べ、宿題を少しやっているとそのうちにママが迎えに来た。土曜日は車でこの町の夫を亡くした友人たちを訪問した。することはいっぱいで、何か連絡を受け取ったのだがそれがなんだったか忘れることもよくあった。でも、またすぐに思い出した。

ある日ナンシー・ブロフィの家を訪問した。ナンシーが彼女にカナリア諸島へは本当に行きたくないのかと訊いた。

「ええ、いつもと同じ生活の方がいいわ」モリーが言った。

「あのことを人に言ってしまうこと、あなたはあのことを人に話さなきゃいけないって、娘さんたちが言ってるわ」

「あの子たち、あんたに電話してくるの?」

「ええ」ナンシーが言った。

「心配しなきゃいけないのは自分の子どものことなのに」モリーが言った。

「まあね、みんなあなたのことを心配しているの」

「分かってるわ。私をなるべく避けたいのよ、あの子たち。ひやひやしているのが分かるもの。かみつくんじゃないかみたいな目で私を見ているわ。ブリッジ・クラブで私に話しかけるのはベティ・ファレルただ一人、人が見ていても構わずに私の手を取って、何か必要なことがあったら電話するか手紙を書くか、言いに来てって。真剣な顔つきだったわ」

「いい人もいるわ」ナンシーが言った。「娘さんたち、アイリーンとマーガレットはいい子たちよ。彼女たちがすぐそばにいてくれていいわね」

「ええ、でもあの子たちにはあの子たちの生活があるからね」モリーが言った。

腰かけたまま二人はしばらく無言。

「ショックだわ、本当に」ナンシーが一言。「もう町中ショック、よりにもよってフランクが。大変だね」

「冬はいいわ」モリーが言った。「朝はゆっくりだし、いろいろと忙しいし。夏はちょっとね。明かるくないと調子が狂うということなんか私にはないわ。夏の朝早く目覚めて目の前に横たわる長い夏の一日を思うと、暗黒の思いに取りつかれるの。これ以上はない最悪の暗黒！　まあ、でも夏までは大丈夫」

「ああ、それは覚えておかなきゃ」ナンシーが言った。「それ知らなかったわ。そういうときはまあどこかへ行くとかね」

「ナンシー、一つお願いがあるのだけど」帰りがけに立ち上がってモリーが言った。

「もちろんよ、モリー、なんでも言って」

「あのことね、私に話すようにしてってみんなに、つまり私を知っている人たちだけど、みんなに言ってもらえる？　気遣って言わないようにしないでほしいの」

「分かった、そうみんなに言うわ」

別れるとき、ナンシーは泣きださんばかりになっていた。

＊

公判二日前、朝刊を買って家へ戻る途中、彼女の横にフランクの車が停まった。後部座席に教区会報がたくさん積み上げてあるのに気づいた。助手席に乗りこむ、目をそらしたままで。

「早いんだね」彼が言った。

「起きたばかりだよ」モリーが答えた。「起きたらまず新聞を買いに行くの、ちょっとした運動になるし」

家に着いた。車を停めて二人はキッチンへ。

「朝は食べたでしょうね」彼女が言った。

「食べたよ」彼が答えた。神父のカラーを着けていなかった。

「新聞でも読んだら。トーストとお茶をいれるわ」

フランクは肘掛けイスに座って新聞に目を通している。彼女が朝食の準備をする音と彼が新聞をめくる音。トーストと茶をテーブルに置く。カップと受け皿二セット。

「グリーンウッド神父がここへ来たと言われたよ」フランクが言った。

「ええ、来られたわ」彼女が答えた。

「お母さんは同年の人たちの手本だって、毎晩ちゃんと外へ出ていろいろする」

「ああ、いつも忙しくしてるよ」

「それはいいね」バターをテーブルに出すのを忘れたことに気づいて、冷蔵庫へ取りに行く。

「妹たちはここへよく来るんでしょう?」彼が訊いた。

「何か用事でもあれば、あの子たちがどこにいるかは分かるよ」

母がトーストにバターを塗るのをフランクは見ていた。

「お母さんはホリデーしたらいいと思うんだけど」彼が言った。

マーマレード――これはテーブルにあった――の方へ手を伸ばした。何も言わなかった。

「ね、気が紛れていいよ」彼がつけ加えた。

「あの子たちもそう言ったけどね」

二人とも沈黙。この沈黙はうれしくなかった。長引く沈黙。でも、言おうと思ったことがあったのだが、今はすべて言う必要がないことのように思えた。帰ってくれたらいいんだが。

「ごめんね、事件の説明に自分で来なくて」彼が言った。

「今こうして来てくれたんだから。会えてよかった」彼女が答えた。

「ま、これから……」途中で言葉を切ってうなだれた。彼女は、トーストにも茶にも手をつけていなかった。

「新聞にはいろいろ書きたてられるかもしれない」彼が言った。「それに気をつけてと自分で言いたかったんだ」

「私のことは心配しないで、フランク」彼女が言った。

目を上げて自分を見るかもしれないから、にっこりした。

「地獄だ」そう言って首を横に振った。

監獄ではミサを上げることとか、僧衣や祈禱書を使用することは許されるのだろうか。

「お前のためにならどんなことでもするよ、フランク」彼女が言った。

「というと？」彼が訊いた。

頭を上げて彼女をチラッと見たときの彼の顔は少年のときのそれだった。

「できることはなんでも。みんなどこへも行かないよ。私はここにいるよ」

「どこかへ行きたくないの？」ほとんどささやくように彼が訊いた。

「ああ、行きたくないよ、フランク」

フランクは身じろぎもしなかった。手をカップにのせるとお茶はまだ熱かった。かすかに微笑んでフランクが立ち上がった。

「とにかく会いに来たかったんだ」彼が言った。

「ありがとう」彼女が言った。

そのまま彼女はテーブルに座っていた。車道で車を発進させる音がした。窓辺へ行き、見ていると彼は、いつものように芝生に乗りこまないよう注意してバックし、方向転換した。窓辺に立つ彼女。走り去った車の音はだんだん遠くへと消えていった。

「お母さん、どうやって人は死ぬの？」そう彼は訊いたものだ。魂が体から抜け出てそれから神様が……ええと、神様が……魂を取るの、神様があなたを愛しているから、とメアリは説明した。

「誰でも死ぬの？」

「そうよ、デイヴィッド」

「絶対に？」

彼の熱心さをほほえましく思いながら、まじめに向き合いできるだけきちんと答えるよう努めた。あれは彼が四歳くらいだったに違いない。いろいろな質問をし、物事がどういうふうになっているか、どうしてそうなっているかを聞こうとする発達段階を彼は生きていた。

デイヴィッドは彼らの一人っ子だ。結婚して二十年ほど経ち、彼女もシェーマスももう子どもは絶望とあきらめていたとき出来た子だった。最初彼女はほとんど信じられなかったが、それから、怖くなった。なぜもっと前でなくて今頃なのかしらと思ったのだが、よく分からなかった。自分たちの年齢に子どもというのは難しいし、二人の生活はすでに出来上がっていたから、子どもを育てるのは大変だろうと彼女は感じたわけだ。ところがデイヴィッドは、彼女が予期したほど彼らの生活に変化をもたらさなかった。デイヴィッドが生まれてすぐ夫が亡くなった、近所のコテージに住むミセス・レドモンドが毎日来て助けてくれ、彼らが外出したい夜は子守をしてくれた。彼らの家は、シェーマスが校長をしている小さな田舎のナショナル・スクールのすぐ横にあった。デイヴィッドは大きくなるにつれ、だんだんミセス・レドモンドと時間を過ごすようになった。メアリがコテージに迎えに行くと彼は家へ帰るのをいやがったが、でも家へ帰ってくるとまたにこにこして、彼女につきまとってあれこれ質問するのだった。大きくなってからは学校であったことをよく母に語ったものだ。

もうだいぶん夜も遅くなっていた。彼女は暗くなってから長距離運転するのには慣れていなかった。よく知った道だったが集中するのが難しくて、ゆっくり進まなくてはならなかった。寒い三月、薄い霜が降りだした。道幅が拡張されて以前の土手、今は木の壁を、走る車のライトが浮き上がらせた。もはや道路は周りの土地から引っこませられた、後ろめたく隠れたようなものではなかったから、この頃は事故も少なくなったことだろうと彼女は思った。昔のあの狭い道路を思い出しているうちに彼女の心は過去へと入りこみ、気がつくとあの日、デイヴィッドがもう手の届かぬところへ行ってしまい、不機嫌に引きこもってしまったことに初めて気づいたあの日を、もう一度正確につきとめようとしているのだった。病院からいま家へ連れて帰ろうとしている彼らの二十歳になる息子はこの七ヶ月、彼女が沈黙と言い医者がウツだと言ったものに苦しんでいた。いったいそれは彼女とシェーマスが悪いのか、悪いとしたらどこが悪いのか。デイヴィッドは助手席に座るのを拒み、彼女に話しかけようとはしなかった。後ろの座席に座り、ブレイで停まって買ってくれるよう頼んだタバコを立て続けに吸っていた。母には話しかけないと決意でもしたのか。彼女には気がかりだしうんざりだが、彼にとっては自然で沈黙している方が楽なのかしらん。

「お父さんの体調がよくないのよ、デイヴィッド」彼女が言った。

答えはなし。車が一台こっちに向かってきたので彼女はライトを落とした。だが、向かってくるライトがあまりに強すぎたので目をそらさないではいられなかった。

「先週また発作があったの」そう彼女は言ったが、彼にしゃべらせようとして衝撃を与えるためにでっち上げたみたい、ちょっとわざとらしく聞こえた。だが相変わらず彼は黙ったままだった。煙草を強く吸いこむ音。

アークロウの長い幹線道路は交通ゼロ。もうあとゴーリー、カモリン、ファーンズと飛ばして、それを過ぎるともうすぐ家だ。車のヘッドライトがほんのしばらく照らしたかと思うと、もうその向こうには何もないし車もほとんど通らない。車の中はタバコの煙が充満して気分が悪くなりそうだ。やっと月が顔を出した。

何も考えないで前方の道だけに集中しようとしたのだが、過去のいろいろな場所のイメージがあれこれ思い出されて止めることができなかった。ハネムーンで行ったダブリンのモント・クレア・ホテルで泊まった部屋が目に浮かぶ。朝、ホテルの外の通りから聞き慣れないいろいろな音が聞こえてきた。あの頃はちょっとしか知らなかったこの都市の印象を思い出そうとしたのだが、ほかのシーンがそこへ入りこんできてなんだかぼやけてしまった。毎年夏に行ったクッシュ近辺の入り組んだ小道、黄昏になるとたくさんブヨが飛び回り、ピッピッと髪の毛に飛びこんできた。ファーンズの父の店の二階にあった使用されていないかび臭い客間に、母の死後かけられていた彼女の肖像写真が目に浮かぶ。二人が結婚したとき父が彼らのために買っておいてくれた、学校の横に立っている古い二階建ての家を初めて見たときのこともはっきり描写できた。その家を見に行った日の家の中の雰囲気、裸の壁、うつろな足音も思い出せた。その同じ家の二階に今シェーマスは横たわっているのだ。それはメアリがなによりも鮮明に眼前に浮かべるシーンで、彼は右半身全部がマヒしていて、新聞を読んでやっても興味がないようだった。

後部座席でデイヴィッドはまた一本火をつけた。

「ちょっと前に来ない？」彼女が訊いた。しばらく沈黙があって、それからくぐもった声がした。

「いや、いい」

彼女は車を急に停めて道路脇へ入った。後ろを見たが彼がよく見えなかったので、頭上の薄暗い室内灯をつけた。デイヴィッドが窓を開けて煙を出した。ふさふさしたブロンドの髪は彼女にそっくりだったが、彼女の骨太の顔とは程遠いほっそりした顔だ。ボオーッとした明かりに浮かぶ彼の顔は彼女が初めて出会った頃のシェーマスそっくりだが、デイヴィッドの顔はそれをさらに細くした感じだった。緊張で強ばった顔を背けて彼女に話しかけたくないという意思表示をした。

「これからどうするの？　何か考えはあるの？」彼女が訊いた。ほんの一瞬だが彼と視線が合った。

彼は目をそらした。

「分からない。何も訊かないで。いい？　僕に何も訊かないでくれよ」

「しばらく家にいていいんだよ。家で何か仕事が見つかるかもしれない」

「どうかなあ」

半分吸いさしのタバコを窓から捨てた。

「夜運転するとすごく疲れるわ。年かね」

彼女が笑うと彼は神経質な笑いをもらした。

「とにかく急いだ方がいいわ」

頭上のライトを消してからまたエンジンをかけた。

「お父さんが待っていらっしゃるわ」

彼女は考えた。夫は目を開けたままで寝ていて、入っていっても私を見ようともしないだろう。私は無言の人間二人を抱えることになるんだ、そう考えて口元に苦い笑みが浮かんだ。それでも彼女はデイヴィッドに家にいてもらいたかった。耐えられない沈黙のまま何日もカーテンを閉め切ってベッドから出てこなくても、だ。彼と一緒にクッシュへ戻ることを夢見た。明るく輝く夏の日と海から照り返す光とで、長らく失われてしまっている何か、彼が故意に捨ててしまったように思える昔の活力が戻るかもしれないと夢見た。はだしで砂浜を歩けたら元気になるのではと思った。だが、そう簡単にはいかない。彼女はため息をつく。病気なのだ。そうだろう。でもそうとは見えなかった。それはデイヴィッドが捨てようとしない何か、彼に与えられた天賦の贈り物みたいなものに彼女には思えたのだ。それは彼を慰め、彼が受け入れてしまっていた何かなのだ。

「デイヴィッド、病院はどうだった？　見舞いに行っても病院というところはどうもよく分からなかったわ。あんたの状態がどうなのかも分からなかった」

「何も訊かないで、母さん、訊かないでって言っただろ」

「ちょっとでもいいから教えて」

「地獄だ」ため息をつくデイヴィッド、タバコの煙を吐く音。「いいことなし、地獄さ」

「でも、あの時は病院という選択がベストだったでしょう？　ほかに手はなかった」

「ああ」

彼が薬を飲んでいることは分かっていたが、その効果はとなると分からなかった。彼女が話をした医者はデイヴィッドのことをずっと「患者」と呼び、入院はもう少し後にした方がいいかもしれないと言った。突っこんだ質問のどれにも医者はすぐには答えが出せないようだったので、質問はしなかった。何も資格がなかったから誰もデイヴィッドを雇うところはないだろう。自分が年を取って彼が二階にいる状況を想像してみた。彼に何かほかのことを聞いてみたかったがやめた、彼をいらだたせるようなことはしたくなかったからだ。車の後部座席の沈黙が警戒心や敵意を感じさせるくらいになってきた。スピードアップ。沈黙が自分に向けられているように感じ、一刻も早く家に着きたかった。

ヘッドライトがファーンズ・プロテスタント教会のつつましやかな四角い尖塔を照らした。まだ車を持っていなかったときシェーマスと彼女は、毎週日曜日に自転車で町へ出てそこから電車でファーンズへ行き、彼女の父と一日を過ごすのが習慣だった。彼女が父と二人きりで時間を過ごした父が死ぬ前の数ヶ月、父は本当に穏やかでいつも機嫌がよかった。あれは二人にとって本当に幸せな時だった。

車のライトがT字形接合部のずんぐりした、モダンなカトリック教会のガラスを照らした。自分たちの結婚は旧教会でしたのだということを思い出した。あそこは今どうなっているのか。どこかの引き出しに今でも父のスチールフレームのメガネがあるはずだ。父が亡くなったとき、店を売って建て増しし、車を買った。あれを売らないでおいたらよかったなと一瞬思った。あそこで毎日働くとデイヴィッドによかったのじゃないか、自分も監督できるし、彼に負担がかかりすぎないか分かるし。彼女自身は子どもの頃店で働くのが大好きだった。

「一日中お父さんベッドなの？」突然デイヴィッドが訊いた。

「ほとんどね」彼女が言った。「病院へ入るはずだったのだけど、行かないのでミセス・レドモンドが毎日来てくれるの。ミセス・レドモンドも年を取ってきたからね、体を起こすのがたいへん。重いの。今夜もついていてくれるわ」

話しながら彼女は、デイヴィッドと自分が気楽に話しながら旅してきたようなふうを装った。

「私が大好きなもの分かる？」親しげに彼女が質問を投げかけた。「タバコなの。もう何年も吸っていないわ、お父さんが大嫌いなのでね。一本つけてもらえる？」

後部座席でデイヴィッドがライターをつける音。カチッ、タバコを彼女に渡した。

「前へ来ない？」彼女が訊いた。「家はもうそこだけど」

「いや、いい」

木々が覆いかぶさるように生えている、川に沿った狭い道から町に入った。丘の上に月が現れ、丸坊主の木の枝と道路に星状の霜が見えた。タバコはもういらなかったので灰皿で消した。薄汚れた不吉な黄色の街灯に照らされて郵便局から水車へ向かっていると、デイヴィッドが後部ドアについている灰皿を取り出して後ろの窓から外へ捨てた。冷たい空気が車の中へ入って来た。

「着いたよ」彼女が言った。

道路からタールマカダムの車道へ入ると明かりがついていて、ミセス・レドモンドが表のドアを開けて二人を迎えた。デイヴィッドは後部座席から荷物を取った。

「主人はどうでした？」小声でメアリは尋ねた。

「しばらく寝ておられたけど今は起きておられます。一日中あまり元気がありませんでしたね」ミセス・レドモンドが言った。

部屋へ入っていくとミセス・レドモンドが、デイヴィッドにキッチンへいらっしゃいと言った。彼は彼女についていったが、まるでどこかほかのところへ行く途中なのだと言わんばかりに、荷物を手にしっかり持って放そうとしなかった。メアリは立ち上がって二人を階段の下から見ていた。

寝室へ行った。カーテンは閉めてあり、電気ストーブの横に水の入った洗面器が置いてあった。部屋は大変暖かかった。

「来たかい？」シェイマスが訊いた。

質問には答えないで彼女は化粧台の鏡の前のスツールに座った。鏡に彼が見える。きれいに整えられた彼女のブロンドの髪が、目の周りや口元のしわと大変不釣り合いだということに気づいた。このしわのことを〝母さんの金壷〟とデイヴィッドは言ったっけ。でももう白髪でもなんでも構いはしないわ。ベッドからシェイマスが彼女を見ていた。目が合ったとき彼女には未来図がちらっと見えて衝撃だった。これから先は持てるだけのわがままをかき集めなくてはならなくなるだろう。目を閉じてから彼の方へ向きを変えた。

「帰ったかね？　連れてきたかね？」彼女に訊いた、再び。

三人の友だち

その月曜日、みんながホテルへランチを取りに行ってしまった後葬儀場に残ったのは、ファーガスと彼の母の遺体だけだった。これまでのところ母は自分の葬儀に満足しているだろうと思った。昔の友人たちと声を潜めて語り合い、古い記憶を掘り起こし、長い年月会っていなかったであろう人々がやってくる。こういうことがすべて彼女の目を輝やかせただろう。だが、命の消えた今うす暗い蠟燭の明かりの中で二人きりになることは、母にはうれしいことではなかったに違いない。今この時間彼女は喜んではいないと彼は思った。

母に何か慰めの言葉、大丈夫だよとか、安らかに眠ってとか、ささやいてやりたいという誘惑に駆られた。立ち上がって母を見た。彼女の死に顔には生前の柔らかさが全然なかった。静穏、平和、不動のマスクの裏に隠された長年の悲嘆のかすかな跡を留めて棺に横たわる、母の死に顔をいつかは忘れたいものだ。彼女の遺骸を安置した葬儀屋か看護師かは、変なしわがないことはないが、顎をしっかりと固定させ、顎の先端がとがって見えるほどに完璧にスッキリまとめすぎた。彼女が今しゃべったら彼女のあの顎、彼女のあの声、彼女のあの笑みが戻ってくるところだろう。だが今それらは全部なくなってしまったのだから、知らない人がいま彼女を見てももう面影が全然なかったから、生前の彼女がどんなだったかは分からないだろう。急に彼は悲しくなった。

外で足音がした。コンクリートに響く男の重い靴音を聞いたとき、見守りは自分一人であるはずの母の通夜に誰かがやってくるなんてと、ほぼ驚きに近い気持ちだった。ドアは閉じられていて、そこに座っている自分をじゃまする者などいないかのように思っていたから。

現れたのは少し猫背の中年の背の高い男だった。穏やかで慎み深いように見えたが、この男、絶対会ったことはない人物だとファーガスは思った。ファーガスには一顧だに与えないで、うやうやしく棺に近づいて十字を切り、死せる女性の額にそっと手を触れた。町の人のようだったが近所の人ではない、ずっと昔の母の知り合いに違いない。こんなふうに人目にさらされて、来る人に触れられることは母を怯えあがらせたことだろうが、もうあと数時間で棺の蓋は閉じられて大聖堂へ運ばれることになるのだから。

男は彼の横に座りずっと母の顔を見続けていた。揺らめくろうそくの明かりの中で母の顔に何か起こるのを待っているかのようにじっと見ていた。母はもう死んでいるのだからそんなにじっと見つめていてもしかたがない、と言ってやろうかと考えたら微笑が浮かびそうになった。男はもう一度十字を切り、彼の方を振り向いて大きな手を差し出し混じりけのない同情を表した。

「ご愁傷様」

「おそれいります」ファーガスが答えた。「よくいらしてくださいました」

「安らかな死に顔ですね」男は言った。

「そうですね」ファーガスが答えた。

「立派な方でした」男が言った。

ファーガスはうなずいた。男は礼儀上少なくとも十分はここにいるだろう。自己紹介するとか彼だと分かる手がかりをこの男に伝えたいという気持ちはあったが、棺を見ながら二人は黙って座っていた。

時間は経っていくのにほかに誰も来ないのでファーガスは奇妙に思った。ほかの人たちはランチをもうホテルで終えていたはずだ。彼女の友人たちや親戚の人たちは朝やってきていた。みんながこの隙間時間をファーガスと一人の見知らぬ人間に押しつけて、二人が長時間をものすごく気づまりに並んで腰かけて我慢しなければならないなんて、筋の通らない話だと彼は思った。この時間の広がりは、すべてのなじみのあるものから彼らを引っ張り出し、ぼーっとしたゆらめく光と居心地の悪い沈黙、終わりなく活気なき死者の中立の領域へ彼らを放りこむ暗い夢だとファーガスには思われた。男がしわぶきしたので彼の方を見ると、彼のかさついた皮膚と青白い顔にはこれらの時間が普通の時間ではないこと、二人とも彼の母の霊に引っ張られて影たちの場所へ放りこまれたことが分かるさらなる証拠があった。

「ハーリング〔アイルランドの伝統スポーツ〕はやらんでしょう」彼がそっと言った。親しげな口調だった。

「僕はやりません」ファーガスが言った。

「やるのはコナーだね」男が言った。

「彼はうまかったですね」ファーガスが言った。

「あんたは頭の方かね」

「いや」ファーガスは笑った。「頭はフィアックです、一番下の」

「お父さんはね」しゃべりだしたが男は口ごもった。ファーガスはきっとにらむように彼を見た。「私たちの先生でしたよ」

「そうですか？」

「私はジョージ・マーンのクラスメートです。あの壁にかかっているハト、見えますか？　ジョージが描いたものですよ」

彼は葬儀場の後ろ壁を指さした。

「ここが作られたとき彼が大きな絵を製作することになっていたんです。あれはまだ下書き、準備段階でした。色を塗らなければならなかったのですが」

棺の向こう側の壁に鉛筆でうすく描いてあるスケッチをファーガスは見た。ハト、数人の人間、遠景に丘か山が見えた。

「どうして完成しなかったのでしょうね」ファーガスは訊いた。

「マットの奥さんが」男が言った。「ここを開くばかりになっていた数週間前に急に亡くなったので、自分で棺を作るか作成者を募集するかということになった。で、ここはまだ完成してはいなかったが自分でやることにした。まあそれで別に問題もなし、ただ、そういうことで絵は未完成のままだ。マットの奥さんの遺体が安置されていたからここへ戻らないとジョージ・マーンは言ったの。怖いとかこの空間は汚染されているとかなんかそんなことを言ったのです。そういうことで仕事は出来上がらなかった。ここで絵を描いていると後ろに何か立ち現れるかもって言うんだ」

男は棺をじっと見つめて淡々と話した。ファーガスは目をそらして彼の顔を心に描こうとしたができなかった。ファーガスが後ろを向いたとたんにぼんやりしてしまうのだ。確かに描写は難しい顔だったろう。背が高いといっても特別高いというのでもないし、やせているがやせすぎというのではない。褐色というか砂色の髪の毛で顔はこれといって特徴がないし、声は具体性を持たない。葬儀場の静寂の中で男が話しやめたときに、この男は母親の霊魂を取り去りにきたのだと誰かがささやいたとしても、不思議とも思われなかったことだろう。ほんの数秒のあいだこの訪問者は、ありふれたことや、つくり話をしているあいだ、時間を凍結していたのだというのが最も近かったかもしれない。そのあいだに彼は彼女の魂を取り去って埋葬するときに残っていたのは結局、疲弊し役に立たなくなった骸(むくろ)だけだったのだ。

だが、あの男が去りほかの人たちが戻り近所の人たちが次々と弔問に来ると呪文は解かれて、男の訪問もふつうのこと、人に言うほどのこともない小さな町のできごとになってしまった。ただし、その痕跡はそこかしこに残っていた。


翌日、大聖堂の身廊から待機している霊柩車まで棺につき従って歩くあいだ、ファーガスは頭をうなだれていた。音楽――母のために歌われる最期の讃美歌――に耳を澄ませた。身廊の両側に集まっている人々は、中央のドアへゆっくりと歩いていく彼、彼の姉妹たちと兄弟たち、叔母を観察していた。最後の数列に来たときぐるっと見回して驚いた。ダブリンから三人の友人が来ていたのだ。週末の生活からの友人と最近のアムステルダムへの旅行からの友人。彼らは何か恥ずかしいことでもあるみたいに、まじめくさった顔つきで立っていた。彼と目が合ったが、彼らは微笑みもうなずきもしなかった。こんなまじめな顔の彼らは見たことがなかった。それはちょうど学校で何か問題があったとか、就職の面接とか、飛行場で質問を受けるとか、警官に止められたときなどに見せたであろうような顔つきだった。ちょっと彼らの耳元でささやいてやりたかった、あれ持っているかい、と。だがそんなことを考える間もなくもう外へ出ていた。

葬式。彼の父の墓石は古式蒼然、彫りこまれた墓碑は風雪に消えかかっていた。神父は墓石横にマイクとスタンドを準備していた。九月初旬の太陽は暖かく風もなかったのだが、墓地は不思議と吹きさらしの感じがあった。どうしてこの墓地に木を植えないのかしら、常緑樹くらい植えたらいいのに。神父がお祈りを唱え始めた。ファーガスはあの画家兼装飾家のジョージ・マーンが向こうの方の墓石近くに立っているのに気づいた。近くへ来て墓近くに立っている群衆の中へ混じろうとしないたった一人の人間だった。背の高さが六フィート以上の彼が墓石に手を置いて立っていた。彼はジョージ・マーンの強烈な視線を感じ、決してまたがない目に見えない線を彼が墓地に引いたのを感じた。葬儀場へ来たあの男が説明したように彼は死者を恐れていたのだ。ファーガスの母をずっと知っていたからここにいないわけにいかなかったのだが、墓に近づかずに神父、霊柩車、棺の周りのシーンをじっと観察している彼の強烈な自立の姿勢にファーガスは身震いした。棺は口を開けた墓穴の方へ動かされた。

後ほどファーガスは会葬者全員に礼を述べ、微笑し握手し続けた。姉妹の一人が泣いていた。列の端っこにミック、アラン、コナルが恥ずかしそうに立っていた。

「三銃士」彼が言った。

「ご愁傷様、ファーガス」背広とタイをつけたミックがそう言って握手した。あとの二人が彼を抱擁した、そっと。

「お気の毒に」アランが言った。

コナルが手を差し出し悲しそうに頭を振った。

「軽食を用意してあるよ、ホテルへ来ないかい」ファーガスが訊いた。

「せっかくだがすぐ行かなきゃならないので」ミックが微笑んだ。「ダブリンへはいつ戻る?」

「木曜日かな」ファーガスが言った。

「木曜日の夜あたりどう? だめならケータイ入れてくれる?」

「ああ、ありがとう。連絡するよ」


葬式が済んでその夜、彼と兄弟姉妹、彼の義理の弟は朝四時まで飲み明かした。彼らのほとんどがもう一晩泊まった。早く寝ると互いに言い合っていたのだがディナーでワインを飲みだし、ビール、ウイスキーと続き、それも全部飲んでしまってあとはワインしか残っていなかった。このワインを彼が兄弟姉妹たちと飲み続けた頃には、夜が明けてからもう何時間も経っていた。目を覚ますともう午後になっていた。木曜日、出発だ。町から飛ばして母の墓に参り母に慰めを言う、あるいは慰められるというプランで考えていたのだが、彼はもう疲労困憊していた。夜通し笑い続けてもう面白い話もなくなった。

墓地の横を通り過ぎながら彼は、まるで自分が彼女の死の原因であるかのような強烈なうしろめたさを感じた。彼女に近づくどころか、彼女の家から彼女の墓から彼女の喪の日々から去ることが彼には必要だったのだ。まっすぐストーニーバターの自宅に飛ばした、二度と外へ出ずに暗くなりしだい寝る。来る夜も来る夜も眠り続けることを夢見ながら。

ベッドを整えていると電話があった。ミックだった。

「今夜はどうでもいいんだけど」彼が言った。「明日の晩は大事だ、君のためにちょっとスペシャルを用意してるんでね。みんな来るんだ、ビーチでガウッ！」

「いいよ、僕は」ファーガスが言った。「行かない」

「君が来なきゃ意味ないよ」ミックが言った。

「テクノ・エンタメはだめ、ついていけない」ファーガスが言った。「古いものの方が好みだね、ビーチは嫌いだし」

「これはスペシャル、スペシャルだって言ったろ。セーターは暖かいのを二枚、それと大判タオル一本」

「いやだ」

「家に九時。運転は俺がやる。つまんなきゃ俺と帰る。が、まず来てくれよな」

「九時？」ファーガスが訊き返し、フッと笑った。

「九時きっかり」ミックが返答した。

「三十分くらいか?」

「朝の九時にはすっかりトリコさ」ミックが言った。

　夜のとばりが下りてから町を出、暖かい夜を彼らは北に向かって車を飛ばした。窓を開けて走り、アランがマリファナに火をつけてから車の窓を閉めた。これから無上の快楽にたっぷり耽るのだ。ミックのアパートですでにコカインを一服やってきたので、ファーガスの感覚は鋭くナーバスになっていたが、妙に頭が冴えていた。全身の力を注いで吸いこむ。煙を吸いこみすぎだったがそれをできるだけそのままの状態で維持し、目を閉じてその味とパワーを満喫した。失神しそうになった。頭をそらす。けだるい戦慄が全身を駆けめぐりすぐにも眠りに落ちそうになったが、それとともにとりとめもない思いが飛び交った。後部座席で彼は寝ようとしていた。マリファナのもたらす黄金の無気力とコカインの甘美な電気ショックが絡み合う中で快楽を味わいつつ。

「あのなあ」アランが言った。「君の母さんが亡くなったときおふくろのこと考えてさ、親不孝だったことに気がついたんだ。花を買ってね、会いに行った」

「人間へのささやかな一歩というわけ」コナルが言った。

「本当は電話をかけてからにしないといけなかったんだけどね」アランが言った。「でもね、おふくろは電話が大の苦手、まるで毒蛇みたいに毛嫌いしてるからさ」

「どれくらい会わなかったんだい」ミックが訊いた。

「この前会ったのは六月、その前が二月。おふくろは俺がちっとも来ないってグチったから、それで全部帳消しになるわけでもないけど『今日来たじゃない』って言ったら、かみつきそうな権幕だったよ、おふくろ。『つごうのいいことばっかり言うよ』って言い続けてた、すぐに機嫌悪くなるんだ」

「君が受け継いでいるんだよな？」ミックが尋ねた。

「だから花を持ってね、行ったんだけど誰もいなくて。隣のミス・ビッチがエプロン姿で現れて、キーはないよって大声で言うんだ。『お母さんはイタリアだよ』って。『ビーチでね、ビーチねえ、フン、何様だと思ってんだい』ミセス・キングストンと二人で土地買ったり、アクセサリー買ったりさ、新しいゴールドのイヤリングとかね」

「花はどうしたんだい？」ミックが訊いた。

「バス停わきのゴミ箱に捨てた」

「うへ」コナルが言った。「ファーガスの前でこんなことしゃべってちゃいけないかな。大丈夫か、ファーガス」

「ああ」ファーガスが言った。頭を後ろにそらせていた、目を閉じて。

「あっちへ行けばドラッグはもっとある」ミックが言った。「心配いらないよ」

「もう寝るよ」ファーガスが言った。「子どもの頃みんなはビーチへ行ったけど僕は車の中にいる方が好きでね」

「ま、もう子どもじゃないぜ」ミックが言った。

主要道路を出るとミックはゆっくりと車を走らせた。ドロヘダとダンドークのあいだだろうとファーガスは思った。海岸へ向かってまっすぐか、それと並行に走っていたが、ときどき現れる濃い霧で前方が見にくそうだった。ミックは何度も停まり、ぼんやりした室内灯をつけて詳しく行先を書いた紙を調べていた。

「もうすぐそこなんだが。道を聞いちゃいけないし、疑わしい行動はとらないようにって言われているんだ」ミックが言った。「右側の二つ目のバンガロー、そこから狭い砂地の小道を行く」

「コケにされてるんじゃないだろうな、大丈夫か?」アランが訊いた。

「大丈夫だ。このあいだのと同じ連中だ、信用できる」

ミックは二つ目のバンガローで停まり、霧の中を車から降りて右に小道があるか調べた。

「間違いない」ミックが言った。「この小道を下っていけば着く」

狭い小道を進んでいった。イバラがバシバシ車体に当たるし、轍が深く刻まれていて車体の腹のところに切りこんでくるようで、ミックは車を停めなければならないくらいだった。車は前に進むというより大きく横に揺れた。みんな怯えたように無言だった。小道が切れたところでミックが窓を開けると海鳴りが聞こえた。たくさんほかの車が停まっているところ近くに停め、車のドアを開けて夜の中に立つと遠くの方から電子音楽の音がはっきりと聞こえた。ファーガスが気づいたのは海からまるで夏の風のような穏やかで温かい風が吹いてくること、もっとも夏はもう終わり、低くたれこめる空と際限なく降りしきる雨しかない季節だったが。

「ドラッグ、車の中でやろう、風があるから」ミックが言った。

車中にみんな深く腰掛けてドアと窓を閉めた。CDカバーの上にミックがドラッグをきちんと並べているあいだ、コカインを吸う順番を待った。ミックが勧めた五十ユーロ札を使ってファーガスは、のどの奥を下っていくドラッグの酸味を帯びた味を満喫した。ぐっと飲みこむ、こうすると味がよくなるのだ。それから、彼が最後だったので、ＣＤカヴァーの上の白い粉を完全にとって歯茎にすりこんだ。

大きな手提げカバンの中にはセーター、タオル、ボトルの水、缶ビール、テキーラ一本。立って見ているとヘッドライトが現れ、車が一台近づいてきて停まった。はっきりは見えなかったが六、七人出てきた。ドラッグにミックが火をつけみんなに回した。

「早すぎず遅すぎずってところだな」彼が言った。

懐中電灯の明かりを頼りに、岬を回って音楽の聞こえてくる方へ彼がみんなを誘導した。いま越えてきた原っぱから急な石階段を何段か下りたところにある、風の入りこまない洞窟から音楽は聞こえてきた。

「つまんねえ音楽だな」ファーガスがミックにささやいた。

ミックは彼にドラッグをまたくれたので、それを二度吸ってから返した。

「目を閉じて口を開けて」ミックはそう言うと懐中電灯をファーガスの顔に当てた。アランとコーナルが横で笑っていた。ミックが錠剤を噛んで二つに分け、目をつぶると半分を彼の舌の上にのせた。

「呑みこんで」と彼が言った。「これはね、医者推奨の倦怠封じだよ」

ライト、発電機、パワフルなスピーカーとシステム・デッキなどを目にしたとたん、主催者はきっと一日中準備にかかったに違いないとファーガスは思った。この洞窟の中に強烈な照明と大音響の手のこんだ即席ディスコを設営したのだ。場所的には一番聞こえそうな距離にある家とか道からでもはるかに離れていて、まあうまくいけば一晩中たっぷり楽しめるだろう。夜はまだ始まったばかりだ。エクスタシー・タブレットはまだきいてきていなかったが、コカイン、ドラッグ、海の夜風で気分は浮き立っていた。終わりなき夜への準備は万全だ。町だったら夜は絶対終わりが来るし、用心棒が店じまいだ！と叫び、どこのパブも閉まってしまう。シティ・センターにタクシーはいないし、家に帰るよりしょうがないなんてことになる。そんなのとは大違いだ、ここは。

荷物を暗がりの安全なところへ置いておいて群衆に合流したとき、三十人くらいが踊っていた。一緒に旅してきた友だち同士のように見える者もいたが、ここで友だちになったばかりだったのかもしれないなとファーガスは思った。だって、動きは合わせているが一人一人は厳格に離れていたから。

踊っている者たちのそばでミックがくれたビールを飲んでいると、黒髪のやせて背の高い男に見られているのに気づいた。自分勝手なビートで好きなように踊っていたこの男が空を指さし，ファーガスを指さしてにっこりした。ストレートな連中とけっこう長らくつきあったおかげでこのダンサーがエクスタシーを飲んでいることは分かった。ハッピーな気分で、分かっているよとにっこりした。セックスアピールらしく見えるけどこれは違う。彼のしていることはセックスの匂いはなく彼は子どもみたいだった。つまんない音楽にのって彼の方に指を突きつけ、微笑みを返した。

エクスタシーが大丈夫だよのメッセージを運んで体中駆けめぐる。鼻と顎がしびれてチクチクずきずき刺す。踊り始めた。ミック、アラン、コナルもすぐそばで踊っていた。彼らが自分のそばにいるのはうれしかったが､彼らを見たり話しかけたり微笑んだりする必要すら感じなかった。ドラッグ､夜､甲高い突き刺すような音、テンポが上がってボリューム・アップする中で、彼は完全に彼らと結び合わされ彼らの一部だった。彼に必要だったのはその結びつきを感じること、そうしてほとばしる温かさが体を駆けめぐるのを感じること、それだけだった。明け方までこうしていたい、できればその後までつぎの日も。

ミックともう一つ錠剤をシェアし、少し水を飲んで一緒にドラッグを吸った。そのとき、一見モノトーンと思えた音楽、それと分からないくらい微妙な変化をつけた音楽が、周りの顔や体より強くファーガスの注意を引いた。深まる夜が与えてくれる冷めたエネルギーでその流れに乗ってトーンやビートの変化に耳を澄ませた。彼は彼らに寄り添い彼らは彼に寄り添った。ふざけて攻撃的に体をぶつけあうポーズをとってみたり、突発的に編み出した不思議な調和をとりながらダンスし、微笑みを交わし触れ合って安心を確かめ合う、そのうちに離れていき沸き立つ群衆の中で一人でダンスした。

ミックがすべてを管理していた。ドラッグに火をつける、ピルをもっととる、ビールを飲む、水をグイっとあおるのはいつかとか、交互に競いあう美しい音楽と人々から休息をとる必要があるとミックが考えたときに、四人は群衆から離れてビーチに敷いたタオルに寝転んでドラッグを吸い，笑い、くつろいだ。ダンスする時間はたっぷりあった。

一晩中彼らはお互い寄り添いながら動いた。まるで、すぐそばにいないと消滅してしまう何か非常に楽しい、素晴らしいものを守っているといわんばかりに。砂がファーガスの髪の毛に入りこみ、背中の汗とトレーナーの中にもこびりついていた。ときどき疲れた感じがしたが、疲れそのものが彼を突き動かして音楽に身を任せ、笑みを浮かべて目を閉じる。時間がゆっくり過ぎていき、今この瞬間このエネルギーの繭がそっと誰にもじゃまされず彼を包みこみ、夜の牙から守ってくれるよう願った。

何時間か経ったように思われた頃ミックが彼をわきへ呼び、ぎらつくライトから出て水平線に曙光がさすところを見せた。それは遠くに見える灰白色の煙みたいで赤味とか太陽らしさのかけらもないもの、夜明けというよりは消えゆく光に近かった。狂気のように明滅する照明の中で最後のダンスに身を任せた。

海岸に太陽の最初の光が射すと、低くたれこめた雲と雨のためにあるというかのように照明はグレーで不安定だった。彼らは震えながらセーターとタオルを置いておいたところへ歩いていった。グイっとテキーラを飲んだ。飲んだとたん口に毒がねじこまれた。

「有毒エネルギーの塊だ」ファーガスが言うと、アランが砂浜にひっくり返って大笑いした。

「父なる神ってとこか、それかアインシュタインかな」コナルが言った。

ミックはタオルをカバンに詰め、ゴミを後に残してはいないか注意深くチェックした。

「悪い知らせだ」彼が言った。「泳ぎに行くんだ」

「ウヘッ」っとアラン。

「いいねえ」とコナルは言い、立ち上がって伸びをしている。

「さあ、アラン、女々しいのはだめだぜ」

アランを引っ張り起こした。

「水着持ってきてないし」アランが言った。

「きれいなパンツの替えもないいんだろ」

ミックがファーガスにテキーラのボトルを渡した。テキーラを飲みながらまだ残っていた最後の参加者から離れて入江の奥まで行くと、そこには誰もいなかった。ミックがバッグを下ろしてタオルを出し、それを砂の上に敷いてその上で水着に着替えだした。エクスタシーのタブレットをアランとコナルに渡して、「温まるよ、これ」と言った。

彼はもう一錠口に入れ、噛んで半分をファーガスにくれた。ファーガスはそのとき突然、口に入れた噛み割ったギザギザのタブレットについているミックのつばが舌先をしびれさせ、一緒に身を寄せ合った数時間の余韻といったものを鋭く感じた。海岸に立ってミックを見ていたファーガスは息が止まった、ミックが一糸まとわぬ姿で水に入ろうとしていたのだ。

「びりはドンケツ」水辺に立ってミックが叫んだ。

見慣れぬ無愛想な薄明りの中で、シミだらけでなまっちろい皮膚の彼の体はとてつもなくぶざまだった。すぐにアランが彼に続いた。素っ裸、ミックよりやせている。寒いのでバタバタ体を動かしていた。コナルはパンツをはいていて、用心深く水際へ向かっていく。ファーガスもみんなとおなじように震えていたが、服をゆっくり脱いでみんなが水の冷たさに叫びをあげて押し寄せる波を避けようと飛び上がるところを見ているうちに、彼らの表情がとても面白くなった。ミックとコナルは波が押し寄せたとき同時に波の下へ飛びこんだ。

足が水に触れたとたんファーガスは後じさりした。見ていると、後の三人がはしゃぎながらさらに遠く向こうの方へ行く。全力出し切り半ばやけのやんぱちで波に引きこまれるに任せ、まるで水そのものが冷たさから逃れるものであるかのように波に飛びこんでいく。歯がガチガチ、少しでも温かいようにファーガスは腕で体を抱きしめる。これは苦しい試練だ。だがいま戻って服を着るわけにはいかない、勇敢にみんなと合流するんだ。やれ！と合図しているみんなは、乾いた陸地へ戻りたいなんて様子を微塵も見せていないじゃないか。

自分はなにものでもない、どんなものでもない、感情もない、水に入ったって大丈夫だと彼は考えようとした。迫ってきた波に飛びこみ、もぐり、平泳ぎで彼らのところへ行った。母は泳ぐときどんなに勇敢だったかを思い出した。ほんの瞬時も水際でためらったことはなく、冷たい海へ決然と入っていった、いつも。十分水につかったから急いで波打ち際へ走り戻って体を乾かしたっていいんじゃないかという考えと彼は格闘していたわけだが、こんな自分を母は喜ばないだろうなと思った。この考えは振り捨てて水の中に留まりやみくもに動き回ってできるだけ温かくなるようバタバタやっていた。みんなのところに着くとみんな笑って腕を彼の体に回し、水中で凝ったバカ騒ぎをやりだした。もう水の冷たさなんか気にならなかった。

アランとコナルは水際へ歩いていったがミックはファーガスと後に残った。ファーガスはもう冷たさは気にならなくなって、腕を広げて水に浮かび白んでくる空を見上げていた。ミックは彼から遠く離れることはなかったが、しばらくすると彼を促してもっと向こうの砂州へ泳いでいこうと言った。波は同じだけど浮いたり、立ったりまた浮くなんてことがやりやすいところだ。ピタッと寄り添って二人はそちらへ泳いでいった。何度も体がぶつかりあった。砂州が見えたときミックは故意に彼に触りしばらく自分の手を彼の体に置いていた。ファーガスのペニスは硬直していた。ミックが向こうへ行ったが、ファーガスは仰向けに浮かび幸せでいっぱいだった。ミックがペニスの硬直を見たって構やしない、絶対ミックはまもなくまた戻ってくる。

ミックが戻ってきて彼の足のあいだに入りこみ上昇してペニスを握った。一方の手は彼の体の下に入れて。立とうとするとミックが、彼を抱きしめて右手の人指し指を肛門に入れようとしている。深く深く中へ入った指にひるむファーガス、ミックの首に腕を巻きつけて。ミックの唇に自分の唇を寄せるとミックは激しくキスし、砂州に立つファーガスの舌と唇を激しくかんだ。ファーガスが探り握るミックのペニスは水中では堅く弾力性のあるゴムみたいだ。水の中でフェラチオをやるのはものすごく難しいなと思ったらおかしくなって口がほころんだ、大きくほころんだ。

「これ、やりたかったんだ」ミックが言った。「でもこれっきりだよ。大丈夫？」

ファーガスは笑いもう一度彼にキスした。ミックは手でペニスをしごきながらもう一本指を彼の中へそっと入れようとした。ファーガスは痛くてうめいたが身を引かなかった。できるだけ広く両方の足を広げてゆっくり二本目の指が入るようにした。肛門がうまく広がるよう深呼吸し、ミックの首に腕を巻きつけて頭をのけぞらせ、目を閉じてこの苦痛とスリルを味わった。朝の薄明りの中でミックの顔に触る。骨格、皮膚と肉の裏にある頭蓋骨、眼窩、頬骨、顎骨、額、不動の強靭な歯、干上がって容易に腐敗する舌、生気なき髪。

ミックはこの時はマスタベーションをやめて二本の指に全力集中し、荒々しく入れたり出したりしていた。ファーガスは彼のペニス、尻、背中、睾丸に触れた。彼のエネルギーのすべてを、ドラッグ漬けの深い悲しみと混じりけのない興奮を、それらすべてをミックの舌を彼の口に含むことに投入した。口に含み舌をからませ友だちの唾、息、彼の野性的な自我を味わった。二人とも射精したくなかった。だって射精は何かの終焉、敗北だろう。やめる決心もつかなくて水中にそのままとどまっていた。二人とも寒さで震えていたにもかかわらず。そのうちに、アランとコナルが岸辺に立って自分たちを見ているのに気づいた。水が冷たくて我慢できなくなりとうとう岸辺へ歩き出した。二人は知らん顔で向こう向いて行ってしまった。

みんなが服を着て車のところにもどろうという頃にはもう日は高くなっていた。主催者たちが前夜の機械類を解体しているところを通りかかった。素早く手際よく片づけていた。

「あの主催者たちね、どこから金が入るのかな」アランが訊いた。

「金儲けの仕事は別さ」ミックが言った。「これは愛の行為」

タイヤが砂に食いこまないためには全員が降りてバックしなくてはならなかった。バックするとファーガスが助手席、後の二人は後ろの席に座った。ガタガタ小道を車が走る。みな無言。道の両側にブラックベリーの実がたわわになっていた。ファーガスは思い出す。生まれ故郷の町から続いている道路は通る車もほとんどなく遠くに丈の高い木々がそびえていたが、道路沿いに続く土手にはブラックベリーがたわわに実っていた。彼の兄弟姉妹そして母がザルとか古い鍋を持っていき土手の茂みからブラックベリーを摘んだことを。母が一番熱心で手早く摘んだ。何杯も何杯もザルをいっぱいにして、古いモーリス・マイナーの後部座席においてある赤いバケツに入れた。

一本の脇道からダブリンへの主要道路に向かうとき、ファーガスはこの日一日に一人で向き合うことはできないと思った。疲れていた。眠くはなかったのだけど落ち着かず興奮状態だったのだ。ミックの口の味、水中の彼の重み、彼の肌の感覚、彼の興奮の感じ、そのすべてが手に手を取り合ってドラッグとテキーラの名残と合体した。ミックが欲しい。寝室のドアを閉めてクリーンなシーツのベッドに彼と二人きりになりたい、そう彼は熱望した。水中で射精しなくて残念だと思った。自分と一緒にミックに射精させなかったことも。彼らの精子が海水とか浮遊物とか砂とか交じり合ったら、彼のあこがれに終止符を打ったことだろう。少なくともしばらくは。町に入ると自分の家が最初の停留地となることは分かっていた。後部座席の二人なんかいなければ彼にちょっとだけ一緒にいてくれと頼めたのに。

アランがミックに車を停めてくれと頼んだ、吐くというのだ。ミックは二車線道路の頑丈な路肩に停めた。彼がのけぞって吐くのを見ていた。吐く音。みんな無言。そのときファーガスは自分が一人では帰れないことをミックに言うチャンスだと思った。

「コナル、助けに行ってやったら?」彼が訊いた。

「吐くのはいつものことさ」コナルが言った。「遺伝子だって彼は言うんだ、僕には何もできないよ。弱虫だ、彼の父さんも母さんも弱虫、ま、彼はそう言ってる」

「両親が乱痴気パーティへ行ったことなんてあるのかなあ」ミックが訊いた。

「当時のことだからね」コナルが答えた。「何かのダンスだろ」

アランは青ざめた顔つきで車に乗りこんだ、ひどくシュンとなって。走っている車もないしこれなら三十分もすれば家に着くなとファーガスは思った。ミックに自分の望みを打ち明けるチャンスはないだろう。後で電話を入れてもいいがこの日は彼が電話に出ない日かもしれない。彼自身の絶望的なまでの願望はその頃までには減じているかもしれないし、どっちにしろ鈍い悲しみと失望で結局は終わるのだろう。

ドアを開けて中に入ると彼の小さな家は何かからえぐり取られ、室内の空気は罠にかかって特別篩(ふるい)の目をくぐらせられて希薄になった感じだった。陽光が表の窓から射していたのですぐカーテンを閉めに行った。朝まだきというういい口実になった。ＣＤプレーヤーで音楽を聴こうと思ったけど今はどんな音楽も面白くないし、酒を飲んでもだめ、眠れそうもない。どこへ行くか行先がはっきりしているなら百マイルだって歩けそうな気がした。この気分が永久に居座るんじゃないかということだけが怖かった。人生というものに限りない不満を感じつつ心臓は脈動を続けていた。大音響が耳の底に残り、ギラギラ照りつけていたあの照明がまだ目に焼きついていた。何かある鋭い知識、先週の出来事にほぼ匹敵するような得も言われぬ甘美で神秘的な感情の翼が、頬を一刷毛したかのように感じた。自分に提供されたものを把握することができないことに打ちのめされて呆然とソファに横になっているうちに、眠りというよりは昏睡状態に落ちこんでいった。

どれくらい時間が経ったか分からなかった、とそのとき誰かがノッカーをドンドン鳴らす音が飛び込んできて、機械的にドアの方へ行った。骨が痛んだ。車の中でものすごく切望したものを忘れていたのだが、ミックを見たとたん思い出した。ミックは帰宅してシャワーに入り服を着替えた様子だった。手に食料品の入った袋を抱えていた。

「体中から砂を落とすって約束しなければ中へ入らないよ」ミックが言った。

「約束するよ」ファーガスが言った。

「今すぐだぜ」ミックが強く言った。

「いいよ」

「朝飯作るよ」ミックが言った。

あの興奮がもう一度戻るか見ようとして、湯の温度を高すぎるくらいに設定した。体を洗い、ひげをそった。清潔な服があった。急いでベッドのシーツと布団を整えた。下へ下りていくともうテーブルが用意されていた、熱いお茶とスクランブルド・エッグとトーストとオレンジジュース。二人ともものも言わずにすごい勢いで食べ、飲んだ。

「朝刊を買いたかったんだけど」ミックが言った。「見当たらなかったんでね」

朝食を済ましてファーガスは考えていた、どうやったら早くミックをベッドへいざなえるかなと。ミックに微笑んで二階へ目くばせした。

「寝る?」彼が訊いた。

「うん、いいけど、でもホモに転向したのではないからね。一回だけだよ、それでもオーケー?」

「このあいだもそう言ったよ」

「あの時はドラッグでそう言ったんだ。今度は本気だよ」

ミックはポケットから小さなプラスチックの袋を取り出し、テーブルクロスを取ってテーブルの木肌を出した。クレジット・カードに正確に二本、コカインの列を作った。ポケットから五十ユーロ札を取った。

「どっちが先にやる?」そう言って彼はにんまり笑った。

夏のバイト

赤んぼうが生まれたとき、その老婦人は郵便局を隣の子に任せて、ウイリアムズタウンから病院へやってきた。病院ではフランシスの横に座り寝ているその子を愛おしげに見た。赤ん坊が目を覚ますとそっと抱き上げげた。これはほかの孫にはしたことがなかったことだった。

「素晴らしい子だよ、フランシス」重々しく彼女はそう言った。

老婦人は政治や宗教、最新のニュースに関心があった。自分よりものを知っていて自分以上に教育を受けた人たちと会うのが大好きで、伝記や神学を読んだ。母はほとんどのものに興味を持ったが子どもには大して興味を持たなかった。もちろん病気になったとかある科目に抜きんでたとかいうことでもあれば別だったが。赤ん坊には全然興味なし、だからどうして今回四日間も滞在したのかフランシスには合点がいかなかった。

彼女は母のことを深く知っていた。母は大人である自分の子どもたちには気をつけて接し、まだ彼女と同居していて農場を切り盛りしていた一番年下のビルに対してもそうだった。あれこれ質問するのは控えたし、彼らの生活に割りこんだりは決してしなかった。フランシスが観察していると、赤ん坊の名前の問題が持ち出されると母は沈黙を守っていたが熱心に耳を傾けていた。フランシスの夫のジムが部屋にいるときは特にそうであることに気がついた。

フランシスは、夜遅くなって母がいなくなるまで待ってから、ジムと一緒に赤ん坊の名前を考えた。ジムは、とやかく言われることのない、自分の名のようなふつうの実質的な名前が好きだった。だから、赤ん坊の名前にジョンはどうかといえばジムは同意するだろうとフランシスは確信していた。

母は大喜びだった。母の父の名前がジョンだったことをフランシスは知っていた。だが、生まれた子が彼に敬意を表して命名されると母が思うだろうとは考えてもみなかった。祖父とはなんの関係もない。赤ん坊の名前のことをジムには言わないでくれと母に頼んだ。映画スターとか歌手の名前とか新しい名前をつけたがる昨今の風潮の中で、お祖父さんの名前を受け継ぐということが誇りだというようなことを言うのは早くやめてほしいものだと思った。

「アイリッシュの名前は最悪だよ、フランシス」母が言った。「まともに発音することも難しい言葉だよ」

今やちゃんとした名前がついたので母はジョンをさらに優しくあやした。何時間もつききりで何も言わず満足げにベッドを揺り動かし、よしよしとあやしていた。フランシスは退院が決まってうれしかった。そして、ウイリアムズタウンの彼女の小さな郵便局、自分の本、『アイリッシュ・タイムズ』、特別選んだテレビとラジオの番組、時事問題などについて意見交換する気の合った友人たち数人のところに、帰るわと母が言ったときはもっとうれしかった。

赤ん坊のジョンが家へ帰ると老婦人は、彼の兄弟たちの誕生日に前より注意を払うようになり、郵便為替とバースデーカードをただ送るというのはやめて、移動手段を確保してウイリアムズタウンからわざわざ四十マイルを出向いてきてお茶をゆっくり楽しみ、郵便為替はハンドバッグに入れて持ってくるようになったのだ。でもそれが誰の誕生日だろうと、祖母はジョンに会いたいから来るのだということを子どもたちは知っていた。フランシスが見ているとき、ジョンが夢中で遊んでいるときとかテレビの前に座っているときには、抱き上げたり自分の方に注意を向けさせようとしないよう彼女は気をつけていた。彼が飽きてきたり何かをしたくなってくると、お祖母ちゃんはいつでもあんたのそばにいて、いつでもあんたの味方だよということを見せるのだった。四、五歳頃にはジョンはしょっちゅう電話でお祖母ちゃんと話すようになっていた。祖母の訪問を楽しみにして、彼女が来るとぴったり寄り添って学校の勉強とか絵を見せた。夜は遅くまで起きてていいか両親に訊いた。遅くなれば、お祖母ちゃんの膝に頭を載せてソファで寝ることができるから。

まもなくビルが結婚して自分一人きりになると老婦人は、フランシスと彼女の家族を月一回日曜のランチに招くようになった。彼女は孫息子たちが彼女の家で退屈しないように注意を払った。ビルをうながして地元のハーリングやサッカーの試合へ子どもたちを連れていかせた。子どもたちが見たがるテレビを彼女はたいてい知っていた。ジョンが七、八歳頃、ビルに彼を迎えに行かせて、ジョンがランチ前に着いて一人で土曜日の夜泊まれるようにした。まもなく彼は祖母の家に自分だけの寝室、ブーツ、ダッフルコート、パジャマ、漫画本を持つようになった。

ジョンが毎年夏一ヶ月ウイリアムズタウンで過ごすようになったのが何時ごろからだったか、フランシスははっきり覚えていなかったが、十二歳頃にはもう、夏はずっと祖母の家で過ごした。農場でビルの手伝いをし、郵便局で働き、祖母に本を読んでやったり、彼女と話をしたりした。祖母が強く勧めるので、同年の近所の男の子たちと遊ぶようになった。

「みんなジョンが大好きだよ」母がフランシスに言った。「年齢関係なくあの子が会う人はみんなだよ。ジョンは話し上手、聞き上手だねえ」

フランシスは、ジョンが難なく世渡りするのを観察していた。彼のことで不平とか苦情とかを聞くことはまったくなし、姉妹たちからもなんの抗議もなかった。いつももの静かで自分の持ち分の家事はちゃんとやり、小遣いがほしいときとか外出して夜遅くなるときはちゃんと両親と交渉した。フランシスには彼はなんでもちゃんとやれる、失敗や誤った判断はしない人間に見えた。何に対してもまじめだった。彼と祖母との関係と祖母の家での彼の特別な位置について彼女が軽く取り扱おうとしたことが何度かあったのだが、そういうとき彼はにこりともせず母が言ったことに対して聞こえないふりをしていた。祖母の郵便局に来る、三十年前に彼女が働いていた頃とちっとも変わっていないように見える面白い客たちのことを言ったときも、ジョンは面白がらなかった。

毎年春が来るとすぐ彼女の母は電話してきて、ジョンが来るのがもう待ち遠しくてしかたがないと言った。

ウイリアムズタウンへフランシスが彼を車で連れていったあの年の夏、母は玄関口で彼らを出迎えた。挨拶してすぐフランシスは二階へ行った。彼の寝室の壁紙は張り替えられベッドも新調されていた。タンスの上にきちんとアイロンのかかったシャツ、ジーンズ数本が重ねておいてあった。髭剃りクリーム、新品のカッコいい剃刀、シャンプーも特別なヤツ。

「そりゃ、ここへ来たいのも無理ないよね」彼女が言った。「家じゃあんたをこんなにちゃんと見てあげていないもの。パリパリのアイロンがけのシャツ！　特別ガールフレンドがかけてくれた！」

笑っていた彼女は母がドアの外で待っているのに気づかなかった。下へ下りた彼女は、ジョンも母も彼女に早く帰ってもらいたがっていること、彼女が言うことに二人とも何も言わないようにしていることに気がついた。原っぱのゲートを開けっぱなしにしておいたとか、客に釣り銭を出しすぎたとかみたいに、ほとんど敵意を持っているかのようだった。彼女が帰るとき、どちらも車のところへ来て見送りもしなかった。

母は農場をビルに譲ったが、原っぱを一つとりのけてジョンがハーリングできるよう隅っこにゴールポストを作ることを、ビルに納得させたことを間もなく彼女は知った。ジョンは一チームできるくらいの人数を地元からかき集めた。対戦チームを見つけたので、ほとんど毎晩試合や練習があった。見物人も来た。ある晩フランシスとジムもやってきた。だが老婦人は体力がなくて、小道を歩いてジョンがプレイするのを見に行くことはできなかった。

ジョンにはたくさん友だちがいるし夕方にはすることがあるし、だから彼女言うところの、彼女の繰り言に耳を貸すのにも我慢できる、というわけで母は大満足なのだということがフランシスには理解できた。

母を訪問していたある晩のこと、ジョンが試合から帰ってきた。またすぐ出ていくので大急ぎ、シャワーを浴びて服を着替える時間だけしかなかった。祖母の方にほとんど目を向けもしなかった。

「ジョン、座ってちょっと話くらいしなさい」フランシスが言った。

「行かなきゃならないんだ、母さん、みんなが待ってるんだ」

祖母には部屋を出がけにほんのちょっとうなずいただけ。フランシスが彼女に目をやると老婦人は微笑んでいた。

「遅くなるよ」彼女が言った。「帰ってくる頃には私はぐっすりだね」

そう考えると大満足だと言いたげにのどを鳴らした。


家に帰った八月終わり頃までにジョンは背も伸び骨格がしっかりしてきた。学校のチームとハーリングを始めたが、夏中ハーフで培ってきた才能はすぐに注目の的になった。

フランシスはほかの子どもたちのスポーツを義務的に見に行ったが、早く終わって家に帰ることばかり考えていた。特別才能のある子はいなかったし、彼らもさほど熱を入れてやっているわけではなかった。ところがジョンは、州のマイナーリーグのチーム作りのことを視野に入れて、冬から春へ毎晩練習に精を出した。

走ったりタックルをかけたりしないし、ほかの選手と離れてただ待っているように見えたので競技場でジョンは目立った。目立たなかった彼が、自分の方へ来たボールを拾い、真の勇敢と技術でタックルをかわして一気にダッシュ、ゴールを決めるとか、距離を正確に測り特別な弧を描いてゴールに向かって蹴るという快挙を達成したときは、あまり感情を出さない彼の父もさすがに興奮せずにはいられなかった。フランシスには、自分たちと同じように観客たちが彼に注目していることがはっきりと分かった。彼はそのシーズンにはマイナーの選手に選ばれなかったが、選抜者たちから大いに注目されていると言われた。

五月、学校がもうすぐ休みになるという頃、友人たちと一緒に夏の数ヶ月町のイチゴ加工場で働くので申しこんだとジョンが何げなく言った。フランシスはそのときはそれ以上何も考えなかったのだが、ある日ジョンが面接に行くから町まで乗せてってと言った。

「その仕事いつからいつまで?」彼女が訊いた。

「夏中ずっと」彼が言った。「少なくとも八月まではね」

「お祖母ちゃんはどうするの?」フランシスが訊いた。「お祖母ちゃんが電話で、六月にあんたがやってくるのが待ち遠しくてって言ってきたわ。ほんの昨日のことよ。二週間前お祖母ちゃんとこへ行ったとき、お祖母ちゃんがそう言ってたのをあんたも覚えてるでしょ」

「この仕事に採用されるか決まってから考えたらいいんじゃない?」

「だめかもしれないって分かっているのに何で面接するの?」

「だめだって誰が言った?」

「お祖母ちゃんはもう年だよ、ジョン、もう長くはない。今年だけいつものようにお祖母ちゃんのところで過ごしたら？　来年やりたくないならまたやれとは言わないから」

「やりたくないって誰が言った？」

彼女はため息をついた。

「あんたと結婚する女は苦労だね」

＊

面接のために町へ連れていってくれるようにジョンはある友人に頼んだ。一週間後工場のマネジャーから、六月の第二週目から仕事をするよう連絡が来た。みんなに見えるようにその連絡をジョンは朝食のテーブルに置いておいた。フランシスはそれを見たが何も言わず、彼が学校から帰るまで待った。

「お祖母ちゃんとこへ毎夏は行けないんだよ。お祖母ちゃんが年で弱ってきたら自分の好きなことを決めてしまうなんて」

「決めてはいないよ」

「あんたはお祖母ちゃんとこへ行くんだよ。休みになったらウイリアムズタウンへ行きなさい。その準備をしておいてね」

「みんなに何て言えばいいの？」

「九月に帰ってくるって」

「ここならマイナーチーム、続けられるんだよ」
「お祖母ちゃんがあんた用にとっといてくれたフィールドで夏中ハーリングはできるよ。お祖母ちゃんはもうこれが最後の夏かもしれない。お祖母ちゃんはあんたに本当によくしてくれた。さあ、荷造りして」

数日彼は母にものも言わなかった。それで彼女は彼が運命を受け入れてウイリアムズタウンへ行くことが分かった。これより数ヶ月前からフランシスは母と共謀して、ジョンに期間限定免許証を取らせるために出生証明書と写真を探し出し、署名を何とかでっち上げた。免許証の到着は彼に言わず秘密にしておいた。ビルが新しい車を買ったときに祖母は古い方を買い、この夏その車をジョンにプレゼントするつもり、彼と兄弟たちはその車を自由に使えるのだ。

ウイリアムズタウンへ向かう途中ジョンの気分はひどく落ちこんでむっつりしていたので、素適なことが待ってるよと言いたかったが我慢した。こんなに黙りこくり閉じこもってしまうというのはないことだったが、気にしなかった。彼女のやらなければならないのは彼をウイリアムズタウンへ預けること。ホッとするなあ。夏中あそこへ彼を置いておけるのだ。

ウイリアムズタウンに着いた。彼女の母は彼女が到着したのを見て杖にすがって出てきた。髪をきちんと整えてカラフルな服を着ていたけど、具合がよくないことはフランシスにはっきり分かった。フランシスが自分をじっと見ているのに気づいた彼女は、元気だということを誇示するため挑みかかるように彼女を見返した。まず運転免許証、ついで車のキーと、彼女の全エネルギーはただもうジョンを驚かせるために使われていた。

「ビルがね、あんたの運転は完璧だって」祖母が言った。「だからこの車でどこへでも行ったらいいよ。古いけど速い車だよ」

ジョンは何も言わないでフランシスと祖母へ厳しい視線を投げた。

「母さん、これ知ってたの？」彼がフランシスに訊いた。

「署名をでっち上げたのは私だよ」彼女が言った。

「でもね、金は私が払ったんだよ」祖母が割りこんだ。「ちゃんと言っとくね」

母の声と顔つきが彼女の痛みを語っていた。ジョンは車を発車させて祖母の家から丘の方へ飛ばし、ターンして彼らに近づいてきた。

「うまいね」祖母が言った。

母の車からジョンは自分のバッグを取り出した。フランシスが去っていくときもまだ二人はジョンが新しく手に入れたこの車を見ていた。夏中祖母のところで暮らすのは気が進まないということをジョンがほんのちょっとでもほのめかすことがないのは、フランシスには大変うれしかった。だが、彼女が手を振って去っていくときに、ちょっとやそっとでは許さないぞという表情を彼は見せたのだ。

それからの一ヶ月というもの彼女は、ジョンのドライブ冒険談をあれこれ聞いた。その中には、ハーリングの試合のために四十マイルの道をぶっ飛ばした、だが家へは寄らなかったというのもあった。着実にプレーし続けたのだけどマイナーチームのメンバーには選ばれなかったとも聞かされた。とにかく試合に出たので、チームには入れなくてもそれは彼女の責任ではないからほっとした。

素晴らしい夏だった。毎年彼女はテニスクラブのグループと一緒にロスレア・ストランドへ行き、朝ゴルフをした後はケリー・ホテルでゆっくりとランチを楽しみ、天気がよいと午後はビーチで過ごした。

ディナーの最初のコースを終えたとき彼女は、レストラン隅のテーブルにジョンと母がいるのに気がついた。家からここまで六十マイルの距離だ。ジョンは向こう向きに座っていたし、母の視力では自分たちは見えなかったはずだ。友人たちは彼女の母を知らなかったから、彼らのことは言わないでおこうと決め、息子と母のじゃまをしないで食事を続けた。それでも、食事を続けながら母の声はレストランで一番大きいということに気づかないわけにはいかなかった。老婦人に聞こえるように声を大きくしていたからジョンの声も大きかった。

母が笑いだしたので彼女のグループの人たちが振り向いて彼女を見た。フランシスが見ていると、ジョンが立ち上がって手に持っていた白い麻のナプキンを手に取り、まるで彼女を攻撃しているみたいだったが、彼女を笑わせようとそれで軽く老婦人の頭をなでた。そのうちに彼女は大きく咳きこんで呼吸がしにくくなったようだった。ジョンは席に戻ったが、苦しそうにゼイゼイ言っているのでレストラン中の注目を集めた。見ていたフランシスのグループの人がいろいろ言った。

出ていきがけにジョンと母は彼女に気づき、彼女の方へやってきた。彼女は友人たちに、気がついていたのだけど皆さんが食事をゆっくりできるように黙っていたのだと言った。クラブのメンバーの中には、いろいろ言っていたので困惑している様子の人も何人かいた。

「声があまり大きすぎだわ」彼女は母たちに言った。「だから、私は知らんふりしたのよ」

「楽しいお出かけなんだからね、フランシス」母が言った。母はテーブルの一人一人に紹介され、それぞれに挨拶した。ジョンは礼儀正しくうなずいていたが、一歩引いて何も言わなかった。

「ずいぶん遠いところまで来たのね」フランシスが言った。「フェリーに乗るつもり?」

「それもいいいね」母が言った。「いいじゃないか、ね? この子はこの国一番の上手なドライバーなんだよ」

フランシスは、白地にバラ模様の母のサマードレスと淡いピンクのカーディガンを見てとった。メーキャップもしていた。だが、彼女の様子にはなんだか無理があり、彼女が陽気さを装えば装うだけわざとらしさが強調されていた。だから、しゃべっていないとき口がだらんと開いているとか目が死んだようだというところにそれが表れていた。フランシスが自分の顔をじっと見ていることに気づいたようで、一瞬二人のあいだに沈黙があった。

「ここで会うなんて本当にびっくりしたわ」沈黙を急いで埋めてフランシスは言った。

「もうあっちこっちへ行ったんだよ」母が言った。「今度はキルモア・キーへ行くところだよ。うまくいけば誰にも会わないと思う。ね、そうだろ、ジョン? 二人だけの一日を計画していたんだよ。でも、会えてうれしいよ、フランシス」

ジョンが母をチラッと見た、居心地悪そうに。祖母に黙ってもらいたいと思っているのがアリアリだった。彼女が出ていく。杖に頼りきってやっと歩きながら、テーブルの人たちに向かって老婦人は言った。

「老年になってもこんなかわいい、献身的な孫がいる私のように、みなさんが幸運であられるように」

何人かがジョンを見た。ジョンはうなだれていた。

「こんなに元気なのは海の空気のせいね」フランシスが言った。

「そうだよ、フランシス」母がテーブルに戻った。「海の空気ね。それと上手な運転手。もうおしゃべりはおしまい、早く行きたいの」

本当に最後のさようならをすると、彼女はジョンの手を取った。彼にもたれかかり杖をしっかり握る。二人はゆっくりとホテルのレストランから出ていった。


老婦人は冬に亡くなった。がんばって飲んで食べてクリスマスを何とか越えて新しい年に入った。だがついに力尽き、食物に触れようとしなくなった。もう長くはないだろうと分かった頃、二、三週間のあいだに、もう五十代の彼女の子どもたちが別れのために訪れた。イギリスから帰っていた地域看護師が長時間つき添ってくれた。

フランシスはほかの兄弟と一緒にジョンを連れて母を見舞った。だんだん日が飛び去っていき、彼女はジョンが祖母と二人きりで過ごしたく思うかもしれないと考えたが、自分がプレッシャーをかけているといけないからはっきり説明はしなかった。それより彼が望めば確実に一緒にいられるようにしようとした。訪問するたびに老婦人はジョンを目で探し、彼を待っているのがはっきり分かった。だがジョンの方はいつも誰かが病室に入るときでないと入ろうとしないこと、祖母の目が彼を見て輝いても近寄ろうとしないことにも気がついた。

死ぬ前の数週間母は恐れていた。祈り続けた長い年月、神学も読んだし年に不足はなかったけれども、一日でも長く生きたいともがいていた。最後の週には神経質になり、そわそわして誰かにそばにいてもらいたがった。

金曜日の夜遅く母は亡くなった。激しいあえぎが続いたその後にこの世のものと思えぬ沈黙が来て、あえぎは止まり静寂が支配した。部屋にいた者たちは動くのを恐れ、互いの目が合うのを恐れ、呪文を破りたくなかった。フランシスは息絶えた母の骸(むくろ)をじっと見た。すべては無に帰した。

亡骸が清められて安置された。誰が一番疲労度が小さいか、この夜老婦人の遺骸の通夜をすることができるのは誰か。棺に納められて教会に運ばれる日曜日まで遺骸はここに置かれる。

土曜日の朝、フランシスと兄弟姉妹は決めた、孫たち――何人かはすでに葬式のために到着していた――が、土曜日の夜から日曜日の朝までろうそくの明かりのともされた部屋で遺骸の通夜をすることを。

ジョンがスーツとタイ姿でやってきた。フランシスは彼について二階へ上がりドアのところにいた。彼は十字を切ると祖母のベッドに跪き、立ち上がって彼女の冷たい手と額に触れた。フランシスは踊り場で彼を待った。

「みんなクタクタなんだよ、ジョン」彼女が言った。「子どもたちに今夜お通夜を頼もうと思ってるの。あんたはお祖母ちゃんの通夜をしてお別れしたいのじゃないかと思うのだけど」

「みんなはどうなの？」ジョンが訊いた。

「お通夜をする人はほかにもいるけど、あんたは一番近い関係の人だったから」

しばらく彼は無言のまま一緒に階下へ下りた。

「お祖母ちゃんの通夜？」彼が訊いた。

「一晩だけよ、ジョン」

「もう僕、十分やったじゃない？」玄関で再び彼が訊いた。

ジョンは泣きだしそうだった。

「あんたは一番近しかったでしょ」彼女が言った。

「もう僕、十分やったじゃない？」もう一度訊いた。「答えて」

振り向いて彼は道路へ出ていった。窓から彼を見て彼女は思った。泣きだしそうなので、自分や弔問客から離れていたいのじゃないかと思った。だが、外に立っている彼の表情が目に入ったとき、彼女はそこに新しい頑健な表情、純粋な決心を読み取った。葬式が終わるまでは彼と口論したり、彼に近づいたりしないでおくことに決めた。

窓辺で見ていると彼が隣人の一人と握手していた。彼の表情は大人のようにまじめで儀礼的で彼が何を考えているのか、どう感じているのかは分からなかった。二階には彼が生まれた日からずっと最も彼を求めたあの老婦人が死んで横たわっていた。彼にとって彼女の死は、重荷の消滅なのかあるいは彼にも分からない喪失なのか。彼を見れば見るほどこの瞬間彼女にはこの二つの違いが分からなくなった。突然ジョンが窓を見て、彼女が自分を見ているのに気がついた。何も手放さないぞと言わんばかりに肩をすくめた彼を、彼女は好きなだけ見ていた。

長い冬

1

日がだんだん明るさを失なってきても風は穏やかだった。ミケルが寝室の窓から見ていると、下の方の原っぱから納屋まで続いている小道を父とジョルディが歩いていた。まるで夏の日であるかのように二人ともシャツ一枚だった。

「今年は冬はないぞ」前の晩夕食の時に父が言った。「常に祈りを忘れないし、隣人に親切な我々への褒美(ほうび)だと神父様たちが言ってる」

父を喜ばすためにミケルはなんとか笑っているように口をゆがめた。通常これはジョルディの役なのだが、ジョルディと母は黙っていた。この頃ジョルディはめったにしゃべらず、誰かが話しかけてもジェスチャーだけということもあった。土曜日にラ・セウへ特別なヘアカットに連れていかれ、火曜日までには兵役につくことになっていた。二年間の兵役だ。

一週間前、ついに召喚状が到着したときジョルディはミケルに、兵役ってどんな具合だったかと訊いた。トラックでレリダへ行き、制服を渡され、その晩は囚人のように兵舎で泊まり、飯を食い、サラゴサ、マドリッド、あるいはヴァリャドリッドへ列車で行く。指定された場所の宿舎へ。

「今お前が言った通りだよ」ミケルが言った。

「ああ、でも本当はどんな感じ？」ジョルディが訊いた。

ミケルは肩をすくめ、ジョルディのじっと見つめる目を見返した。何も言うことなんてない。あれは記憶したりそれについて述べたりする価値もないものだった。いつの間にか彼自身の兵役二年間のことに心が動いていっていたが急に現実に戻った。ジョルディがすっかり怯えあがっていたのだ。

このことがあった後ジョルディはミケルに口をきかなかった。別に怒っているとか機嫌が悪いとかではないようだった。それより、彼の前に立ちはだかる試練について気軽には話せなかったのだから、いっそ話さない方がましということだろう。そう理解した。共有の寝室で寝巻に着替え、もう明かりを消そうというときになっても二人とも黙ったままだった。その小さい部屋のもう一つのシングル・ベッドがもうじき空になることがミケルの胸に強く迫った。弟が不在のあいだ、母は彼のベッドにシーツをかけないでおくだろう。

兵役の年月はミケルにとって、恐怖とか飢えとか絶え間ない不快などよりも、家を夢見ることと結びついていた。容赦ない太陽の下で無駄な訓練を受けていた最初の数ヶ月のあいだは、村での家族との生活を貴重で壊れやすいものと思わなかったのはどうしてだろうかと考えていた。彼は夢見た。寒い夜明け父に起こされて一緒にジープで羊の群れが夏を過ごす高地へ行った。ジョルディの夢を見た。自分の眠りを愛していたジョルディ、羊を追って彼らと一緒に高地へ行くかどうか決めかねていた。

ベッド、馴染んだ部屋、夜と朝の音、夏は窓近くのコノハズク、夜は母が歩くとギシギシいう床板、冬は羊を納屋に連れていく、村の狭い道いっぱいに羊の鳴声、メーメーメー。

毎日彼は帰省の計画を立ててそれを待ち焦がれ、ずっと先のありふれた日常の光景の中で生きていた。ジープのエンジンがかかる音、チェーンソー、猟師の鉄砲や犬の吠え声のようないかにもささいな家庭の日常が、彼が帰ったこと、生きのびたことを知らせるのだ。彼はこの満足すべき慰めと自由に満ちたものと帰省のことばかり一心に夢見ていたので、ジョルディの順番がもうすぐだということ、弟がもうすぐあの屈辱的なヘアカットと、レリダ行きトラックを寒い外で待たなければならない日の来ることをまったく考えていなかったのだ。弟にとってそれがどんなにひどいことだったかミケルには分かった。彼の中でもより傷つきやすくより無垢の部分が、空のベッドを後にしてヘアカットに行くようなものだということが。

この一週間というもの母はじっとしていられなかった。台所や奥行きの深い食堂や倉庫あたりをうろうろして、母は何かを探し回っているようにミケルには思えた。この憂慮すべき散発的落ち着きのなさがもう前に始まっていたことは、彼がミリから帰省して間もなく分かった。ジョルディが彼に何も言わなかったから彼が不在のあいだに起ったことは分からなかった。兵役のことに心が奪われている今、ジョルディはそれに気がついていないようだった。

母の落ち着きのなさは、天気に左右されているように引っこんだり出てきたりした。ジョルディが出発の準備をしていた最後の日々、彼女のギクシャクとした落ち着きなさがひどくなった。母は料理もテーブルの準備もまともにできないし、めんどりやウサギやガチョウにエサをやるのが精いっぱいで、まるで彼らと同居している見慣れぬ腹を空かした動物のように見えた。ジョルディが行くことでどうして彼女がそんなに動揺するのかと彼は思った。彼が行く前に母はこんな行動に出なかったのに。

だが今ラ・セウへの旅を前にした朝食のテーブルで、よそ行きの服を着た母は緊張して無言だったが、この数週間のうちでは一番落ち着いていた。

自分は帰省の幸福に満ちていたので、こんなことが起こるとは予測したこともなかった。彼はジョルディと並んでジープの後部座席に座り、父と母は前の席に座っていたが、彼らはまるで売られて屠殺されるためにジョルディを運んでいくみたいだった。やがてジープが動きだして見慣れた町を通っていくうちに彼は、売る卵を入れたバスケットと買い物のメモを持ってやってきたふだんの市の日にラ・セウへ行くのだと思いこもうとしたが、ジョルディの出発というさえない事実にハッとし、例の怖れが舞い戻ってきた。

父がジョルディについて床屋へ行くことになっていた。まじめなことで知られていたこの床屋は戦後何年も服役したことがあり、共産党員だという暗黙の了解があった人物だ。だから、軍隊規則通りにジョルディの髪の毛を刈っているあいだ、冗談を言ったり陽気な茶化したようなことを言うなどありえないことは保証してもいい。彼は陰鬱な雰囲気を保ち、ジョルディの尊厳をできるだけ失わないようにするだろう。

その日は売る卵も鶏もなかった。反対に日用雑貨品はあれこれ買うものがあった。このところ何週間も菜園の収穫がゼロだったので、野菜まで買わなければならなかった。ミケルと母は二つずつ買い物かごを抱え、一時間したらマーケットの真ん中で会うことに決めた。床屋では立ち止まらなかった。

二人きりになると母は足取り軽く幸せそうに、マーケットに入って屋台のオーナー何人かに温かく親しげに話しかけた。今日は売るものはないんだ、買い物だけに来たんだとある屋台のオーナーに誇らしげに言うとオーナーが、みんながそうだったら屋台はみんな金持ちになるねとやり返した。

それから母は、買わなきゃいけないものがあるから待っていてと言って行ってしまった。すぐ戻るよと言った。突然行ってしまった。まるですぐ行かないと彼が文句を言うだろうとでもいうかのように。母は、並んでいる屋台と屋台のあいだをスルッと通って行ってしまった。買い物カゴをまだ抱えたままで。

何か用事を言っといてくれたらよかったのにと思った。オイルを買っておくとか、びんづめガスを注文しておくなど簡単にできたから。そういうことをやっておけば、この日の終わりに車で拾ってもらってすぐ帰れるのに。花売りの屋台、ここだけは並んで待っている客がいなかったが、花売りの二人の女は満足そうな顔つきをしていた。花を買う余分な金のある人間なんているのかなあと彼は思った。

待っているとだんだん疲れて退屈になってきた。母は肉屋か鶏肉屋へ行ったんだろうと思った。肉屋はよく混む。自分の用事で薬局へ行ったかもしれないな。しばらくたってから彼は母がしたように二つの屋台のあいだを通っていってみると、ここに面して片一方の側に店が並んでいた。ここだろうと思ったのだ。ここなら母と一緒に待っていればいい。薬局なら外で待つ。母のバッグを持って列に並び、母と並んで待つということがうれしかった。彼女は知らない人間や店のオーナーなどと彼女流のつき合い方をしたが、これが人々を引きつける一種の魅力だった。彼女は微笑みかけるとかなにげない一言を加えるなどするのだが、こういうときの母と一緒にいると楽しかったし、誇らしい気持ちにすらなったものだ。

肉屋の前にできた長い行列に母はいなかった。鶏肉屋へ行く道へ行こうと決めたそのときだ、それまで気がつかなかったバーの板ガラス窓に背を向けた母を見つけた。母がこっちを向いてにっこりしてくれるか期待して窓をノックしようとしたのだが、バーのオーナーの顔つきを見てやめた。ミケルが見ていると、オーナーがコインを数え、バーの奥にあるボトルの並んでいるところへ行った。普通は水を入れる大きなグラスにお茶かシェリーか淡い黄色の飲み物を注いで、それを母のところへ持っていった。フィノか安いワインだろう、それともマスカテルか。見ていると母は、グラスを握ると二口でグイッと飲み干した。振り向きざまに彼の目に入ったカウンターのグラス二つ、今さっき飲んでいたタンブラータイプのグラスだ。母と別れたところへ急いで引き返した。すぐやってきた母の上気した顔と輝く目。二人はこの日の買い物を始めた。

自分が目撃したものが何か彼は分かった。なぜ母が自分を待たせておいて一人で行ったのか分かった。買い物を始めた彼女が本当に幸せそうで気楽そうなのはなぜか分かった。ぼんやりとだが、そういえばこれは分かっていたことだ。彼女の息の匂いや気分がよく変わることと落ち着きのなさは、何かあると思わせるに十分な証拠だった。だが彼はそれに名前をつけることを固く拒んだのだ。のどの乾いた人が水を飲むように彼女はタンブラーのワインを飲んだ。あの二つの空グラスも同じように飲み干したのだろう。そうとしか説明できない。これで十分なのか、ワインかシェリーかこれだけ飲んでどれくらい持つのかしら。すぐにもっとほしくなるかもしれない。もっと強いやつを飲みたくなるかもしれない。父はこれを知ってるのかしら？　ジョルディは？　父は知っているはずだと思った。だって毎晩ベッドを共にし、彼女のあらゆる気分も行動も知っていたのだから。彼はしかし母の飲酒がどれくらいのものかは分からなかった。ラ・セウの市の早い時間にちょっと飲むということだったのかも。いや、そうではないだろうな。それがたとえ何年も続く深刻な飲酒癖だったとしても、父はいつものように何も言わずに軽く片づけ、これも人生の面白い一面だとばかり倉庫にしまっておくのだろう。

必要な野菜は全部買った。パン屋から出てきたとき母が話しかけた。彼に息を感づかれないように、気をつけて顔を除けるのに気がついた。

「お前がミリへ行ったときね」彼女が言った。「お前はもう帰ってこないだろうと思ったよ。でも、短い期間だったね。ジョルディもすぐ帰ってくるよね」

肉屋で列に並んで待った。ここは彼が母を見つけるだろうと思っていたその場所だ。たった十五分経っただけなのだが、すべてがひっくり返ってしまった。新たな疑いの目を持って彼女の声を聞き、彼女の動きを見た。結論を急ぎすぎたかもしれない。いつも飲む彼女のほんの数杯の酒だったかもしれない。敵意ある隣人と長い冬以外バーも店もない村に住んでいるのだから、わずかな酒を楽しみにしているのは許されるだろうと思った。

ウサギをここで売ったことがよくあったので肉屋の女房と母は知り合いだった。ジョルディがミリに行くと母が告げると、女房とそこにいた女たちは母に同情したが、ミケルに気づくとニコニコし、背は高いしハンサムなこんな立派な息子がいてあんたは幸せ者だと言った。女房が、すぐに結婚してしまわなければいいんだけどねと言った。女たちの一人が話に加わって、同年の娘がいるんだがね、きっと似合いのカップルだよ、と言った。ミケルは微笑んで言った、とてもそんな時間はないよ、ジョルディが行ってしまうと仕事がわんさとあるからね、と。

ヘアカットを終えたジョルディはキャップをかぶっていた。ミケルにニヤッと笑いかけ、彼の肩に腕を回した。両親と息子二人は、チーズやオリーブを売っている屋台の横を通り、バス停近くのバーへ行った。バーでボカディージョとソフトドリンクを注文した。

「キャップはそのうちに取らなきゃならんよ」ミケルが言った。

「ギリギリまで取らないよ」とジョルディは答えた。

みんな黙って食べた。ときどき父が顧客のこと、サービスが遅いこと、共産党のヘアカットも含めた物価のことを、ほとんど独り言のようにしゃべるときだけ沈黙が破られた。ミケルは答える必要を感じなかったのだが、驚いたことにジョルディが父に右へ倣(なら)えした。彼は入隊したとき、あらゆることに対する父のコメントが聞けなくて寂しいとは思わなかったが、ジョルディは彼より優しくて積極的に調和を作り出そうとしていたから、家を去ったらきっとこういうことすべてをとても恋しく思うことだろう。母を見ると、満足げに周りを見回してゆっくり水を飲んでいた。

その後別れて、母は一人で必需品を買いに行き、男たちはガス缶を買い、ある店のウインドーで父が目にしたというノコギリを見に行くことになった。新しいノコギリなんて父には絶対必要なものじゃないとミケルは思ったが、何か気を紛らすものが必要なのは実は父だったのかもしれない。ミケルがじっくり観察していると父は、金はたっぷり持ってるしまじめに欲しがっていることを示して店員の全面的注目を求め、それを勝ち得た。ノコギリをウインドーから持ってこさせた。切れ味を試すために木っ端を持ってきてくれと言うと、名人木工気取りでじれったそうに待っていた。そのうちに木っ端が運ばれてきた。跪いて切れ端にノコギリを当てた。しかめ面をして店員と二人の息子をかわるがわる見、一目見ようと集まってきた人間たちは無視して、ノコギリの試し切りをやりだした。ところが結局このノコギリの歯はまったく鈍いものだということを証明しただけだった。満足いくまでやってみて、立ち上がると父は手のおがくずを払い落とした。

母を拾いに車を飛ばした。ミケルとジョルディが車から降りて、彼女の買い物を中へ運びこんだ。オイルがまだなのだと彼女が言った。来週中には運んでくれるって。父が別の店を当たったらどうだと言うと母は、だめ、もう注文したのだからと言った。彼女が言うのだ、一番いいオイルで値段も手ごろ、店主が来週中には運ぶと固く約束したのだから、と。そんなふうに事細かにオイルがどうなるかを説明しているうちに、母がほとんど冷静さを失くしかけているのにミケルは気づいた。もう町を出ていたが父は、オイルのない食料雑貨店は雪なしの冬みたいなもの、自然じゃないと言った。全然自然じゃない、そう言って笑った。

ジョルディが家族と一緒にいられるのはもうあと二日だ。その晩寝室へ行き、二人は何となく黙って寝る準備をしていたのだが、ミケルは、細部にわたり覚えておけるようにすべてを呑みこんでおこうとした――ドアを閉めると二人っきりになる、床板が軋る、服を脱ぐあいだ互いにじゃまにならないよう自分のスペースを作る、壁に二人の柔らかい影が映る。彼はまるで初めて気づいた気がしたものだが、ジョルディは彼より動きがゆっくりだ、それと几帳面なこと、ものをちゃんとたたむのが大好きだった。パジャマはきちんとたたんで枕の下へ入れた。大きなミリ兵舎の共同寝室ではこういう習慣は笑われるのが落ち、目に見えている。

彼が見ているとジョルディは彼に背を向けてそっとセーターを脱ぎ、タンスの上に置いた。朝の準備だ。だいたいいつも弟よりミケルは先にベッドへ入り、ジョルディがパジャマを着ているときは見ないようにした。頭の下に手を置いて天井をじっと見ながら、ちょうど父がやるようにいろいろなことにコメントをつけたり、人畜無害だが父が毎日ブツブツ小言を言う、それをまねて言うと、ジョルディにはショックだったみたいだが面白がった。

こういう慣れ親しんだ生活が終わろうとしていた。いずれジョルディは家に帰ってくる、だがすぐに職探し、彼自身の人生を始めるために家を出なければならない。父が祖父から家と土地を残されたように、家と土地はミケルに遺贈されるだろう。今夜のような夜は二度と来ない。こういう変化を楽しむ人たちもいるに違いないということは分かる。結婚初夜、新しいことと別離のすべて、新居への移動、大決心をすることなど。結婚を前にして山のかなたの村で最後の夜を母は過ごしたに違いない。父は彼の兄弟が一人また一人去っていくのを見たに違いない。ミケル自身は変化に興味を持っていなかった。彼は何事も変化なくそのままであるよう望んだ。これをあれこれ考え尽くして、いったいそれはどういう意味なのかと考えているうちにジョルディはぐっすり寝てしまった。彼の無邪気な白い顔、頭のてっぺんまで刈りこまれた彼の黒髪。彼の平和な寝息すら聞こえてくる。彼は一瞬強く弟に触れたい、彼の方へ動いてそっと手を彼の顔に置きたいという気持ちになった。

つぎの日、母は台所で四人分の弁当を作るのに忙しかった。ウサギのマリネードと人参と玉ねぎでテリーヌを作り、メインコースは詰め物をしたガチョウを焼いた。ミケルは台所を出たり入ったりし、料理をしている母の横を通るとき作業テーブル近くにボトルがあるかとか、ワインやブランデーのグラスがそばに置いてあるかとか気をつけたが何も見当たらなかった。

その晩母は使いこまれた古いテーブルに白いテーブルクロスをかけて、まるで彼女の兄とその妻が山の向こうのパヨサからやってきたとか、夫の兄弟たちがレリダから来たかのように立派にしつらえた。午後遅く、ミケルは白ワインのボトルが開けてあるのに気がついた。料理に使うのだと思ったのだが、次に見たときには消えていた。

母は髪をとかしてこざっぱりとした身なりに着替え、父はスーツに白シャツだった。近所の人が一人か二人来てくれるか招待されていたらよかっただろうが、長い年月のあいだにこの村にはいろいろなことが起こったからそれは無理な話だった。ジョルディの出発の日のことは誰もが知ることになるだろうけど口には出されないだろう。あの水のことで口論があって以来の淀んだ重い沈黙の一部となって居座ったままでいることだろう。食事は彼らだけですることになろう。

こういう特別な晩の両親は若々しく見えた。父は注意深く優しい心配りを見せてろうそくをつけ、料理を回し、ワインを注いだ。母は自分の母親について、いろいろな時に作った料理について、彼女について人が言ったこととか、昔の村のパーティについてははばかることなく話すだろう。昔はよき隣人たちに囲まれていたんだよ。彼女は気をつけて話すだろう、彼女の今の生活についての批判はおくびにも出さないようにして。過去の生活ではなく今ここでの生活、それこそいま彼らが祝っているものだったから。

2

ジョルディが去ってから何日か経ったある日の朝のことだった。ちょうど母が酒を飲んでいるところで、ミケルが台所へそっと入ってきて彼女を驚かせた。慌てて彼女はグラスを置いた。彼女の息が酒臭いか調べようと母に近づこうとしたが、彼女はわざと彼を避けている様子で、急いでウサギ小屋と鶏小屋へ行ってしまった。彼女が出ていくとすぐグラスを調べた。空だったが強いワインの匂いが残っていた。その日の朝彼の鼻に迫ってきたほとんど饐えた強烈な匂い。母が急に戻ってくるといけないのでグラスは元のところに戻しておいた。

ジョルディがいなくなって最初の数日母はジョルディのベッドをそのままにしておいた。枕の下に置いてあったたたんだパジャマは消えていた。彼女がベッドのシーツや毛布を片づけてしまい、カバーなしの枕とむき出しのマットレスだけになってしまうと、ミケルは夜寝室へ行くのが怖くなった。最初の数日はジョルディが行ってしまったことを何とか忘れようとした。でも、夜中に彼の寝息が聞こえたと思ったこともあるし、ある朝物音がしだす頃に、ジョルディはもう起きたかなと弟のベッドの方を見てしまったりした。

このところずっと空気が乾燥して陽が暖かいので仕事をするんだと父が言った。納屋の壁直しだ。やろうやろうと思いながらなかなかやらなくて、そのうちに納屋は穴ぼこだらけ、羊たちは夜通し外で寒さに震えるということになってしまうな。父が隣人の一人、カステレットのことを言った。この男の怠惰はいつも彼の関心の的だった。納屋を直さないといずれカステレットみたいになるぞ。その名前を言うだけでも痛快だとばかりに、ミケルが熟知していたあの、口には出さないが面白がっている様子でニンマリするのだった。

仕事はきつかった。重い石をどけてまた戻し、梁を上げてスレートを下ろす。父は石工のように目地にモルタルを塗り、近隣の村の納屋の所有者から買って自分の地所へやっとこさ運んできた新しい石を切った。納屋の一つの面を完全に解体して、中には安いレンガを使い、外は石で上張りするというプランを彼は徐々に明らかにした。石を持ち上げて運ぶのは全部ミケルの仕事で父は、日の当たるところで鑿を使って形を作り、打ちのめす場所を探した。山盛りの手押し車を押して父のところを通りかかったり、大量の石を運んでいくと必ず何か話題を見つけて話しだした。隣人たちの習慣とかレンガの質の悪さ、石の耐久性だとか短い子羊出産期間とか、飯の支度は出来てるよなとか、ジョルディは今どこにいるかなとか、手紙はいつ来るかなとか。

午後も二時を過ぎると太陽は丘の向こうへ沈んでしまい、ものすごく寒くなるのだった。いい天気だがやはり今は冬の真っただ中なんだなと思い知らされた。ランチの後は家畜たちの世話をしたり、餌やりとかした方がいいとミケルは父を説得しようとしたが父は、毎日もう一時間やるとはかどりは全然違うと言い張るのだった。だが仕事にかかるとたいてい早く終わって、彼の前に立って今日の石はこれで終わりだと言うと、父はうなずいてにっこりした。

ちょうどその頃のことだ。ある日の午後、ミケルが思っていたよりも早く家へ帰ると母がキッチンのテーブルに座っていた。彼が入っていったが目も上げなかった。いつも朝はテーブルに座ってチョコレートを一杯飲んだが、それ以外は夕食後まで座るのは好まなかった。料理、洗濯、彼女のめんどり、ウサギ、ガチョウの世話など、一日中動き回っている方が好きだった。母に気がつかないふりをして蛇口から水をグラスについだ。だが振り向くと、母が自分の体を抱えるように腕を組んで前後に体を揺すっていた。

「お父さんを呼んできて」母が言った。大丈夫？と聞いても返事もしなかった。

ミケルが父を連れて戻ってきたが、まるで苦痛に完全に呑みこまれるのを防ぐたった一つの方法だとばかりにまだ体を揺すっていた。目も上げなかった。

「どうしたんだ」父が訊いた。

「分かっているでしょ」と彼女は静かに言った、父が彼女に触れようとすると身を退った。

「あんたたち二人ともなの、それともあんただけ？」彼女が訊いた。

「俺だけだ」父が言った。

「何をしたの？」ミケルが訊いた。

「配達してきたワインを捨てたの、全部空にして」彼女が言った。

「ワインなんて見なかったけど」ミケルが言った。

「ワインだなんてチャンチャラおかしい」父が言った。「あんなもの、酸だよ。お前は見てないだろ、母さんが隠したからな。お前がミリから持ってきた双眼鏡で低い納屋の一番上からそいつを全部見た。オイルを運んでると言ってたが実はワインさ」

「私をスパイして」と母が言った。

「で何をしたのさ」ミケルは父に訊いた。

「階段を下りた」父が言った。「あいつらが行ってしまってから空にした、全部。容器は元に戻した。中はカラっぽさ、あの毒はもうない」

「あんたは毒をよく知ってるよね」母が言った。

母の突然の怒りと辛辣さにミケルは驚いた。

「俺はお前とベッドを共にしなきゃならんからな」父が言った。「寝ているあいだのお前の息と言ったらまったくヘドが出るわ」

すぐそばにいたのに二人がまるでそこにいないかのように母は相変わらず体を揺すっていた。ミケルは父の後悔しているような心配そうな表情を見た。言い過ぎた、悪かった、もう少し優しくしようとしているようにミケルには見えた。

「残念だわ」母が静かに言った。「あんたたちなんかとつながりがあって」彼女の口調は断固として決定的だった。

ミケルの父はいぶかしそうに彼女を見た。

「あんたたち?」

「そう、聞こえなかった?」

「誰のことだ?」

「この家の者全部」

「誰? 誰か言ってくれ」

「みんな。でも特にあんた」彼女は静かに言った。「あんたのことよ」

「じゃ、言っても無駄ということだな？」彼が訊いた。

「捨てたもの返してくれる？」彼女が訊いた。

「いや」

「じゃあ、終わりだわね」そう言って彼女は泣きだした。

父は出ていったがミケルはそこにいるべきか迷った。窓から見ると父が修理中の納屋に向かって歩いていた。母の泣き声がもっと激しくなり、もっと抑えが効かなくなっていった。彼は彼女の方に近寄り、彼女の肩に手を置いた。ゆっくりと彼女は手を彼の手の方に伸ばし、彼の手の指をつかんで撫でた。それから彼の手を自分の手に取り、握った。泣くのは収まったが相変わらずそっと体を前後に揺すっていた。

3

母は動こうともしなければものを食べようともしなかった。ミケルは火をつけ、焚きつけをもっとのせて燃え上がったところで、母にこっちへ来たらと言った。盲目で自分の意志がまったくない人のように彼女は火のそばへ連れていかれ、座らせられるがままにしていた。腹は空いていないと言い張った。何か飲むかと聞くのは彼女の痛いところを突くジョークみたいだったので聞かなかった。

ミケルと父は夕食のテーブルにつき前日のスープの残り、ハム、トマト、パンを食べた。いつもの食事とちょっと違っていたがそれは言わず、不平も言わなかった。寝室へ行こうとしていたら二階の踊り場で父に出会った。ミケルは静かに話しかけた。朝になったらラ・セウへ行って母さんのためにワインを買おうよ、あの雑貨屋が運んできたのよりいいのをね。それからね、一緒についていきたいなら来たらいいと母さんに言うんだ。父は彼の肩に腕を回してこう答えた。

「いや、これでいいんだ。お前がいなかったときにそうしたんだ。母さん絶対飲んじゃいかん。数ヶ月前に医者が言った、飲酒をやめるには飲まないのが一番だと。飲むボトルがないから母さんは飲まなくなる、それが一番。二、三日もすればよくなるさ」

「飲み始めたのはいつ？」ミケルが訊いた。

「何年にもなるな」

「なんで気がつかなかったんだろう」

「みんな気はついてたさ」父が言った。

「ジョルディは気づいてなかった」ミケルが答えた。

「気づいてたさ、気づいてたさ」父が言った。

もう一度下へ下りていった。父がついてきた。母は相変わらず火の前に座ったきりだった。寒そうに震えていた。二人を残してミケルは寝た。

灯りを消してベッドに横になり、階下のぼんやりとした動きに耳を澄ませていると、彼がミリから帰ったばかりの頃しばらくは、寝室に二人きりになるとジョルディがすっかり変わっていたことを思い出した。以前はジョルディも彼も相手の前で平気で服を脱いだものだ。ところがそれが、ミケルが入って来ると前を覆うし、ベッドの端にぎこちなく座ってパンツを脱ぐ、部屋に女がいるかのようにつつましくパジャマのズボンをはくようになった。ジョルディと父は彼の帰省に慣れるのに時間がかかった。それはそうなのだが実は、当然兄の仕事だったものの中にはジョルディが引き渡したくなかったものもあったし、とにかく彼なしでなんとかやれたというのが本当のところだった。こういうわけで彼がいないあいだに母がどうしようもない大酒のみになったことを黙っていたのだ。その秘密を守るということにおいて、二人は彼をよそ者に扱っていたわけである。

夜、彼らの声が下の部屋で聞こえた。父の声は落ち着いていたが、母の声は甲高く、ときどきすり泣きが混じった。そのうちに二人は寝に着く。しばらく静かになったかと思うと床板がきしみ、一人がまた下へ下りていった。まもなくもう一方が続き、またしても声が聞こえ出した。もう眠れなかった。どっちにしても、ジョルディがベッドにいない、だから眠れなかった。何の音もしない、いびきも聞こえないし規則正しい寝息も聞こえない、寝返りもない、それらが消えてしまったことが風よりもっと彼をかき乱すように思われた。風の向きが変わったよう、北から猛烈に吹いてくる風が窓をガタガタ揺さぶる。あと数時間で夜明けだ。

朝、父が台所にいた。母はまだベッドなのだろうと思った。流し台の上にかかっている小さな鏡を使って父が髭を剃り出した。ゆっくりと集中して剃る。

「ラ・セウへ行って母さんのほしいものを買ってやったらいいんじゃないか?」ミケルが訊いた。

父は何も言わなかった。

「捨てたものの埋め合わせをして」彼は声を荒げた。

「いかん」鏡の中のミケルの目を見て言った。「いつかはやめねばならんのだ。思い立ったら吉日、とにかく母さんはいま寝てる」

彼はさらにゆっくりさらに注意深く髭を剃り続けた。まるで、息子が心配して問題にしようとしていることの何よりもこれの方が目下緊急を要することであるかのように。パンがあったのでオイルをすりこんでトマトを載せ、塩をふる。チーズの塊があったので一切れカットした。がつがつと大急ぎで食べた後鶏小屋へ卵を取りに行った。そばを通ったとき父は話しかけなかった。

日陰に入るとものすごく寒くなったことに気づいた。鶏小屋の前にある垣根をめぐらした一区画にたまった水は完全に凍っていた。空はブルーだったがこの前までのように落ち着いた静かなブルーではなく、雲が吹き払われてむき出しの生々しいブルーになっていた。下の納屋の方を見ると、陽だまりの中でも風の来ないところを父は見つけていた。ミケルも一緒に午前中いっぱい納屋の新しいレンガを石で上張りした。

納屋の二階から取ってきた餌を持って、ランチ前に羊を点検しに行った。時間ははっきりしなかったが、羊の仕事を終えても母がランチに呼ばないので驚いた。そこでこのところのごたごたを思い出し、彼女はまだベッドに横になっているのか、気持ちが沈んで料理ができなかったのかとも考えた。

家の中へ入った。母がキッチンにはいなかったことがはっきりした。何もかもそのままほったらかしで、犬のクルアは餌をもらってなかった。父が二階へ上がり、下りてきて寝室にもいないと言った。家の中、納屋、外便所のあたりを探し終わる頃には、母が出ていったことがはっきりした。水を一杯取りに行くとか、彼女がどんな気持ちでいるかを知ろうとして家の中へ入ることもなく、ただもう午前中彼女を一人にしておいたことが彼女を外へと誘い出したようだった。もう一度探したが無駄だった。ミケルは、母が行こうと思うのはいったいどこだろう、そしてどうやってそこへ行ったのだろうと考えてみた。近所の人たちのところに逃げることはまずあるまい。この村の人間は、たとえ彼女が彼らの家の戸口に来たとしてもどうしてよいか途方に暮れただけだろう。なにしろ彼女が近所の家の中へ一歩も踏みこまなくなってからもう何年も経っていた。村から出るバスはなかったし、バスに乗ろうと思えば十キロか十一キロ先の主要幹線道路まで出なくてはならなかった。それにバスは時間通りに来なかった。ラ・セウへ彼女が向かったとして、停まって拾ってくれる車はまずない。よそ者がたまたまそこら辺を車で走っていないとも限らないが、そんなことはまずありそうもない話だ。

どっちにしても彼女は家を出た。父が納屋の中を探そうと言ったときミケルは首を横に振った。納屋へ行こうとすれば母は絶対彼らのいるところを通っていかなければならなかったはず、羊の点検に行っていたあの短い時間は別だが、そのときだって彼女を目撃したはずだ。コートが消え、いいスカーフとブーツもなかった。消えたコートがかかっていたところとブーツが置いてあったところをミケルが二度も見せたのだが、それでも父は何度も何度も一番上のロフト、備蓄庫、そのすぐ下の納屋を探し回った。ミケルはテーブルに座ったままで父に気が済むまで探させておいた。いずれ座りこんでどうしたらいいか話し合わなければならなくなるのだ。

この村にはそれでもまだ人家が十軒か十二軒くらいあって、そこで起きることはどんなことでも気づかれた。老人は窓辺に座って外を見ていたし、若い男たちは畑や納屋あたりで働いていたし、女たちは家事をやりながらしょっちゅう天気を気にして空を見ていたから。子どもはどこの家にもいなかった。若い者はたいてい都会や大きな町へ逃げていってしまっていたから、ミケルとジョルディはこの地に残っていた最年少の若者だった。彼らは近所の誰にも頼らぬよう育てられた。父と村人たちとのあいだの反目が激しくなったのはほんの数年前からだったが、反目があまりに激しかったので隣人とはほぼ完全に没交渉になっていた。ことの起こりはこうだ。夏のあいだに水を勝手に引きこんだとして父が三軒の家を告発した。彼はトレンプへ行って彼らを訴えたわけだがほかの家は全員、水を盗まれたにもかかわらず彼らの弁護に回った。判事が罰金を課した。罰金を払わなければならなくなった家では、ミケルの父がわざわざ彼らを訴えるなどの行為をするということについて辛辣で生々しい気持ちを抱いた。父は隣人たちをうそつき、泥棒呼ばわりして、息子が彼の言うことに耳を傾けようとすると喜んでいた。隣人たちは隣人たちで、日々顔を合わせても彼にはものを言わなくなった。

いま彼とミケルは、各戸を回って母の捜索を頼まなければならなくなった。ということは、彼らの家庭に何か問題があることを認めざるをえないということになったわけだ。目撃したことを隣人たちが言うかどうかさえ確信は持てなかったが、ほかにどうしようもなかったから、父が家の中の捜索をやめしだいコートを着て出かけた。気をつけて一番近い隣人から始めた。そうすれば村に特別の友人とかひいきの家とかがあるとか思われないからだ。

太った腹を突き出してカサラウールのマテウがゆっくりと玄関へ出てきた。罰金を払わせられた一人だ。ミケルの父が口を開くやいなや嫌悪感をあらわにして目を細めた。父の言っていることが全然分かってない様子だったが、彼らの顔をじっと観察して自分が見たものについてゆっくり考えていた。ミケルは最初、彼の母をマテウが見ようと見まいと彼らには役に立たないと思った。できるだけ早くこの家から出ること、それが問題だろう。ミケルは父を肘でそっとこづいて次の家へ行こうと合図した。しかし父はドアに体をもたせかけて、質問を繰り返すことはせずに黙って何かを待っていた。マテウが咳払いした。マテウの家は彼らの家に一番近く、彼の家の窓からは外がよく見えるから、どっちの方向に行っても母の姿は容易に見えたに違いなかった。

ドアのところに立っていると、急に空が暗くなり、青みを帯びた黒雲が彼らの頭上に現われて低く重々しくたれこめてきた。光は濃い紫になり、風はなかった。ミケルは身震いした。これは雪だぞ。初雪だ、今年はちょっと遅いな。こういう寒い日にはなおいっそうひどい雪になる。

「奥さんが行くのを見たよ」マテウが言った。「帰ってくるのは見なかったがね」

「どっちの方角へ行った？」父が訊いた。

「コル・デル・ソへの道を行った」

「だがそれではどこへも行けやしない」ミケルの父が言った。

マテウはうなずいた。

ミケルはすぐにそれがパヨサへの道だと気づいた。そこに母の兄が古い家に住んでいた。そこへ行くには四、五時間はかかるだろう。

「どれくらい前に行ったかね」父が訊いた。

「何時間か前だね」マテウが言った。

「何？　三、四時間くらいかね？」

「そうだ、三、四時間か、ま、それくらいだな」

雪は音もなく降りしきり、空はさらに暗くなった。ぼたん雪、ミケルが手を伸ばして手の甲に載せた雪はすぐには解けなかった。ジープはサンタ・マグダレナの小さな教会に続く狭い道路沿いに走れるし、さらにもっと先まで軍道に沿ってコル・デル・ソへ行けるだろう。しかしそこからは、と彼は考えた。ジープも通れない迷路のような道に沿ってパヨサまで行かなければならない。地元の人間でないととても無理だ。三、四時間歩いてもまだ軍道にいる可能性はあるが、それはあまり考えられない。それより、コル・デル・ソへ着いてから後、もっと険しい道へ入った可能性がある。ジープでできるだけ早く曲がりくねった道を飛ばして高地へ行かなければならない。そこは夏に羊を放牧しておくところで冬は誰も近づかない。

「この天候ではあまり遠くへ行けないぞ」ドアを出ていく彼らにマテウが言った。

「あっちへ行ったのは間違いないな?」ミケルが彼に言った。

「ほかの連中に訊いてみな、みんな見たから」

急いで家へ戻った。父がジープを動かしているあいだにミケルは家へ飛びこんで双眼鏡を取ってきた。

「そんなものどうするんだ」父が訊いた。

ミケルは膝に置いた双眼鏡を見た。

「分からない……まあ……」

「考えてる暇はないぞ」父が言った。

村から出て狭い道を突っ走った。風よけワイパーは全開だったが雪のために視界は遮られ、ジープのヘッドライトに雪が積もった。いま路上で彼女が手を広げて彼らの方へ近づいてきたとしても、彼らには見えなかったことだろう。ミケルには分かっていた、この旅は無目的だということが父にははっきりしていたに違いないことが。たった一つの望みは、マテウが言ったより彼女が遅く出たということだけだった。一瞬そう考えた。そしてそれから、ゆっくり彼女が歩いた可能性、あるいはどこかの地点で引き返した可能性を考えた。それから別の可能性にも思いが進んだ。つまり、マテウが言ったよりもさらに早く彼女が出発していて早く歩き、パヨサにもう少しで辿りつくというところまで来ていた、そして、細い道を懸命に下りていたという可能性を。一歩一歩確かめながらゆっくり気をつけて動く。そこは彼女の勝手知った領域だ、よもやミスを犯すことはあり得ないとミケルは思った。だが確信はなかった。斜面の小道は完全に雪に覆われていて、一歩一歩が危険に満ちていた。

父が懸命に運転しているうちにジープは横揺れしたり滑ったりしだした。雪が風よけに激しくぶつかってこなくても、大きな塊が波のように次から次へと降ってきてみるみる前方に雪の山が積もり、しばらくするとジープは分厚い雪の毛布の上を走っていた。雪の毛布は前進していくにつれ力を増してきて、いずれ道は雪に阻まれて結局進めなくなるし引き返すことも不可能になるだろうことがすぐにはっきりしてきた。

前へ進んでもおそらく意味がない、それどころか危険でさえあるからもうこの辺で引き返す方がいいと言った方が理にかなっているとミケルには分かっていた。だがここでターンして家に帰っても、まったくの空虚に向き合うだけだ。母がどこにいるか分からないし、長い夜が彼らを待っているだけなのだから。

小さな空き地があった。終始無言で父はジープをターンさせようとした。雪はふつうの平面を覆っているだけだと父は思ったようだった。ところが、道路と斜面のあいだの側溝が雪で分からなくなっていて、そこへ前輪の一方が落ちこんだのだ。父が怒鳴った、「こんちくしょう！」ミケルはジープを降りて、車を道路へ引っ張り上げられるか試してみた。タイヤは水に落ちたクモみたいにむなしくあがくばかりだった。結局、なんとか石をいくつか見つけジープの後部から短い木っ端を出して、これらをジープのタイヤの下へ押しこんだ。彼らはジープの周りで格闘していた。雪で何も見えない。荒れ狂う雪に逆らってふと見ると、雪はまるで四つの風が互いに争っているかのように四方八方から吹きつけ逆巻いていた。車輪を固定させるとジープを押して道路まで引き上げようとしたのだが、タイヤは雪に食いこんで容易には動かせなかった。ミケルは推測した。ここは村から歩いて三十分のところだが、雪だからそれ以上かかるかもしれない。父がもっと力を入れてエンジンをかけていた。母は今頃、最悪の状況は避けられて彼女の兄の家——自分が生まれた家だ——のドアをそっと叩いているかもしれないと想像した。あそこではみんなが彼女を愛していた。大歓迎で彼女を迎え入れ、朝になったら彼女はここにいるというメッセージを送る方法を見つけるだろう。

彼がもう一度大きく持ち上げ、父は急激にアクセルを踏んだ。ジープがグラっと横へ動き四つの車輪が道路に落ち着いたが、まだ村とは逆方向を向いたままだ。父は早く乗れと言ってジープの向きを変えようとした。ニュートラルにし、ほんのわずか安全範囲を動いてハンドブレーキを上げ、バックした。ハンドブレーキを下ろしてゆっくりアクセルを踏んだ。最初は動かなかったが、後輪が雪の中で回転しだし、父がアクセルにものすごい力をかけると猛烈なスピードで道路を滑りだした。もうほとんど村だった。降り積もる地面の雪と、雪よけに降り積もる雪の塊を何とか切り崩して家に帰れるだろう。

家に戻ると二人はあらゆる可能性を検討した。彼女の歩く速度、彼女の出発時間、パヨサに通じる古い道を見つけるまでの時間を。夏でも大変な道で、歩くというより転げ落ちると言った方が当たっているところがあった。雪が降りだしたとき引き返すことだってできただろうとミケルが言った。こういう雪嵐の怖さを彼女は知っていたはずで、雪になったときにもうパヨサ寄りまで行っていたとしても、傾斜面を下りるよりは平地を行く方がいいと判断してもおかしくはないし、雪の中を苦労して何時間もかけて歩くことになっても、それが一番賢明と判断したかもしれない。

「ラ・セウへ行けば」ミケルが言った。「警察に母さんがパヨサに着いたか訊ける、捜索願いを出すんだ」

父はため息をついた。

「どこかで生きてると思う」彼が言った。

ミケルは何も答えなかった。

ノックする音を聞いたとき彼は、ああこれで解決だ、母さん帰ったんだと思った。が次の瞬間思った、自分の家のドアをノックするわけはない、と。ノックの主は外に。見つかったか、母さんがどこにいるか分かったんだ。父が玄関へ行きドアを開けると、ジョセプ・ベルナットと彼の妻がいた。二人はあの訴訟以来ここへは来たことがなかった。

「出ていくのを見たよ」ジョセプが言った。「こんな時間に出かけるのかと思ったんだがね。バッグを持ってたよ」

「買い物バッグね」彼の妻がつけ加えた。

「買い物とは逆方向だったから気がついたんだ」

「パヨサへ帰ろうとしていたんだと思う」ミケルの父が言った。

「車に乗せていけなかったのかね？」ジョセプが訊いた。

父は再びため息をついた。外は相変わらず雪が降りしきっているのが窓から見えた。訪問者たちは立ったままでいたが、コートを脱いでとも言われないし、飲み物一つ出されなかった。ミケルには、最後にした質問はまずかったとジョセプが思っているのが感じられた。父が向こうへ行ってしまったのでミケルは訪問者にためらいがちに微笑んだ。

「ラ・セウの警察に捜索願いを出します」と彼が言った。

「道はおそらくもう通れないだろうし電話線もだめになってるだろう」ジョセプが言った。「道が凍り始めるからなおさらまずいことになるな。朝になって通行可能になるといいのだが」

「母が出たのは何時頃だったか覚えていますか」ミケルが訊いた。

「雪が降りだすまでにパヨサへ着いていることは不可能だな」ジョセプが答えた。

「雪が降りだしたときに引き返せたはずでしょう」ミケルが言った。

「あの吹雪の中で方角をちゃんととらえるのは不可能に近かったろうね」

「もう何も言うな！」ミケルの父が言った。

「夜が明けしだい男たちが探しに行くということだよ」ジョセプの妻が言った。「夜が明けしだい、でも今はだめ。雪はまだまだもっとひどくなる。吹雪の中へ出ていくわけにはいかないからね」

「じゃあ、もうだめだ」ミケルの父がそう言って、ため息をつきながら座った。「外で夜を越すことなぞ誰もできん。あれは寒さで死ぬ」

「それは分からんよ」ジョセプが言った。

「まあ、朝相談しよう」ミケルの父が言った。「あれがパヨサに着いたか警察に調べてくれるよう頼もう」

ジョセプ・ベルナットと女房が帰っていった。重い足取りで彼らが雪の中を進んでいくのをミケルは父と見ていた。ミケルは外へ出ていって鶏小屋の餌は十分か確かめ、ついでに卵を集めた。ウサギに餌をやってウサギ小屋の戸を閉め、入り口のところで腹を空かせきったクルアに食べさせた。父はテーブルに座っていた。無言。油を入れて卵を焼いた。調理台の周りのタイルに油が飛び散った。母なら絶対そんなことはしないところだが。古くなったパンを少し切り、塩とオイル、テーブルに置いたままになっていたトマト半分を出した。焼いた卵三つを父の皿に、三つを自分の皿に載せた。黙々と食べながら、ミケルは繰り返し繰り返しいろいろな可能性を考えていた。これは現実に起こっていることではないんだ、もうすぐ目覚める長い夢なんだとか、あるいは、警告もなく舞台が突然変わり、ドアがノックされるとか外にジープが停まるとか、微笑みつつも心配そうな顔の母が窓辺に現われ、みんなが立ち上がって彼女を迎え入れる、ちょうど父と自分がご飯を半分食べていたところで、とか。

朝、階段や階下の床板に響くブーツの音と男たちの声で目が覚めた。凍えそうな寝室で服を着てそれからシャッターを開けた。外は一面光まぶしい銀世界だった。下へ下りた。村から五、六人の男たちが来ていた。一人がコーヒーを入れたポットとブランデーを少し持って来ていた。男たちと並ぶと父は、縮こまりおどおどしているように見えた。そういえば、これまでこの家の台所でよその男たちを見たことはめったになかったのだ。伯父は何度か見た。郵便配達夫とか物売りとか修繕屋とかは見たことはあるが、彼らはいつもなんだか陰に隠れていた。夜明けに起きて捜索を今か今かと待ち構えているこの男たちが、部屋の中心を占めていた。自信があり、きびきびとして鋭い目つきの男たちだった。

外では家の階段のところで犬たちが待っていた。夜のあいだに雪は膝の深さまで積もっていたし、突き刺すような寒さでまだ降り続けていたから、こういう状況では捜索もあまり進まないだろうと彼は思った。母が出発してから三時間以上たった頃雪が降りだしたという点では、隣人たちは一致していた。ころげ落ちるとか避難する場所を見つけるとかしたかもしれない。どっちにしても近いところではない。彼女の足跡があったとしてもこの雪だ。跡は分からなくなっていようし、空気が冷たすぎて匂いを辿ろうにも犬の鼻が利かないだろう。たった一つ希望があるとすれば、彼女が速く歩いたということ、雪が積もり出す前に道連れを見つけて、暗くならないうちに兄の家まで助けてもらって行ったということだけだった。

男たちの動きはゆっくりだが決然としていた。彼と同じく彼らも、この捜索が無意味だということを知っているようにミケルに思えた。無慈悲に覆いかぶさる雪の下の死体を見つけるのは至難の業、それに、このような状況ではコル・デル・ソへたどり着くことすら不可能だろう。彼には分かっていた、彼の父は好かんのだけど、彼らは何もしないわけにはいかないからこの捜索をしているのだということが。村の女が雪の中へ姿を消したというのに家で何もしないでいるとか、楽な冬の仕事をしているとかを人に知られたくなかっただろう。そうして午前中彼らは、母が旅したに違いない道に沿って注意深く行動した。捜索の手を休めたのは、ブランデーの壜、パン、冷たいソーセージが回されたときだけだった。彼らがお互い同士話すことも稀だったが、ミケルと父に話しかけるというのはゼロだった。

昼過ぎになったが雪はまだ降り続けており、狭い軍用道路がスタートするサンタ・マグダレナ教会にすら彼らは辿りついていなかった。ミケルはみんなが相談しているのを見ていたが、父は離れたところにポツンと一人立っていた。もう今日は捜索をこれで打ち切りたいと彼らが思っていることは彼には分かっていた。家へ帰るのに三時間かかる。確かにあと一、二時間くらい続けても日暮れ前には家へ着ける。だがみんな疲れていたし深い雪の中を歩くのはものすごいエネルギーを要したから、家に着く頃には疲労困憊しているだろうことは目に見えていた。

母が一晩兄の家で休息した後伯父がパヨサから母を連れ帰る、みんなが村に帰ると同時に伯父のジープが姿を現すなど想像している方が、何かをするより楽だった。引き返すことになったとき、母は助からなかったのだということ、村の男たちは、ミケルの母親が失踪してコル・デル・ソの近くあるいは下の方で、一メートルかそれ以上の深さの雪に埋もれて死んで横たわっているという冷酷な事実から気を紛らわすために、彼と父を無駄な捜索へ連れ出したのだということが強烈に彼をぶちのめした。母はもう家へ帰ってくることはない。見つかった彼女の遺骸が入った棺が運ばれてくるだけだ。歩くというのはだから、何も起こらない、何も言うことがないのに空っぽの家に一日中待っているということをしないで、その新しい事実に彼らを慣れさせるための一つの方法だったのだ。

村に帰ってくると、家の外に警察のジープが停まっていて、車の中に制服の治安警備隊員が二人いた。村人たちのグループが見えてくると隊員の一人がジープから降り、グループがもっと近づくと助手席にいたもう一人が出てきた。これは非常に若い男であることにミケルは気づいた。はにかんでいるような様子で、帽子は取らずに自分の方へやってくる男たちをチラッと見、それからあたりを見た。相棒のドライバーは中年でずんぐりしていて帽子はかぶっていなかった。ミケルが見ていると、父と自分を話す必要のある人物と選び出していたが、そういう情報がどうして入ったのだろう。ジープに近づいたときミケルは後部座席を調べた。母を見つけたかもしれない、あるいは母の遺体を置いているかもしれないと思って見てみたが、ぼろきれがあっただけだった。

家の中へ入るとすぐ父は、妻は大丈夫だと思う、パヨサへちゃんと辿りついて兄の家に無事に着いたと思うと説明した。年配の警官が彼女の兄の名前を控えて強い南部訛りで言った。警察にあるパヨサに通じる唯一の電話回線が戻ればラ・セウへ帰り次第電話を入れる、道路が開いていればパヨサへ行く、と。とにかくいま必要なのは、彼女の姿形をつかむことだった。

ミケルの父が話して警官がメモをとっているあいだ、若い方の警官は台所のドアを入ったところの壁にもたれていた。帽子を後ろにずらしていたのでミケルには、彼のきれいなしわ一つない額と大きな黒い目が見えた。この目が部屋を観察していた。年配の二人の男のあいだでいま交わされている場面にはほんのちょっと目を落としただけのようで、その目はミケルのそれとかち合った。自分がこの若い男が部屋に入ってきたときから彼をじっと見ていたことにミケルは気づいていた。そろそろ目をそらした方がいい、起こったことはあからさまな好奇心以外の何物でもないようにした方がよかった。

だが彼は目をそらさなかった。台所の薄暗い光の中で彼はこの若い男の顔をじっと見た。赤い豊かな唇、強情そうな角張った顎、それから優しい目、少女のような長いまつ毛。若い警官はミケルの目だけを見た。冷たい無表情の目、まるで何かの理由で不機嫌に彼を非難しているかのようだった。ミケルが警官の股のところに目を落とすと彼も自分の股を見た。一瞬微笑んで口を開いたが、また元の表情が戻った。だがその表情はさっきよりもっと強烈で、目標をしっかり抑えこんだ野性動物に近く、ほとんど残忍ともいえるものだった。

同僚が記録を取り終わって帰る準備ができたようだったので、若い警官は帽子を脱いだ。ミケルはこの動作の意味を理解した。それからこの全然しゃべらなかった警官は振り向いてドアを開けると、同僚を先に出して父に後に続くよう促した。年配者二人は外に、若い二人はドアのところか玄関の中ということにしようとしているようにミケルには見えた。だがミケルの父はそれを制して礼儀正しく、若い警官が先に出るよう勧めた。ミケルは若い警官を注意深く見ていた。同僚はジープの向きを変えると一瞬速度を遅らせ、それから去っていった。

ミケルは母がやっていた仕事をやるのに忙しかった。父は外へ出ていってまき割りを始めた。手斧で狂気じみた一撃また一撃、暖炉にくべるのにちょうどいいサイズに切った。ミケルは夜を恐れていた。母の消息、それが分かるのはずっと先だろうと分かっていてしかもなお、それを待つこと以外に何もすることがない夜を。

よちよち歩きを始めるとすぐに母と始めたゲームを彼は覚えていた。どんなふうにそれが始まったかは分からなかった。彼がテーブルとかベッドの下とかイスの後ろへ隠れると、母はどこへ行ったのか分からないふりをした。これをずっとやり続けているうちに彼はだんだん怖くなって出てくる。すると母はびっくりしたふりをして大喜びで彼を抱き上げた。父がそこにいるときにこれをやった記憶はなかった。ジョルディがものが分かるようになると、姿を消すことや探すふりを怖がるようになった。母と兄が〝ああ、いたいた〟と大声で喜び合うのを見て嫉妬した。いま家の周りをぐるっと回っていて陰の場所、黄昏時は暗さがいっそう増す場所、かくれんぼするのにもってこいの場所にミケルは特に神経をとがらせた。母が不思議にもここへ来て、すぐには見つけられそうにないところに隠れているかのように。

その日の夜二人は無言で夕食を食べていた。また卵焼き、古くなったパン、冷たいソーセージ。そのうちにミケルが、ジョルディのことどうしようと父に訊いた。アドレスがないからどこにいるか分からないとしても、ラ・セウの警察に訊けば連絡は取れるだろう。

「で、なんて言うんだ」父が訊いた。

ミケルは答えなかった。

「あれもいろいろ心配があるだろう」父が言った。

「誰かがもう話したかもしれないし」

「そんなことは耳に届かないところにいるんだぞ」

「同郷の人間に会う可能性もあるよ」ミケルが言った。「この事件を知っている人間に会うことだって考えられるじゃないか」

「ま、しばらくは」父が言った。「何も言わないでそっとしておいてやろう」

食事を終えた頃、この日一日中捜索のリーダー役を買って出たホワスがやってきた。激しく雪が降りしきっているにもかかわらず、彼は中に入るのを拒んだ。彼は言った。電話回線は相変わらず通じていない。ところで村に回線の工事をした彼の妹婿が、捜索訓練を受けた犬を二頭置いていった。彼は以前この犬たちと仕事したことがあったがこんな有能な犬は初めて。それで、これまで一緒に捜索してきた者たちも加わって、夜が明けたらこの犬たちと出発する。夜中にさらに雪は降る可能性があるから探すのはもっと困難になっているだろうが、と。

寝る前に父が彼に言った。明日ジープでラ・セウへ行ってみる。そこから舗装道路を越えてソルトへ行き、できればパヨサへ行く。ミケルは、自分は捜索隊と一緒に行くと言ったが、窓辺へ行って外を見ると雪は前よりさらに激しく降っていた。これでは翌日、父も捜索隊もあまり遠くまではいけないだろう。この調子で降り続くと、村は陸の孤島になる可能性があるな。

父と彼は、覆いようもない不在が手に取るように感じられる寝室で、一人ぼっちで寝ようとしているんだ。母もジョルディも行ってしまった。ジョルディが戻って母が戻らないとなったら、母の不在はよりいっそう重大に思えることだろう。しばらく彼はジョルディのベッドに横になっていたが、寒くなってきたので着替えて毛布の下へもぐりこまないではいられなかった。ジョルディが去る二週間前に戻りたかった。自分が帰ってきた三年前に戻れたら。いつでもいい、今でなかったらいつでもいい。

朝、また階下の床板を踏む音で目が覚めた。ぐっすり眠っていたのに無理やり引きずり出された、あの忘却にもっと長く留まっていたかった。すぐさま起きて、凍てつく空気の中を一日中母を探さなければいけないんだという現実に圧倒された。雪はブーツの中へ入りこんでくるだろう。足の指も手の指のようにガチガチに凍えてしまうだろう。ジョルディのベッドを見やりながら思った。全力集中したら彼と通じられるかなあ。それができたら、いま冬だけどみんな元気だよ、何も特別なニュースはない、ジョルディが行ってから特別なことは何も起こってないよって言うんだ。

ミケルが台所に現われるとホワスが彼をわきへ呼び、外で待っている犬たちには何か手がかりになる匂いがいる、その匂いが適当なものであればあるほど見つけるチャンスが大きい、と言った。何かお母さんのもの、お母さんが身に着けていたものがあるといいんだがと彼は言った。ひそひそ声で、着ていた服も洗ってしまってあればあまり役に立たない、肌近く着ていたものほどいい。彼らがそこにいる人間たちだけでなく、外の雪に覆われた世界に敵対する陰謀者でもあるかのように、彼はミケルを見た。

ミケルの父は、ラ・セウへ行く道にある村から出ているカーブの向こうの、急な丘にジープで上ることはまず無理と分かったので、一人テーブルに座っていた。男たちがつぎつぎやってきた。犬も増えてきて、凍える朝の空気の中で吠えたてた。夜のうちに雪はやんだが夜明け前に温度が下がった。ということは、深い雪だけでなく、凍った地面にも気をつけなければならないということだった。父は孤独で疲労困憊し、周りで起こっていることから遠く離れているように見えた。ホワスが頼んだことで父を煩わすのはやめ、一人で二階へ上がって母の匂いのついた何かを探してみた。

両親の寝室の窓の下にある、タンスの中身を自分がとてもよく知っていることを彼は忘れていた。もう何年も近づいてはいなかったが、小さかった頃彼の遊びは――母の監督下でではあったが――タンスの引き出しを一つ一つ開けて中身を出す、それからたたんで、開けたときと完全に同じところに戻し入れるということだった。母は一番上の引き出しには書類、請求書、領収書を一方の端に、もう一方の端にハンカチとスカーフを入れていた。真ん中の引き出しにはブラウスとカーディガン、下の二段に下着類を入れていた。彼は何にも触らなかった。彼女が引き出しを開けると、彼女の匂いというよりはラベンダーと香水の匂いがした。ここのものはホワスと犬にはなんの役にも立たないだろう。

部屋の片隅に古いバスケットがあった。彼の部屋にあるのと同じ大きさのもので、これに汚れ物が入れてあった。半分くらいしか入っていなかったが、一番上に父の着ていたシャツ、ソックス、ショーツ、ベスト、一番下に母が最後に着ていたもの、それと、ジョルディのディナーの夜着ていたブラウスがあった。これはとっておいて特別なやり方で洗い、干すつもりだったのだろうと想像した。ブラウスの下に彼女の下着があったのでそれを取り、誰もいないことを確かめて鼻に持っていった。懐かしい母の匂いに顔を埋めた。この下着をつけてから何日も経っていたのに匂いははっきりと残っていた。この寒い部屋に母を主張するものが飛びこんできた。一瞬彼は、あたりの風景の中で盲目的に動きまわる犬たちがこの匂いだけを頼りに、その愛しき源を雪の中あるいは草むらの中に探し回る図を想像した。一つだけ残して後の下着はバスケットに戻し、父の衣類の下へ押しこんだ。選んだ一つを持って下へ下りていき、ドアの外で犬と一緒に待っていたホワスに渡した。

前日よりずっと寒く、捜索は遅々として進まなかった。新たに加わった二匹の犬が、幻の匂いを追いかけてあっちの道、丘の高いところと走り回っているあいだ、男たちは下で待っていなければならなかった。ミケルの父は彼らよりずっと後ろの方についていたが、妻を探しているとか、どこにいるだろうか手がかりでも探そうという気配は一向に見せなかった。ミケルは、ホワスとカステレットそのほかの男たちが父の方へ視線を向けて、明らかにイライラしているのに気づいた。また彼は、隣人たちが捜索二日目でさらに元気になり、犬たちに向かって叫ぶのを楽しんでいるように見えた。時間が経つにつれだんだん活気が出てきて興奮しているので、父が興味を持っていない様子や飽き飽きしているという印象が余計に際立った。うんざりして、自分の足を濡らさないことだけが唯一の目的みたいにみんなの後ろをトボトボついていくだけ、そんな感じだった。

二頭の犬は元気はいいが頭はあまり鋭くなかったし、凍りつく深い雪の下に埋もれればどんなものだって匂いは出ない、どうしてホワスはそれに気がつかないのだろうといぶかった。だが、キツネやイノシシでもなければ、一面ただただ真っ白い雪の中では前に進むだけ、それ以外何もできないということは分かっていた。一見無垢、美しいとさえいえ、まったく無害と見えるこの雪の世界だが、その白い表面の下に幾層にもわたり危険な自然が潜んでいた。

午後になったばかりだったがもう彼らは一歩も進めなくなった。雪は深すぎて前方の道の起伏が分からない。道と周囲の盛り上がりの境目がはっきりしないし、傾斜がどのくらいかも分からなかった。早朝に餌をもらった後は何も食べていない犬たちはだんだん統制しにくくなってきた。村から来た二匹がうなったり鳴いたり凶暴なけんかを始めたので飼い主が抑えこみ、蹴飛ばされてしぶしぶおとなしくなった。犬を引き離し、抑えこみ、叫ぶことに全員が参加していた、彼と彼の父以外は。父は離れて見ていたが、これがまたみんなの当惑を買ったと彼は感じた。だから、後から加わった新しい二匹の犬が無駄な捜索から帰ってくるのを待たなくてはならなかったが、捜索は打ち切りと決まって引き返し始めたときはうれしかった。ミケルはほかの男たちと歩くとき、気をつけて二人のあいだを歩くか、誰か一人の近くを歩くようにした。父はあまりにものろのろ歩いているので、何度か振り返って見てみたが姿は見えなかった。

その夜父が、もう無駄な捜索はやめだ、みんな彼を憎んでいて、ただ彼を苦しめ屈辱を味わわせようとして二日も無駄に歩き回ったんだと言い張った。もうこんなことはやめだ。朝になったらラ・セウへ行くんだ。道路が閉鎖になろうとなるまいと、マーケットの日だから閉鎖されているところまで行き、そこで待つ。雪で道が阻まれていてもかきわけて歩くんだ。そう父は言った。

ミケルは父に相談せずに家を出て、ホワスを訪ねた。彼が戸口で待っていると、ホワスはほとんど攻撃的に何の用だと訊いた。ミケルは彼に、明日は捜索はせずラ・セウへ行く。ラ・セウでパヨサの人間に会うかもしれない。警察にも頼む。ホワスの尽力に感謝の意を表したいとつけ加えて言った。

「親父さんはどうなんだね」ホワスが訊いた。「いろいろ言いたいことがある。な、そうだろ？」

ミケルは彼の目を静かに見返した。

「父はひどく動揺しています」

ホワスは何も言わずにドアを閉めた。ミケルは家に帰った。どこへ行っていたかは言わなかった。

ラ・セウへの道は開いていたが、道は凍っている部分が多くて早朝は特に危険だった。昨晩ミケルは、今日もまた何事もない人生の一日なんだと思ったほど、夢も見ないでぐっすり眠り、夜がこの数日の記憶を全部消し去ってしまっていた。だが彼が階下へ下りていくと、父が一睡もせず消耗しきった様子で、何か言いかけても途中で黙ってしまうし、言いたかったのがなんだったのか忘れてしまった。こういう状態だったから父はいつもより慎重に、曲がり角や坂は速度を落としながら運転しているようだった。車はほとんど通らず、彼らが着いた頃幹線道路は静かで、ふだんのマーケットの日らしくなかった。

二週間前、彼は母とここを歩いていたのだ。彼女と一緒に列に並んでいたあいだに彼女は三口飲んだ。いま彼は父と、屋台の準備もまだほとんどされていない朝まだき、パヨサかブルチかティールヴィアの人間、いやそのあたりの村ならどこでもいいが、彼女のことを知っていそうな人間を探してマーケットをあちこち歩いていたのだ。道は悪いし電話回線も切れているから、誰も彼女のことを知っている者はいないとミケルには分かっていた。起こったことがまるで後ろめたい秘密みたいに語られ、そしてニュースが広まりだすのだ。こんな幽霊みたいなマーケットを朝中歩き回るより、このニュースがただの噂とか人からの生半可なニュースとして伯父の耳に伝わる前に、パヨサの道が開通しているか調べて伯父に相談しに行く方がいいと言おうとミケルは思った。

バーでボカディージョを食べた。二人とも猛烈に腹が減っていた。一本食べて、ミケルはもう一本ほしいと言いたかった。ほとんど家のニワトリの卵だけを食べて三日間過ごしたので、食料品を少し買うつもりだった。だが考えた。父は警察へ行きたがっているから待った方がいい。今はコーヒーを飲んでおいて後で食べなおそう。ちゃんとした食事をすることもできるから。屋台のところを通って警察の方向へ歩いた。失踪した女性のことを聞いたかもしれない屋台店主たちが自分に彼女のことを聞こうとしないように、店主たちを見ないよう、あいさつしないよう気をつけて。だが彼らは、パヨサあたりの村々から来た人たちは気をつけて見ていた。

パン屋を通り過ぎて脇道へ入ったとき、ミケルの伯父、パヨサのフランセスが、彼の妻と近所の婦人と共に彼らの方へ歩いてくるのが見えた。ミケルはすぐ立ち止まって、彼らの方へ父を先に行かせた。父が彼らとあいさつを交わしているあいだ、彼は家の戸口に立っていた。伯父と伯母の顔は見えたが、最初のうち彼らの表情からは何も分からなかった。伯父はうなずくばかり、伯母と婦人は熱心に耳を傾けていた。だが、ゆっくりとではあるが伯父の顔が暗くなるのに気づいた。それはわずかな変化で、額にしわを寄せるとか口を動かすといったことはなかった。だがミケルにはそれで十分だった。伯父が話して頭を振り、伯母が口に手を当て、婦人が彼女を慰めようとする前に、母はパヨサへは着いていなかったことが分かった。そしていま伯父が父に訊いている様子から、伯母と伯父はまだ母の失踪に気づいていなかったことが分かった。ミケルは家の陰から出て彼らに会った。

パヨサへの道は二日間閉鎖になっていたと伯父が言った。たった一本の電話回線も機能停止した、と。見ていると伯父は息をするのが困難のようで、一言言うたびに苦しそうに息を大きく吸いこんだ、地面に目を落とし眉根を寄せて。

「あの日の雪の降りようと言ったら」彼が言った。「記録破りの速度だった、首までつかったよ」

母が何時に出たか、彼女を見たのは誰か、歩き出してからどれくらいで雪が降り始めたかなどが伯父に分かった。だが肝心の質問を控えているなとミケルは思った。どうして彼女が家を出たか、どうして彼らは彼女が出ていくのに気づかなかったのか、こんな危険な旅に彼女が何時に出ていったかも知らなかったのか、パヨサへ行く必要があったなら、ジープがあるのに何で歩いていったのかなど、伯父が知りたがっているのは明らかだった。伯父は彼らの目を探っていた。彼女は悲しみに沈んであるいは口論の後で家を出たことがだんだん分かってきて、伯父が黙って状況判断をすればするほど、父と自分はもっと責任があるようにしおれていなければならないのだと思った。

警察へ行って正式に彼女が失踪者であることを申告しなければならないという結論になった。そうすれば、何としてでも警察は全力をあげて彼女の捜索をしなければならなくなると伯父は信じていた。伯父は親切と賢明さで知られており、彼がその場を取りしきっているのを見てミケルは、問題があったら相談に行けるフランセスのような人物が村にいなくて残念だと母が嘆いていたのを思い出した。警察の近くまで来たときに、最初は目の片隅に、次いではっきりと、ジープの後ろにホワスとカステレットが二人の警官と一緒に立っているのが見えた。伯父も彼らを見たが、彼らのことは知らない様子だった。父は地面に目を落としたままだったし、ラ・セウの村人がいることは言わなかった。

デスクの警官は事件のことを知っている様子で、彼らに待つようにと言った。狭い廊下にはイスが二脚しかなく、五人はみんな座るのを断った。警官たちが出たり入ったりするので、そのたびに体をよけたり脇に寄ったりしていたが、そのうちにミケルの伯母と連れが、マーケットに戻る、後でパン屋わきの喫茶店で落ち合おうと言うとミケルが、マーケットで必要な買い物があるから一緒に行くと言った。自分が聞いていなければ父は伯父に実際に起こったことを話しやすいだろうと思ったのだ。廊下で待っていて気がついたのは伯父がハンサムで賢くて用心深いこと、彼と比べると父はちっぽけな村のちっぽけな田舎者に過ぎなかった。

みんなでマーケットに向かった。伯母が隣人の婦人に話しかけている様子から、ちょっとだけ彼女から離れて彼と二人きりになりたいのだと思った。彼女は起こったことを知りたがっているのだろう。

彼女の夫の、細部をすべて知らないでも辛抱強く全体を知る力というものを彼女は持っていなかった。友だちが去ったので、母が家にいた最後の数時間について完全な説明をなんとか聞き出そうとしていることが目に見えていた。なぜかは分からないのだがミケルは、彼女には言うまいと決心した。

自分と一緒に肉屋へ行かないかと伯母が彼に尋ねた。母がよく行っていたあの肉屋へ行くつもりなのだ。自分のこと、つまり弟が軍隊へ行っている若い男を彼らは覚えていて、母のことを訊くだろうというようなことに彼は心の準備ができていなかった。いったいどう答えたらいいのか。いま自分が共有している夢、店の前の長い列、買い物客、マーケットの屋台の世界はあまりにも明るくて、暗かったこの数日が何か意味があるとか、言葉にされる可能性すら締め出してしまうように思われた。一緒に肉屋へは入りたくはないが、後で予定通り父や伯父さんと一緒に伯母さんに会うようにしますと言った。

「何が起こったの?」彼女は店の外で彼に訊いた。

「分からないんです」彼が言った。「母は村を出て、パヨサへ向かって歩いていったんです」

伯母は憤激して大きく息をした。

「起こったのはそれだけ?」鋭い、非難がこめられた視線。

彼はうなずいた。

「私の家に辿りつかなかった」伯母が言った。

「母なしでどうしたらいいのか分かりません」ミケルが答えた。

伯母からそれ以上の質問を食い止めることができたことは分かったが、伯母の質問が続くのを防げる策略のつもりだった悲しみの調子が彼に襲いかかり、泣きだしてしまった。くるりと向こうを向いて伯母から歩き去った。手を顔に当てていたから誰も彼の涙は見えなかった。彼は振り返らなかった。

後ほどミケルがカフェへ来てみると、父と伯父はまだ着いていなかった。伯母は彼に冷ややかな応対をした。ミケルはサンドイッチを注文したが、これを食べるときにわしづかみにしてガツガツ食べたりしないで、少しずつ食べることに集中しなければならなかった。一つ食べたらもう一つ注文したくてたまらなかった。伯母の友人が姿を現して腰を下ろした。彼女は彼を好奇の目でじろじろと見ていた。

「さっきあんたを見たとき信じられない気がしたわ」と彼女が言った。「あんた、パヨサのお祖父さんとそっくり、それだけじゃない、何もかもお祖父さん似なのだもの。今あんたは私を見ているけど、その見方もね」

「私がお祖父さんに会ったときはもう老人だったけど」伯母が割りこんだ。「でも、みんなそう言ってたね。小さかったとき、あんたが何かするとあんたのお母さんはお祖父さんのことを思い出したんだよ」

「僕は会ったことないけど」ミケルが言った。

「幽霊に会うようなもんよ」婦人が言った。

「そんなこと母は言わなかったけど」ミケルが言った。

「主人がいたらねえ」婦人が続けた。「あんたにはびっくりすると思う。いま私から目をそらしたでしょ、それだって。きっとびっくりするわ」

「家族だからみんな似てるでしょうよ」伯母が言った。「それが自然だもの」

やっと父と伯父が着いた。警察からずっと無言で歩いてきたことがミケルにはすぐ分かった。父は非常に動揺する質問をされたらしく、誰にも目を合わさないでイスに座った。

伯父が説明した。警察が順序だって専門的な捜索を開始する。両方の村から捜索を開始する、つまり、母が出た村と彼女が目指した村の両方だ。家族や村人が協力する必要はない、無駄だという判断だと彼は言った。明朝夜が明けたらすぐに捜索開始、彼の意見ではこれは二日前に始めているべきだったのだ。だが、何もできないだろう、この捜索で何らかの結果が出ることを祈るばかりだと彼は言った。伯父がまるで警官になったみたいにしゃべっているので、なんだかおかしくなった。

坂道ではジープが立ち往生したり滑ったり、カーブでは危ないところをなんとか曲がり、凍った路面をゆっくり走って帰った。もうほとんど夜のとばりが下りていた。最初彼は家の前に停まっている三台のジープに見覚えがなかった。起こっていることがすべて目新しかったので、見慣れない三台のジープは珍しくもなく、取り立てて言うほどのことはなかった。そのうちに彼はそれが警察のジープだと分かった。ドアのところに立って彼らの到着をじっと見ていた二人の警官が彼らだと認識したようだった。帰宅を待っていたのであろうこの二人の警官は初めて見る顔で、うなずいて近寄ってきたがミケルたちには何も言わなかった。二人を家の中に入らせた。台所ではすでに、母が失踪した日の翌日にやってきたあの若い警官が無表情に窓際のイスに腰かけていた。電気をつけた。

彼らの家にこのあいだ来た年配の警官が下へ下りてきて、警察が家と下の納屋を捜索していると知らせた。二階の部屋の床板を踏みしめる重いブーツの音が聞こえた。ミケルが上へ上がろうとすると年配の警官が遮った。

「いけません」彼が言った。「お二人はここにいてください」

「二階にいったい何を見つけようというのですか」父が訊いた。

「お二人はここにいてください」警官はそう繰り返してあの若い警官がいる方にうなずくと若い警官は、行く手を遮ろうとするかのように立ち上がった。彼の目はこの前来たときほど生き生きしていず、髪の毛もあの時ほど輝きがなかった。見たものに全然注意を払わずにまったく落ち着いてミケルの凝視に答え、イスを取ってキッチン・テーブルに座ったミケルの父を彼は一度も見ようとしなかった。

年配の警官が家を出ていき、間もなく納屋の一つから物音がした。古い大きなドアがこじ開けられているのだろう。何が起こっているのか見ようとして窓辺の方へ動こうとすると、あの若い警官が無言で動かないようにと押しとどめた。

「わしたちは拘束されてるのか？」父が訊いた。

警官は彼を見ず答えもしなかった。目をミケルにそれから父に向けた。その表情に敵意はなく、容赦なく空虚であるという理由だけのためにそれは強力だった。意図的に不動のその顔は重い白いお面のようだった。彼はまだ彼らに話しかけていなかったが、彼の声とかアクセントが聞けたら彼のことが分かりすぎることになっただろう。窓辺へ行ってはいけないと言われたがミケルは心配しなかった。自分たちは別に拘束されているのではなかったし、おそらくホワスとカステレットが言いだしたのだろうが、家と納屋の捜索はルーチンにすぎない。若い警官は彼の動きを阻止したが、おそらく彼自身の権威というよりは臆病から、彼の上司への恐怖から出たものだろう。三人はそこにいた。父がドスンとイスに腰かけ地面をにらんでいた。ミケルと警官の視線が絡み合い、それから離れた。しばらくしてまたチラッと見合い、ミケルは彼の体にサッと目を走らせた。ミケルの視線の動きを彼は受容でも無関心でもない、ちょうどその中間くらいで受け止めた。ミケルが立ち上がってまた窓辺へ行った。警官は肩をすくめたが動きはしなかった。

ミケルが見ていると、いま家の前に七、八人の警官が集まっているところへホワスとカステレットが加わった。しかし彼らも納屋にいたとすれば、どの方角から来たのかは分からなかった。彼らの普段着は、よそ者である警官たちのあいだで彼らが持っていると見えた権威を傷つけるものではなかった。今ジェスチャーを交えて話しているホワスに彼らは注意深く耳を傾けていた。ミケルの父も窓辺に来て彼らを見ていたが、父はラ・セウで彼らに気づかなかったから、いま彼らがドアの外で警官たちと一緒に立っていることの重要性は分からないだろう。明らかに信頼された立場に身を置くためにホワスたちは何を言ったのだろうとミケルは思った。やがてあの若い警官に合流の指示があり、無言のまま彼は去った。三台のジープも行ってしまった。後に残ったホワスとカステレットは雪の中をゆっくりと村へ歩いていった。

彼と父だけになった。ミケルは思った。隣人たちは彼らの近くへやってこようとはしないだろう。捜索は警察がやるから彼らは必要とされることはないだろう。また彼は思った。ジョルディに手紙を書かなければならない。だがその手紙は、父と自分が言うことすらできなかったことを言わなければならなくなる。ジョルディはそんな手紙を受け取ったら、許可が出ようと出まいと家へ帰ってこなければならなくなる。それに、たとえ許可が出てもせいぜい数日だろう。ミケルは想像した。彼が家へ帰る、でも家には何もない、あるのは空虚と無言の父。何もすることはない、訪れる墓もないし触れるべき骸もない、運ぶ棺もなければ周りの者からの慰めもない、あるのはただ凍れる風景と溶けない恐怖の日々だ。

手紙に対するジョルディの反応は浮かんでこなかったが、手紙を読んだ彼がどこにいようと大急ぎで彼らのもとへ急ぐさまを描いてみようとした。小さい頃からジョルディはけがをしたネコ、びっこの犬、腹を空かせた動物を見るとパニックに襲われた。子どものジョルディに、野良犬や隣人たちのネコたちと仲良しにならないようにさせるのは大変だった。ハンターたちが森でイノシシを撃って血の滴(したた)る殺したイノシシを村に運んでくるときは、彼は外へ出るのを禁じられた。軍隊へ入ってからは、彼らのことは無論だがクルアをひどく恋しがった。実をいうとこの犬はミケルにも父にもありがたくない存在だったが。母が失踪したとか危険にさらされているなどということは彼にはたまらないことだ。彼女が姿を消してどこか遠いところで深い雪に埋もれているなどという事実を今はとても伝えられない。だが同時にミケルは、彼に言わないこと、このことが起こらなかったかのようにしておくということは、裏切り以外の何物でもないということも分かっていた。

食事をしているとドアをノックする音がした。父と息子はギクッとして顔を見合わせた。ミケルが戸口へ出てみるとジョセプ・ベルナットだった。手に何やら包みを持っていた。ベルナットは二日間の捜索にも加わったが、後方にいたので誰にも気づかれていなかった。中へは入らないと言った。女房がパンを焼いたのでね、それと食料品が少しこの袋に入ってる、役に立つとうれしい、と。ミケルが礼を言うと彼らにちょっと会釈し、すぐ去っていった。

ベルナットが毎晩来るようになった。缶ミルクとか新鮮な野菜とか、なんだか訪問する口実にものを持ってくるような感じだった。ミケルが一人で捜索に行くようになった。ときどきサンタ・マグダレナの向こうまで足を延ばして軍用道路に沿って進んだが、道路は凍りつく低い温度で雪が凍てついていたから、足元はよくよく気をつけなければならなかった。その頃からベルナットは、どこを探せばいいかについてアドバイスやアイデアをいっぱいくれた。内戦以後にこの地区で発生した死、特に自殺や不慮の事故死のことは全部知っている様子だった。もう十二年前のことになるが、セニョーラ・フルビアが――「旦那さんはまだ存命だったね」――雪に転落した一件は彼の十八番だった。「彼女の家族は彼女が横たわっているところを二ヶ月、毎日通っていたんだ。だけど絶対日の射さない場所で雪に覆われて、結局雪が解けるまで彼女はそうして眠り続けていたというわけだ」それから、英国人の女――「画家だったがね」――と結婚した男の話。パヨサ近くの道路で運転していたジープが脱線して、子どもを一人ひき殺した。

「本当に残念だ」ある晩彼が言った。「最初の日の夜、ジープでもっと行ったらよかったんだが。あの人を見つけられたかもしれん」

ミケルの父がうなずいた。

ミケルは、母がどこにいるか、いつどのようにして発見されるかということについてのベルナットの正直な意見に関心があった。だが、そのものズバリの答えは得られなかった。ベルナットが家へ来た夜、彼の話に耳を傾けていたがそのうちにミケルは、急に雪解けになったらそれが彼女には一番危険だということへ話を持っていった。なぜなら、遺体発見は難しいがそのあいだにも鳥や野獣の餌食になる可能性は大きいから。ベルナットもそうだと言った。そしてちょっと考えていたが、父が部屋を出ていくのを待ってから言った。警察がしらみつぶしに探したのに見つけられなかったのだから、彼の考えでは春の完全な雪解けまでは無理だ。雪が解けたら一日中空を観察していて、ハゲタカを見つけたらすぐさまジープに乗り、ハゲタカが旋回しているところへ飛ばす。そこにお母さんはいる、そう彼は言った。

4

二人とも料理ができなかった。父は料理をしようともしなかった。それなのに同じものばかり食ってるとこぼした。卵ばっかりだ、と言った。ハムばっかり。ミケルは米を料理してみたのだが、粒々がいっぱいで固かった。水を入れるのが少なすぎたのかそれとも多すぎたのか分からなかった。ジャガイモをゆでたらドロドロに溶けてしまった。パンはベルナット頼み。村に店がないのにどうやって母はシチューの肉を見つけて、いろいろな料理を作れたのか分からなかった。レンティルを料理したときなど、父は皿に載っているまだ熱い料理をニワトリのエサ入れバケツに放りこんでしまった。

緩やかな速度だったがめんどりが生む卵の数が少なくなり始めた。それからウサギが次々と死んだ。母の失踪した頃は確かにあまり世話してやれなかったが、めんどりとウサギに餌をきちんとやるようにした後も状況は改善されなかった。汚れがひどいから卵をあまり産まなくなったのかと考えて、一日使って鶏小屋を掃除したのだが、ゴミの中に割れた卵の殻がいっぱいあるのを発見して、めんどりは産んだ卵を食っているのではないかと疑った。村に誰か訊ける人がいるといいがと思ったのだが、それが仮にベルナットでも父が反対することは分かっていた。

　ウサギが死ぬようになった頃だが、不思議だと彼が思ったのは、檻の中に虚ろな死んだ目の今は硬直して無意味となったウサギの死体が転がっているのに、ほかのウサギは満足している様子で、行動もいつもと変わらないことだった。役に立たなくなった死体を納屋の後ろにそっと埋めてやった。目下の明らかな問題のほかにも家の問題があるということを、彼は父に知られたくはなかった。

　しばらくすると大きな茶色のウサギだけが生き残った。白いのがどんどん死んでいく一方で、彼らはますます太りますます元気になっていった。ミケルはウサギの檻を清潔に保つようにした。父は全然知らん顔、もうこの頃では朝鶏舎に卵が一個でもあればいい方だったが、卵料理が出てこないのは自分が飽きたと言ったからに違いないと父は思っているのだろう。何を食べても喜ばなかった。塩漬けハムと、トマトとオイルで柔らかくしたパンが好きになった。それもちゃんと決まった食事時間に食べるのでなく、食べたいときに食べるようになった。食べずにテーブルに残されたパンの耳をクルアにやった。

　ある日父が台所へ入ってきたとき、ちょうどミケルはベルナットの女房が彼にくれたソーセージと豆を食べているところだった。

「明日、ラ・セウへ行ってくる」父が言った。「ウサギ何匹かと卵を売りに行ってこようと思う」

　ミケルは不安そうに目を上げて父を見た。

「ウサギは死にかかってるよ。どうしたらいいか分からないんだ。めんどりは卵産まなくなったし」

「何をしたんだ？」父が訊いた。

「女じゃないからね、全然分からない」

「お前は家政婦じゃない」そう言って父はちょっと一人笑い。「な、そうだろ？」

「どうして自分で世話しないの？」ミケルが訊いた。

「わしはやらん」父が答えた。「死んだウサギだと！　それを知ってる村の者はいるのか？」

「いや」

「それはいい。卵がないんだな？」

「棚のボウルに一つ入ってる」

「記念にとっとかなきゃ」

ミケルは父とラ・セウへは行かなかった。晴れ渡った空の日が二日続いたから雪も少し解けただろう。午前中にサンタ・マグダレナに着き、軍道でどこまで行けるか調べるつもりで双眼鏡を持って早朝出発した。軍道の一部分がまだ雪に埋もれていることは分かっていた。ひなたを歩いていると暑い、ときどき暑すぎてコートを脱がないではいられなかった。一、二時間その狭い道路に沿って歩いた。いつも一緒の父から解放され、いたるところに母の刻印のある空っぽで暗いむき出しの家から解放された。そう思うとほとんど幸福な気持ちになった。恐怖はただ一つ、深い雪のつくり出した限界を発見して結局戻らなければならなくなることだった。サンタ・マグダレナまでの道は、村人が言っていたよりずっと雪は少なかった。完全に解けているところもあちこちあり、何か見えないかと双眼鏡で見てみた。彼らから絶望的逃亡を母が企てたのは特にまずい時間であり、まずい日だった。もう一時間早く出発していればパヨサへ無事着いただろうし、もう一時間遅れて出たのなら、ここから先へは行けなかっただろうから引き返すしかないことは分かっただろう。最悪の時間の餌食になったのだ。軍道の下に続く坂の雪の下のどこかに母は横たわっているのだ。絶対そうだ。彼は雪の下を調べたが木の切株のほかには何もない、ただ一面の銀世界が広がっているだけだった。

軍道の雪が全然解けていないことは不思議だと思った、ここまで歩いて来た道と同じ太陽の光を浴びていたからだ。ただ、軍道は風にさらされ、道の両側とも木とか下生えもなく山へと切りこまれていた。いたるところから吹きつける雪が道に積もり、地理の分からない、あるいは冬がどういうものか分からないよそ者がつくる轍に降り積もった。雪はすぐに彼の膝の深さに達し、一歩進むのに大変な努力を要し、ひと足引きぬくのにはもっと努力を要した。

引き返した。ぬかるみ道をテクテク歩き続け、何マイルも歩いてやっと村へ着いた。父が家で何かするようにしてくれるといいなとミケルは思っていた。火をつけることでもいい。ラ・セウから食料品を買いこんで父が戻ってくる。買いこみすぎるか買うのが少なすぎるかの父のことだ、キープしておけもしないのに何キロも肉を買うとか、一食分のソーセージだけ買うとか。大いにありだな。

父は帰っていなかった。これは驚きだった。朝早く出たのだし、何も大してすることはなかったはずだから。おそらく警察へ行ったのだろう、でも、ミケルが考えてもそれは意味がなかった。パンがなかった。ポテトと、父が記念にとっておこうと言った卵を揚げて、暖炉に火をつけた。この頃は母のことを考えると後ろめたさで感覚が鋭敏になった。それはわざと何かほかのことを考えることによってのみ抹消されるのだが、すぐまた密やかに忍び寄って心を責めさいなむのだった。この何年間、こんなふうに台所へ入ってくるなどふだんはしなかったことを後悔した。母が料理しているところ、火をつけるところを見ても手を貸そうとしたことはないし、一緒に話をするということもなかったのだ。彼女の失踪の前日もっと勇気を出して、父が捨てたものを自分が元通りにすると言うべきだったということも分かった。彼は無理やりにでも父に、ただもう酒を飲みたくてたまらない、そんな状態の母を一人ぽつんとほっとかないようにさせるべきだったのだ。自分に勇気があったら、母が失踪するのは防げえただろうということが分かっていた。

その夜遅く家の前にジープが停まるのが聞こえた。この夕方彼はずっと暖炉の火を見つめて、ここを去ることを夢見ていたのだ。ちょうど母がそうしたように突然行方をくらます、でもラ・セウを目指すんだ、さらにレリダさらにバルセロナへ、いやもっと遠くへ、そして二度と姿を現さないんだ。弟に二度と会わないというのは、自分が手に入れる新しい自由に払うにしては高い代償だが、どこかでまた会うこともできるし、ジョルディも出ていくかもしれないし。母の失踪と死に対する彼自身の責任を熟考しながら、暗闇に吹きすさぶ風に運ばれてくる、魂に入りこもうとするうしろめたさを慰めていたのだ。

外で声がした。父が村人を乗せてやるなんて妙だ。日増しに仲良くなってきていたベルナットがラ・セウから一緒に旅してきたのか、あるいはどこかほかのところで拾ってもらったのかもしれないな。家の外の道にできた薄氷を踏む足音がしたが、彼は動こうとしなかった。ジープの荷物を運んでもらいたければ頼めばいい。台所に入ってきた父は優しく温かく彼に微笑んだ。袋をいくつも運びこんでいる父の後ろから、青白い顔の若い男がついて来た。背はミケルより低いががっちりした顔つきで、まだ二十歳になっていないだろう。男も袋を下げていた。絶対会ったことはない男だ。青年はミケルの方をチラッと見たがにこりともしなかった。ミケルはそこにいるのは自分だけだというように注意を火に注ぎ、カゴからまきを二本取りだして暖炉に整然とくべた。

「腹が減った」父が言った。「飯食ってない。ここにいるこのマノロが夕飯を作る」

マノロがミケルの方を振り向いたが、ミケルは暖炉の火をかきたてたりしていて何も言わなかった。

「僕はもう食べたから」ミケルが言った。「でももう少し食べてもいい」

マノロの目は黒、髪は漆黒。彼はまず食器棚を開けて中を調べ、ジープから持ってきた袋の中の包みを全部そこへ入れた。

ソーセージと豆と新鮮なパンの夕食をとりながら話を聞いていて分かったのは、ミケルの父はパヨサの義兄の隣人たちに出会って、彼らに自分の苦境を打ち明けたということだった。父はこう説明した。家のことをしてくれる者が必要なのだが、女の寝る部屋がないから見つかるわけがないし、近所にも適当な女はいない、と。するとパヨサの人たちがマノロがいいと言った。孤児のマノロは、春と夏はそのあたりの農場に住みこみで働くのだが冬は仕事が少ない、家事はうまくてやりたがっているし、いま住みこみのところは口減らしをしたがっていたのだ。すぐさまミケルの父はパヨサへ行き、マノロと雇い主を見つけ出すことにした。雇い主は彼を解雇することを即座に承諾した。

「で、俺はこいつをジープに放りこんだというわけだ」父が言った。「料理ができるって言ってるが、すぐそれは分かるな」

父は何か意味ありげなふうにマノロに微笑みかけたが、マノロはそれには答えず、ミケルをまじめな顔つきで見た。父の言ったマノロ発見のいきさつは、動物か米袋を買う話みたいだということがミケルにははっきり分かった。マノロもこれを知っていて、父が上機嫌でしゃべればしゃべるほどだんだん気が沈んでいくようにミケルには見えた。

食事をしていてミケルは、自分があまりしゃべっていないことに気づき、彼がしゃべらないことでこの新参者をさらに意気消沈させているのかなと思った。

「父さんはモンスターだよ」彼が言った。「ついてきたのは大間違いだね」

彼と父が笑いだしたが少年は黙りこくったままで、二人が笑えば笑うほどますます悲しそうになっていくようだった。食事を終わるとすぐ彼はテーブルを片づけ始めた。鍋に水を入れてコンロにかけ、何日もほっといてあった皿を積み重ねてから洗った。ミケルは暖炉の前の自分の場所にまた戻った。父はテーブルに座ったままだった。

「シーツや毛布はあるかな?」父が訊いた。

ミケルは肩をすくめた。母の失踪以来シーツは替えてなかった。寝具戸棚にしまってあるシーツは使う前に風に当てた方がいいのかどうか分からなかった。

「とにかく」父が言った。「ジョルディのマットレスは風に当てよう」

「あれを物置へ運んでもいいんじゃない?」ミケルが訊いた。

「あそこは窓が割れてる」父が言った。「凍えてしまうぞ」

「僕と一緒の部屋はいやだよ」ミケルが言った。

マノロは彼らに背を向けていたが動きをやめ、聞こえないふりをしようともしなかった。

「今夜はあそこにしよう」父が言った。「シーツと毛布の場所はわしが教える、後は自分でやるだろう」

ミケルはため息をついて火にじっと目を注いだ。目を上げると、マノロはストーブと流しの仕事を続けていた。テーブルを拭きに行ったときもミケルを見ようとしなかった。ミケルが寝室へ行くまでに父はもうマノロに場所を教えて、シーツと毛布と枕を運ぶのを手つだってやっていた。ミケルが寝室へ入るともう足の踏み場もないくらいぎゅうぎゅう詰めだった。マノロは毛布を一枚一枚丁寧に広げ、それをベッドにきちんと広げた。ミケルが入ってきても見ようともしなかった。ドアを閉めたときやっと目を上げたが、挨拶もせずに仕事を続けた。ミケルは突っ立って見ていた。やがて彼がベッドを整え終わり、ミケルは服を脱ぎにかかった。

ミケルがベッドに横になっていると、マノロが小さなスーツケースの中を探っていた。これはマノロが持ってきたたった一つのバッグのようだった。着替え一つ分ほどのスペースしかないバッグ。マノロがセーターを脱いだ。シャツの背中にほころびがあり、袖口と襟のところもかなりほつれていた。階下で彼は何か腐ったような臭いがするのに気づいていたのだけど、いまマノロが靴を脱ぐと強烈に鼻をついた。マノロがズボンを脱いでそれをイスにかけたときに気がついた。いま少年は靴下を脱ぎにかかっていたが、その臭いは彼のソックスからだということに気づいた。彼のベッドの下の床にソックスをおき、電気を消してもいいか許可を求めてミケルを見た。

「靴と靴下を部屋の外に置いてくれる?」ミケルが訊いた。

そうすることが反対だというそぶりも見せずにマノロはうなずいた。うつむいてソックスをとり、向こうに置いた靴を取りに行ったときミケルは気がついた。マノロはパジャマを持ってないしパンツもはいてないんだ。古いシャツ一枚で寝るんだ。靴とソックスを外へ出してドアを閉め、明かりを消してベッドへ戻った。どちらも暗闇で無言のまま横たわっていたが、マノロはすぐぐっすり寝入ったようだった。

ジョルディに手紙を書こう。話題には事欠かないな。母さんが消えた、死んだ、氷におおわれて眠る、雪解けになったらハゲタカに注意して、奴らが見つけないうちに母さんを見つけなきゃならない。お前のベッドに、黒髪の黙りこくって悲しそうな顔つきの男の子が寝てる。ほとんど着のみ着のままで、女の仕事を喜んでやるみたいだ。僕の横で寝てる。軽く規則正しい寝息が聞こえる。朝になったらこの子の寝場所を探すつもりだ。

5

毎日できるだけ遠くへ足を延ばした。雪は軍道に沿って解け始め、サンタ・マグダレナに続く道路あたりではもう雪はなかった。目的によって毎日時間はまちまちだったが、ミケルは用事を父とマノロに任せて出かけることはしょっちゅうだった。父はジョセプ・ベルナットのために石切りをやり始めていて、家を空けては仕事をしていた。マノロは懸命に働いた。料理、洗濯、掃除、必要なら家畜の世話もした。

雪解けが続いた。ミケルの伯父がパヨサからやってきて、村からの道沿いにサンタ・マグダレナまでジープを飛ばし、そこから軍道沿いにミケルと歩いた。周辺の土地は深い雪に覆われていたが、その辺はもう雪はほとんどなかった。彼はジープから何度も降りてミケルの双眼鏡で景色を調べた。ミケルが彼にベルナットがハゲタカについて言ったことを話すと、彼はそうだと言った。ハゲタカを待つ、奴らから目を離さないことだ。そして、温度が上がり次第彼女の遺体を発見したい、そう彼は言った。パヨサにハゲタカはまだ来ていない。ソルトより高いところにはまだ来ていない。奴らが旋回し始めたら本格的な春になったんだ。

家へ来てマノロと向き合ったフランセスは、彼を抱きしめて温かい言葉をかけた。ちょっと離れたところからミケルが見ていると、マノロが微笑んでパヨサの人々や出来事について尋ねていた。マノロが彼らの家へ来て以来こんなに元気だったことは初めてだった。

外へ出た伯父が帰り際に彼に言った。マノロの父親は拘留されていて戦争終結時に銃殺されたのだ。彼の母は彼を身ごもっていた。マノロを産んで一年で母親は亡くなった。結核で亡くなったのだが、夫の銃殺も衝撃だったのだと伯父は思っていた。マノロは父のいとこたちに育てられやがて働くようになった。パヨサのあちこちの家で住みこんで働いたが、中には彼を酷くこき使った者もいた。大変悲しい話だと伯父は言った。マノロの父親は戦争にはほとんど参加していなかった、ただ運が悪かっただけだ。マノロがここで今までより幸せになるといいが。伯父の話しぶりには、彼とマノロが友だちになっていないことが明らかだということがほのめかされていた。その夜ミケルから、ジョルディのシャツ、パンツ、ブーツ一足をもらったマノロはびっくりしたようだったが、感謝していた。大事に使いますと彼は約束した。

天気が悪くなった。また雪が降り、二日二晩吹きまくった風が表面の雪を舞い上がらせ、ほこりみたいに一面舞い飛んだ。ミケルと一緒に家畜の世話を終えるとすぐ、父はベルナットの納屋へと姿を消した。昼飯を食べに戻り、終わるとまたすぐ家を出ていった。父は新しい仕事が気に入って幸せらしく、テーブルに着くやいなや冗談を言ったりして上機嫌だった。

天気が悪くて外で仕事ができない日々、ミケルはずっと台所にいてマノロに話しかけた。どこで料理を習ったのかとかめんどりの餌のやり方など訊いたが、マノロは行儀正しい控えめな答えをするだけだった。マノロが話をしたくないのは明らかだった。黙々とまじめに従順に家の仕事をした。ゆっくりとだが、彼が世話をしているうちにめんどりがまた卵を産むようになってきたしウサギも繁殖するようになった。彼らがマノロにご飯を一緒に食べようと言ってもそうはせずに、ストーブのところで立って食べた。食べるのはいつも彼らの食事が終ってからだった。そんなことする必要はないとミケルが言っても、靴とソックスを部屋の外に出してから電気を消すのだった。クルアにちゃんと餌をやるようにしていた。だが、愛情こめて彼についてこようとか飛びつこうとかしようとすると、クルアを押しとどめた。

父が冗談でマノロに、あんたはいい女房になるなと言った。スカートだよ、スカートはかなくっちゃな。夏はあっちこっちの祭りをハシゴして秋には結婚式だ、と。こういうことを言われてもマノロはにこりともせず黙々と仕事をした。これがだんだん父の定番ジョークになった。

「ああ、スカートがいるな」そうよく言ったものだ。「この国一番の女房、同い年の女の子の誰にも負けない素晴らしい女房だ。お前さんは女の子だろ、え？　男の子のふりしてるんだろ」

ある日のこと、食事中に一度ならずこういうことが言われ、まるでマノロを愚弄しているみたいだった。とそのときだ、マノロがテーブルに近づき、ミケルの父の前に立った。

「それをもう一度言ったらここを出ます」

父はイスを後ろへ押しのけてマノロを見上げた。いつになく青ざめた顔のマノロ。

「そんなつもりじゃなかった……」父が言いかけた。

「本気で言ってるんだ」マノロが言った。「今度言ったらここを出ます」

「別に怒らせようと思って言ったんじゃない」

「じゃ、もう言わないでください」

「生意気になってきたな」ミケルの父が言った。

マノロはストーブのところへ戻ると彼らに背を向けたままでいた。自分の顔の表情と格闘する父。父は冗談に紛らす方法を探そうとしていたが、マノロが彼にすべての逃げ道を閉ざしたことを悟った様子だった。少なくともミケルにはそう見えた。

「ここで幸せじゃないのか？」父がマノロに訊いたが、マノロは向こうを向いたまま黙っていた。

「訊いてるんだ」父が言った。

「僕が女の子だなんて言わないで」マノロが向こうを向いたままで言った。

「お前が女の子だなんて言ったことはないぞ。いつそんなこと言った？　そんなことを言ったことがあるか？」父が言った。

マノロは答えなかった。

「聞こえないのか？」父が訊いた。「いつお前が女の子だと言った？」

マノロが背中を丸め、泣きそうだった。あいだに入って仲裁する方法を見つけられない自分の無力感から、母が家を出る前の日を思い出した。あの時より残酷な今の諍いをそのままにしておくことはできないと彼は思った。

「もういいじゃないか」と彼は父に言った。「さあ座って!」

父はどうしたらいいのか分からなかったのだ。もうさんざんトラブルを起こしたじゃないかと言おうと思ったがぐっと抑えた。抑えてよかった。父は床に目を落として突っ立っていた。マノロは何事もなかったかのように皿を集めにかかった。ミケルはじっとして、父に息遣いすら聞こえないようにしてそっとそこにいた。何もしないでいること。やがて父は大きなため息をつくと台所を出て、ベルナットの仕事に戻っていった。テーブルにマノロが戻ってきた。ミケルが微笑んだ。マノロはほんのちょっと微笑を返した。だが、そこはかとなきほんの一瞬の微笑だったので余計に強烈だった。

その晩寝室でマノロは初めてミケルに話しかけた。靴とソックスを部屋の外へ置き、明かりを消してベッドにもぐりこんだ。

「風はもうすぐ止むでしょう」彼が言った。

「毎日ひどくなるよ」ミケルが答えた。

「よく夜に泣きますね」マノロが言った。「大きな声じゃないけど聞こえます、ときどき」

「そう、知らなかったよ」ミケルが言った。

「怖い夢でも?」マノロが彼に訊いた。

「いや、特別なにも。弟がここにいる夢、二人がもっと若かった頃の夢をよく見るんだ」

「大きな声じゃないけど泣きますね、ほんのしばらくだけど」

「泣かないようにするよ」

「いいんですよ」

二人はミケルの母の失踪のことや、どうやって見つけられるのかなどについて話した。マノロは小声で、すべてを非常に気をつけて考えているようだった。ミケルは彼に、ジョルディは母の失踪のことを何も知らないということを語った。彼から手紙が来た。ヴァリャドリドにいると書いてあった。その手紙に父が、こちらは何もニュースはないと書いたということも。マノロは何も言わなかったが、寝たのではなくいま言われたことの重みを計っていたのだ。

「お父さんは間違ってますよ」彼がやがてそう言った。

「そうだよ」ミケルは言った。「でもね、ジョルディに打ち明けるの僕はいやだね。僕は勘弁してもらいたい。起こったことを手紙にどうやって書けばいいんだ?」

マノロは何も言わなかったが、彼の沈黙の性質からして彼がはっきりとある判断を下したことが分かった。黙って横になっていた。そのうちにマノロはぐっすり寝入ったようだった。

彼もしばらく眠ったが風の音で目が覚めた。激しく吠える風、まるで土台もろとも引っこ抜いて屋根を吹き飛ばす、窓をぶち破り、眠る人々を引っさらって飛ぶ勢いだった。吹きすさぶ風の音とマノロの平坦な寝息。もう眠れなかった。まもなく納屋のドアがバンバン鳴りだした。どのドアか分かる。もっと早くドアに石のつっかいをして固定させなきゃいけなかったんだ。闇の中で服を取り、下へ下りていって着た。こうすればマノロのじゃまにならない。ブーツは玄関口だ。

また雪だ、いたるところから雪がふりこんでくる。風をよけようと手を額にかざした。トーチはなんの役にも立たなかったが、ゆっくりと下の方へ歩いていく。凍った地面の上にまたたくまに新しく雪が積もる。バンバン、ドアが打ち鳴らす音。ミケルは前に使ったことのある石を見つけてドアをしっかり固定させた。戻ろう。

6

それから数日は太陽が輝いたが風は相変わらず吹きまくっていた。ミケルはまたいつもの経路に戻った。サンタ・マグダレナまでは楽だがここからは、新たに雪が積もって景色がすっかり変わっていた軍道に沿って歩いた。ある日のこと、あと三十分くらいで村に着くというところでマノロがこっちへ歩いてくるのが見えた。パン、ハム、ビスケットなどを持ってきてくれたのだ。おかげで残りの旅はすっかり変わったものになってミケルはびっくりした。明るい気持ちになって、マノロが彼を迎えに行こうと考えてくれたことがうれしかった。翌日家を出るときマノロにまた迎えに来てくれるかと訊いたら、マノロが行くと言ってくれた。そのつもりだったのですと彼が言った。ストーブのそばにマノロが立ってこういうことを話している場面の方が、父やジョルディのことや、母の遺体はどこで見つかるかということを考えることよりずっと彼の心に残っていたのだ。

彼の父はベルナットと仕事をして金を儲けていた。話すことと言えば石工仕事の拡張のことばかりだった。彼は毎週マノロに少額の金を払うようになったが、これで彼は台所にいるとき陽気になった。このことでマノロには特別な変化は見られなかった。マノロが来て一ヶ月経った頃のある土曜日の晩ミケルの父が、今夜は風呂に入るのだと言った。わしたちは人間だからもちろん野生の動物とは違うにきまってるが、うちは村のよその家庭と違って定期的に風呂に入る。だいたい二週に一度だが、このところ家に起こった不幸のためにこのきちんとした入浴がおろそかにされていた。この良風を復活させねばならん。

父はマノロに胴体の長いピカピカの真鍮湯船の置き場所を示して、みんなでそれを台所へかつぎこんだ。マノロの仕事は、大きなポット一つ、鍋二つに水を入れて沸騰させること、これと冷たい水を混ぜること。これで彼の入浴には十分だ。次にマノロは水をもっと沸かして、一人目が終わったら、使った湯を少し捨てて新しい湯を足す、これでミケルとマノロの風呂には十分だろう。そして最後に、水は犬に飲ますんだと大変愉快そうに言った。風呂が済んだらみんな、清潔な下着と服に替えるんだ。

マノロも風呂に入っていいんだと父が思っているのでミケルはびっくりした。以前は、ミケルとジョルディが湯を沸かしたり入れ換えたりしているとき母は外に出ていた。最後に母用に沸騰させた湯を準備して、完全にきれいにした湯船に湯を張り、イスの上に特別なせっけんとスポンジを置いておいた。タオルも特別なヤツ。彼らは二階に上がった、彼女が完全に自分一人だけの時間をエンジョイできるように。

ゴーゴー火が燃える暖炉の前の物干し台に、マノロがタオルを三本かけた。シャッターを閉め、鍋の湯が沸騰するとそれを湯船に注ぎ、また鍋に水を張った。大きなポットの湯が沸騰すると父が服を脱ぎだした。ミケルは部屋を出た。できるだけ父にプライバシーを与える、これは彼がいつもしていたことだ。マノロが裸の父と二人きりになって父の世話をするというのも変な話だが、マノロはすべてを取り仕切り、自分のすることで文句が出るというようなことは一切ないよう気をつけていた。

彼が台所へ戻ってくると父が、だいたい終わったよと言ってまもなく湯船に立ち上がり、マノロがタオルを持ってきてくれるのを待っていた。裸の父を見たのはこれが初めてだった。思ったよりもずっと力強い長い脚。ペニス、その下に隠れている、ペニスより大きくてもっと生々しい睾丸。まるで展示物でもあるかのように父は、電気の明かりの中で体を拭いていた。マノロがかいがいしく手伝う。足元にマットを敷き暖炉に細いまきをくべる、同時にミケルの風呂の準備にかかる。

父が部屋を出るとミケルはパンツ一枚になり、湯加減を見てパンツを脱ぎ、半分は父の残り湯、半分フレッシュの熱い湯の中に身を沈めた。ジョルディがいた頃二人は冗談を言い合ったものだ、父さん湯船の中へ小便したかも、ミケルもするんだろ、とか、もうしたんだろとか。ジョルディは、みんなの小便いっぱいの風呂につかることになるって。ジョルディはひるんで、きれいな熱いお湯でなきゃいやだと言った。するとミケルに言われた、お前は一番下なんだから我慢するんだと。

マノロがこれを面白いと思うとはミケルは考えなかった。体を洗っていると、マノロが自分の風呂用に湯を沸かしだした。湯につかったときマノロが自分を見ているのに気づいた。ミケルが体を洗っているとマノロがすぐ近くをウロウロしていた。二階で父が動き回るのが聞こえた。彼が終わるまで父は戻ってこない。湯船に立ちあがるとマノロが温めたタオルを持ってきた。暖炉の火の前で震えながら立っている彼の体。マノロが背中、首と体を拭いてくれる、強くゴシゴシと。それから彼にタオルを渡した。後はミケルが自分で拭いた。

マノロの湯が沸いた。残り湯を少し捨て、鍋と大きなポットから熱い湯を注いだ。ミケルは座って着替えた。マノロは彼に背を向けて脱いで、裸になるまで彼の方を見なかった。彼の肩は寝室で見たよりずっと広く、肩と背中の筋肉は思ったより発達している。胴体と尻に毛はなく、太短い脚は黒い毛でおおわれていた。ほとんど優美と言ってもいいほどゆっくりと湯船に近づいていく、自分に注がれているミケルの目をはっきり意識して。

7

父は毎日ジョセプ・ベルナットと出かけたのでミケルはマノロに言った、もし時間があるならもっと早く来ていいよ、そうすれば自分も一人で歩かなくていいし、と。マノロが自分のランチと水を持ってくれれば、日当りのいいところで一緒にご飯を食べられる。夜、寝室へ行ってマノロと二人だけになり、寝る前に彼と話をするのが楽しみになった。

この頃のことだった。ある日の帰り道、尾根や土手にどれくらい雪が積もっているか見ながら歩いていると、サンタ・マグダレナの上の方の森から銃を撃つ音がした。立て続けに撃つ銃声が遠くの丘にこだまして、どっちの方角から来たかは分からなかった。ジープいっぱいの男たち――ホワスとカステレットもその中にいた――がこの日の朝自分の横を通り過ぎたこと、トレーラー付きの空になったジープが、サンタ・マグダレナの庵に駐車しているのを見たことをミケルは思い出した。

銃声がすべてをひっくり返したようだった。小鳥たちはあちこちへ飛び去った。生き物はみんな怯え、パニックになって隠れ場所を探した。彼とマノロは立ち止まった。今度は四、五回銃声が響いた。急に涙があふれ、彼は必死にこらえた。母が死んだ場所で気楽に狩りをやっているんだ。母が白一面のこの広がりを前に、進む道だと勘違いしてここで道から外れたのはありそうなことだ。犬が母の匂いを追跡し、死体をなめるなどして母が見つけられることをミケルは望まなかった。銃声が続き彼は足を速めた。マノロは後ろから気乗りしない様子でついてきた。どうして彼らの方へ戻るのか訊いてもミケルは答えなかった。ほんの一瞬だったが、母が恐怖に満ちて、撃たれまいと必死で彼らから逃げてくる図が眼前に浮かんだ。教会裏のスロープを上がっていると叫び声と犬の吠える声が聞こえた。同じライフルからさらに三発、一発ごとに一瞬の決定的時間があった。叫び声と泣き声が聞こえたのでミケルが急がせる合図をしたとたん、叫び声がして立ち止まった。

「ああ、あんたか！」ホワスの声だった。「早くここから逃げろ！　撃ち殺されたいのか」

「ここで何をしてるんだ」ミケルがどなり返した。「どうしてほかのところでやらないんだ」

「イノシシ撃ちだ、男の仕事さ。あんたもあの子も、早く道へ戻らないと大後悔することになるぞ」

マノロがミケルのジャケットを引っ張って、一緒に来いと合図した。ゆっくりと雪の中を下った。下の氷を探しつつ歩くのだが、できるだけ急いでハンターたちから離れなければならなかったので、登りでは分からなかったものすごい困難にぶつかった。

二人とも無言のまま村へ歩いて帰った。マノロの手はミケルの肩に置かれていた。銃声は止んでいた。しばらくするとジープの音が近づいてきたので脇へよけた。注意深く前に進むジープに乗った男たちは異様で後ろめたい、興奮した顔つきだった。ミケルたちの横をゆっくりと通っていった彼らの顔にミケルは野生の戦慄を見た。トレーラーには血まみれのイノシシが四頭、積み重ねられて横たわっていた。太った、頑丈な大地を掘り起こす野獣。そこに投げ出され、ほんの一瞬前は暗い氷の世界で最も力ある野獣だったが今は死の重みだけがある。スジ、肉、骨、死んだ動かぬ目を運ぶトレーラーから血が滴る。真っ白い雪を染める鮮血、点が線になり、やがて小さいが濃い真紅の血だまりが後に残された。

ミケルはすすり泣きながら歩いた。マノロが彼を抱きしめて慰めた。そのとき初めて本当に彼は、母の失踪は紛れもなく確実だと感じた。見つかったとしても命はないのだということがあからさまな事実として彼に迫った。もう彼らのところへ戻ってくることはないのだ。彼女を見つけることも探すことも無意味だ。しばらくして彼は泣くのをやめ、マノロに寄り添った。半解けの雪の中を歩いていった。マノロの体がときどきミケルの体に触れた。

「ラッキーですよ」マノロが彼に言った。

ミケルは何も言わなかった。

「これね、お母さんが行ってしまったということ、もう起こったことだから二度起こらないですよ」

「生きていて家にいてほしかった」ミケルが言った。

「そりゃそうです。でもそうだとすると、お母さんの死がいつか来るんだと、いつもその恐怖を抱えていなきゃならない。あなたはそれがないんですよ。もう起こってしまったものは二度と起こらない」

「そんなふうに言わないでくれ」ミケルが言った。

「ここへ来る前にいた家でね」マノロが言った。「老人が亡くなり、子どもたちが全員来ました。そのうちの何人かはすでに老人だったですよ。この人はかなりの年で何年も病気だったのにもかかわらず、みんな何日も泣きました。何週間たっても妻だった人はまだ泣いていました。妹が来るとまた一緒に泣いた。弟が来るともっと泣いた。誰かが亡くなったとしても、僕が涙を流す人は一人もいない。

一人もいない。ありがたいことです。これからもそれは変わらない。両親は僕の記憶にないくらい前に死にました。僕が生まれたとき父は死んでもういなかった。二人の記憶はないです。兄弟はいないし、叔父やいとこたちに特別な感情もない。近親者と一緒にいる人を見るととてもかわいそうになります。ない方がいいです。お母さんはもう二度とあなたから去らないのだから幸せですよ」

ミケルはあたりを見回した。この誰もいない道で好きなだけ長く、しっかりとマノロを抱きしめていることができた。腕を彼の体に回し、彼のジャケットの下から手を入れると、彼の体の温かみが感じられた。マノロのシャツの汗も、彼の胸の動悸も。シャツをめくり、マノロの温かい背中に両手を当てた。マノロが彼に体を預け、二つの体が絡み合い、彼はミケルの肩に頭を埋めた。だが、手は脇に垂らしたままだった、まるで石のように。

8

翌朝マノロがシャッターを開けると青空が広がり、強い太陽の光で解けだした軒先のつららがひび割れる音がした。台所にジョセプ・ベルナットと父がいた。ベルナットは、天候は変わった、向こうの山にかかる靄（もや）が、本当の雪解けが始まったことを示していると主張した。この日歩いていたら、氷が解けだしてバリバリと割れる音がいたるところで聞こえたし、雪解けの水が道端にあふれて、いくつもの流れができていたというのだ。双眼鏡で見ると、遠くの白い雪がただの小さい塊になっていたそうだ。

翌日伯父がパヨサから来て、村とコル・デル・ソのあいだのスロープの雪が解けだしたと言った。

あちこちの村では天気がよくなったらコル・デル・ソへ上ってハゲタカを監視する。ハゲタカが現れたら後を追う。ミケルも父も隣人たちも同じようにすべきだと言った。彼女の遺体を覆っている雪と氷が解けだすのも時間の問題だ。イノシシや野生の犬やハゲタカが見つける前に彼女を見つけたい。だが、ハゲタカがまず来る。気をつけなければならないのはハゲタカだ。

気温が少し上った日が数日続いた後軍道は通れるようになった。日が落ちると、どんな姿ででもいいから母を彼らの元に取り戻したいという激しい願望と、母がいなかった期間はもうすぐ終わるのだという自覚のあいだを彼は行きつ戻りつした。母の顔を考えてみた。かつての母と同じような顔が見たいと思った。まるで眠っているような、あるいは窓辺に座っているかのような母の顔が。母の微笑みが見たいという強い願いを抱いて歩いていた。

もう今は雪と氷の塊に妨げられることなく何時間も歩き続けることができた。疲れると、サンタ・マグダレナを越えるともう休み場所はないことを知っていたから、自分を奮い立たせてさらに前へと進んだ。

長い道のりを歩いていくと、空気そのものがまるで穏やかな空想を完全にリアルなものにする麻薬であるかのように、想像力がイメージや場面で生き生きとよみがえるのだった。この動揺させるマジックの時、彼は自分自身ではなくミケルでもなく誰か別人なのだが、母が放心状態で、自分が眠っているあいだに何が起こったのかしらといぶかりながら彼の方へ近づいてくる、そういう瞬間を楽しんでいた。母は、彼女を探す息子ではなく、少女の彼女を探しにきた父親としての彼をすぐに見つけて泣き叫び、彼の方へかけてきて抱き上げられるのを待っている。彼女にキスし、抱き上げる。手を温める小さな手袋、ファーの襟のついた古いグリーンのコートと雪よけ帽子の彼女は失われていた少女。顔だけが凍えていた。目は寒さで濡れていたし、歯が寒さでガチガチするにもかかわらず、彼女は一所懸命微笑もうとしていた。

パヨサの家へ彼女を連れていくのだ。彼女が見つかったことを喜ぶ捜索隊、待っていた兄、暖かい暖炉、懐かしい心地よいベッドへ。一度、マノロをそのシーンに置いてみた。エプロンをつけ、暖かい飲み物を作っている青白い心配そうな顔。でもなんだかそのイメージはしっくりこなかった。マノロはそのシーンに属していなかった。

雪解けが始まって一週間、朝だいぶ時間が経った頃だったが、寒い青空に最初のハゲタカが現れた。ミケルはもう歩いていた。黒々とハゲタカは、パヨサの上空、軍道の下の方を舞っていた。彼、父、そしてほかの人たちも、母の遺体があると思っていたまさしくその場所だった。双眼鏡でハゲタカを注意深く見ながら、父は近くにいるに違いないのだが、村へ帰って父を探しそれからジープでここへ引き返すか考えた。だが彼は、父か村の誰かがハゲタカを見つけて、絶対すぐに飛んでくると信じていた。伯父は絶対もう気づいたに違いない。彼女を愛した者たちは彼女を最初に発見するという伯父の信念を信じた。

規則的に立ち止まり、双眼鏡で確かめながら前に進んだ。二羽が空中高く舞っていた。動きはなかった。ハゲタカの行動ははっきり分からなかったが、急襲するには二羽以上が必要だろう。死体を発見して群れになるまでにどれくらいの時間がかかるかは分からなかった。一人で奴らに対抗するのはいやだったから、時間がかかることを祈った。もっと来た場合、奴らにどうやって対抗したらいいのかは分からなかった。

すぐに、コル・デル・ソの上空にもう一羽いることに気づいた。これは何マイル四方からでも見えるな。雲一つない青空に動きはただその一点、鳥一羽のみだった。一羽が下降したのを見てミケルは足を速めた。木の枝を切って奴らにぶつけてやろうか。鳥が集まってきたスロープに伯父が登ろうとすれば一時間以上はかかるだろう。父がジープで行くならそれより早く動ける。この場に自分一人だけになることを思うと怖くなった。陰惨で黙した餓えた野獣、高い空を無情に飛ぶ奴らは彼のことなど鼻もひっかけないだろう。ミケルが何をしようと、奴らは自然の命じるままに動くだろう。とても太刀打ちできない。できることと言ったら、奴らが集っている場へ急いで行くだけだ。奴らが下りたところを目撃するだけでも逃げ帰るよりはましだ。無防備で何もできないままに母の遺体を奴らのくちばしと爪の暴威に任せておくよりはましだ。

明るい空をさらに二羽が滑空した。彼は立ち止まり、双眼鏡で奴らの大きな体、醜いその色と形を注意して見た。五羽いた。奴らの暗黒の食肉儀式にこの数が十分なのかどうか、いつ飛びかかるのかは分からなかった。

舞い降りるタイミングもまちまちで、それほどすばやくきちんとしたものではないかもしれない。群れを成しているハゲタカを見たことはあるが、奴らが獲物を食っているのを見たことはなかった。奴らは人里遠く離れて住んでおり、元気な羊の群れとは無縁だった。奴らのことをもっと知ってたらなあ。どうやったら奴らを脅せるかとか、食うのにどれくらい時間がかかるのかとか。

父のジープが彼の方へ近づいてきた頃には二羽が飛び降りており、残る五、六羽が空を下降してきていた。恐怖と怒りに凍りつき、やる気満々の父のジープがやってきた。ジョセプ・ベルナットが助手席、マノロは後部座席にいた。ミケルを見つけてもほとんど停まるか停まらないかだった。ミケルが急いで乗りこんだ。ベルナットは膝にライフルを二丁抱えていた。父は全速力で容赦なく鳥たちに向かって走った。

目のことは知っていた。奴らは第一に目をまずほじくり出すのだ。もうやっちゃったんじゃないかな。おそらく一番強い奴か一番早い奴が権利を獲得したんだ。目をえぐり出すのにそれほど時間はかからないだろう。血は出ないだろう。彼女の血は凍てているか流れ出して残っていないかだろう。体の中でも柔らかいところを先にやる、だから頭とか腕とか足は後に回すのだ。彼は懸命に泣くまいとしていた。がくん！　ジープが停まった。飛び出し、できるだけ急いで丘を駆け下りた。

下の方に平坦な空き地があり奴らが集まっていた。ミケルはこんな開けたところで母が死んだなんて信じられなかった。だが、いずれにしてもパヨサへの道はずっと先だった。父に双眼鏡を渡し、ベルナットと父が見た後自分で見てじっくりその光景を調べた。鳥たちは獲物の周りでまだ十分落ち着いていなかった。羽をはためかせている大きい猛禽たち、汚い顔つきの奴らは盲目のように互いに羽をぶつけあっていた。間もなく奴らは一点に固まり、互いを押しのけ先を争ってついばみ始めた。父とベルナットがゆっくりそろそろと近づいた。マノロは彼の近くにいた。彼は双眼鏡で拡大されたその場面に目を奪われた。内臓の山を貪り食うハゲタカ、貪欲にうまそうに飲み下すとまた首をつっこんでいく。一羽、強い爪をてこにしてぐっと死体をくちばしで食いちぎった。彼は双眼鏡を落とした。泣いた。父とベルナットのところへ走っていった。マノロが後を追った。

彼らが近づくと鳥たちは退いた。だが、怒りに満ちて羽をはためかせ後に悪臭を残していった。饐えたようなゾッとする臭い。腐肉の臭いではない、生なましい生き物の汚臭だった。よこしまなエネルギーの汚臭、鳥たち自身の汚臭、腐り死んだものを消化することから来る鼻を衝く汚臭だった。

奴らが取り囲んでいたものを見てミケルは笑みがこぼれそうになった。彼女が年取って見捨てられた動物のように、彼女の内臓が引きずり出されたものを見る用意はできていた。一所懸命彼女をかばおうと思っていた。長い飛行をしてここまでハゲタカは母の死体ではなく、猟犬のような大きな犬の死体を骨までしゃぶりに来たのだ。彼は背筋を伸ばした。

ハゲタカが一羽、図々しくも彼らの頭上を飛んだ。父はライフルを構えた。この近距離からズドン！一発、うろこでびっしり覆われた羽、最も獰猛な力に満ちた奴を。弾丸の力でそいつは転げ落ちていった。ほかの奴らは、無骨な羽をばたつかせて飛び上がったり、怒り狂って後じさりした。

傷ついた奴はほとんどさかさまに倒れ、甲高く叫び出した。起き上がろうとして、また倒れた。はげた不屈な頭を急に持ち上げようとした。生々しく生きている頭。目は憤怒に満ちて鋭く、凶悪なくちばしの鼻孔は火を噴きそうだった。奴が彼らを見た。人間どもに対する不機嫌な憎悪、獰猛な凝視。強烈なパニックがミケルを捉えた。まるでそれが自分一人に向けられたように、彼の秘密の魂がそのような認知を彼の人生を通じて待っていたかのように。瀕死の鳥は、その悲しみと傷において遙か人間を飛び越え、まだ苦しみに吠えていた。ミケルはなぜ自分がそれに近づこうとしているか分からなかった。だがすぐにマノロが後ろから抱きかかえ、前に進むのを押しとどめた。父がまた銃を上げた。ミケルはマノロに倒れかかった。彼のぬくもりを求めて、何か陰鬱な慰めを求めて。父が撃った、ガン！　マノロは彼が瀕死の鳥の骸に近づかないようしっかり抱きしめていた。半分に裂け引きちぎられた肉の残骸、誰にもなんの役にも立たない獣の死体（カーカス）。

訳者あとがき

伊藤範子

Colm Tóibín はアイルランドの新しい声である。トビーンの作品に含まれているテーマの一つは、彼の故郷、ウェクスフォード州のエニスコーシーを舞台に、そこに生きる人々の生きざまであり、それを彼は深い洞察と同情をもって追っていく。初期の作品に登場する人物はその後の作品に再登場し、いろいろなバリエーションを伴って、彼の主題を発展させる代弁者になっていく。たとえば、第二作、*The Heather Blazing* の主人公の妻は、長編 *Nora Webster* にも、短編集の 'A Father in the Family' にも登場するし、'A Summer Job' の人物の一人としても顔を出している。トビーンの作品を理解するためには、アイルランドが新しいコンセプトで二〇世紀に飛びこむ時代であり、それまでの家父長制とカトリシズムの抑圧などの古いしがらみから脱しようとするときと重なり、人物たちの生き方、考え方が模索されると同時に、それまで陰に隠れていた問題が暴露される新時代であることは覚えておかねばならないだろう。

トビーンは、地元の心に飛びこんでこの葛藤をフィクション化するのだが、彼の作品は時間的に全部つながっているともいえる。したがって、牧歌的幼児時代に父母と子どもたちの緊張関係はすでに示唆され、後ほど様々な形で発展させられる。再登場する女性が何人もいるが、方法は二つあり、それは、すでに焦点が絞られた人物をさらに拡大した図と、わき役だった女性が主役になり、もっと広く深く探求される図の二つである。彼女たちは母であることが多い。自分を生かそうと苦悩する母たちと、成長し、独自の道を選んでいく子どもたちとは往々にして衝突する。しかし、いかなる場合も、絶対的価値である家族としてつながるのがアイリッシュの一生であり、それを編みこんだのがこの短編集だ。ここには、タイトルである〝母と息子〟に焦点が絞られている作品が多いが、そうでないものもある。いずれにせよ、深く心理に分け入って人間関係の機微を、当代一の書き手トビーンが達意の文章で描く。

トビーンの文体の特色は、隙間なく敷き詰められた舗石のように綿密な作品構造である。どこにも宙に浮かぶ独立したものはなく、何かは必ず別の場所の何かとつながっている。この作品に寄せた彼のメッセージにある、二〇〇三年に完成した長編（*The Master*）のあとの休息期間に浮かんだアイデアが、四年後の短編集に入った。「神父持ち家族」である。これ以後、泉のように次々とショート・ストーリーが生まれたと彼はいう。何かのテーマを求めて書いたのではなく、書いたものを並べてみるとそのテーマが「母と息子」であったということのようで、長めのストーリー「肝心かなめ」と「長い冬」は、このテーマに導かれてまとまったプロセスだという指摘はたいへん示唆的である。

緊密な構造に入れこまれた、厳選された美しい言葉から心の内奥へ踏みこむとき、読者は、取り囲むあたりの暗さに動揺するだろう。これは、先の見えない現代を生きることとも通じる暗い歩行に思える。光は見えるか？　言葉に導かれて一所懸命光ある方向へ進めばきっと見える。薄いかもしれないが、しかし、光は確かに見える、一歩を今ここで進めるということだけが生きることだと思えば。だから、心の平和を得ることは不可能ではないと思えるだろう。

長編は、一人または複数の主要人物をパノラミックな時空において描く。規模が大きいから、人物だけではないものが含まれる。しかし短編は、人間中心になるので、人物の刻々変わる心理が追える。作者は言う、「これらのストーリーを書くことは、そのまま自分自身の心の旅路を辿ることでもあった」。この短編集は、フィクショナライズされて、しかもなお素材であり続ける〝家族〟という原点から出発し、「新しい挑戦と新しい満足を提供してくれる初めてのフォームを使って、思い浮かぶ考えのすべてを投入した物語」である。

家族を取り囲む社会、知り合う人々、語り合う家族が、時にたどたどしく、また怒りの声が全くないとは言えないが、わりに穏やかな環境に向き合って聞こえた声は、隣人の成長した、より深く掘り起こした行動と情緒に表現される。より広く深く大胆な表現は、彼の書くフィクションがいま生成しつつあるアクションであることをほのめかす。発展的に生成し続けるトビーンの作品をこれからも注目していきたいものだ。

訳者紹介
伊藤範子（いとう・のりこ）
1944年生まれ。早稲田大学第一文学部卒業、名古屋大学大学院博士課程中退。
おもな著書に『近・現代的想像力に見られるアイルランド気質』（共著、渓水社刊）、『文学都市ダブリン――ゆかりの文学者たち』（共著、春風社刊）、おもな訳書にコルム・トビーン『ヒース燃ゆ』（松籟社刊）、『エリザベス・ビショップ　悲しみと理性』（港の人刊）、ブライアン・ムーア『医者の妻』（松籟社刊）などがある。

母たちと息子たち
アイルランドの光と影を生きる

2020年5月5日　初版第1刷発行

著　者――コルム・トビーン
訳　者――伊藤範子
発行者――楠本耕之
発行所――行路社　Kohro-sha
520-0016 大津市比叡平 3-36-21
電話 077-529-0149　ファックス 077-529-2885
http://cross-media-jp.com
郵便振替　01030-1-16719
装　丁――仁井谷伴子
組　版――鼓動社
印刷・製本――モリモト印刷株式会社

ISBN978-4-87534-449-0 C1098

賽の一振りは断じて偶然を廃することはないだろう 付：フランソワーズ・モレルによる解釈と注
マラルメ／柏倉康夫訳　Ｂ４変型 6000 円　■最後の作品となった『賽の一振り…』は、文学に全く新たなジャンルを拓くべく、詩句や書物をめぐる長年の考察の末の、マラルメの思索の集大成とも言える。自筆稿や校正への緻密な指示なども収める。

マラルメの火曜会 神話と現実　G.ミラン／柏倉康夫訳　Ａ５判 190 頁 2000 円
■パリローマ街の質素なアパルトマンで行なわれた伝説的な会合……詩人の魅惑的な言葉、仕草、生気、表情は多くの作家、芸術家をとりこにした。その「芸術と詩の祝祭」へのマラルメからの招待状！

ラ・ガラテア／パルナソ山への旅 セルバンテス／本田誠二訳・解説　Ａ５判 600 頁 5600 円
■セルバンテスの処女作『ラ・ガラテア』と、文学批評と文学理論とを融合したユニークな彼にとっての〈文学的遺書〉ともいえる自伝的長詩『パルナソ山への旅』を収録する。

「ドン・キホーテ」事典 樋口正義・本田誠二・坂東省次・山崎信三・片倉充造編　Ａ５判上製 436 頁 5000 円
■『ドン・キホーテ』刊行 400 年を記念して、シェイクスピアと並び称されるセルバンテスについて、また、近代小説の先駆とされる本書を全体的多角的にとらえ、それの世界各国における受容のありようについても考える。

ロルカ『ジプシー歌集』注釈 ［原詩付き］　小海永二　A5 判 320 頁 6000 円
■そこには自在に飛翔するインスピレーション、華麗なるメタファーを豊かに孕んで、汲めども尽きぬ原初のポエジーがある。

棒きれ木馬の騎手たち M・オソリオ／外村敬子 訳　Ａ５判 168 頁 1500 円　■不寛容と猜疑と覇権の争いが全ヨーロッパをおおった十七世紀、子どもらによる〈棒きれ木馬〉の感動が、三十年に及ぶ戦争に終わりと平和をもたらした。

約束の丘 コンチャ・R・ナルバエス／宇野和美訳・小岸昭解説　Ａ５判 184 頁 2000 円　■スペインを追われたユダヤ人とのあいだで４００年間守りぬかれたある約束……時代が狂気と不安へと移りゆくなか、少年たちが示した友情と信頼、愛と勇気。

ふしぎな動物モオ ホセ・マリア・プラサ／坂東俊枝・吉村有理子訳　四六判 168 頁 1600 円　■ある種の成長物語であるとともに、子どもの好奇心に訴えながら「自分っていったい何なんだ」という根源的な問いにもちょっぴり触れる。

初 夜 の 歌 ギュンター詩集　小川泰生訳　B４判変型 208 頁 4000 円
■生誕３００年を迎えて、バロック抒情詩の夭折の詩人ギュンター（１６９５−１７２３）の本邦初の本格的紹介。

私 Ich　ヴォルフガング・ヒルビヒ／内藤道雄訳　四六判 456 頁 3400 円
■ベルリンという大年増のスカートの下、狂った時計の中から全く新しい「私」の物語が生れる。現代ドイツ文学の最大の収穫！

ネストロイ喜劇集 ウィーン民衆劇研究会編・訳　Ａ５判 692 頁 6000 円
■その生涯で８３篇もの戯曲を書いて、１９世紀前半のウィーンの舞台を席巻したヨーハン・ネストロイの紹介と研究

アジアのバニーゼ姫 H・A・ツィーグラー／白崎嘉昭訳　Ａ５判 556 頁 6000 円
■新しい文学の可能性を示す波瀾万丈、血沸き肉躍るとしか形容しようのない、アジアを舞台にしたバロック「宮廷歴史小説」

テクストの詩学 ジャン・ミイー／上西妙子訳　Ａ５判 372 頁 3500 円
■文学が知と技によるものであることを知る時、読者は、文学的エクリチュールの考察、すなわち詩学の戸口に立っている。

バルン・カナン 九人の神々の住む処　ロサリオ・カステリャノス／田中敬一訳　四六判 336 頁 2500 円
■20 世紀フェミニズム小説の旗手カステリャノスが、インディオと非インディオの確執を中心に、不正や迫害に苦しむ原住民の姿を透徹したリアリズムで描く。

カネック あるマヤの男の物語　E.A.ゴメス／金沢かずみ訳・野々口泰代絵　四六判 208 頁 1800 円
■村は戦争のまっただなか。武装したインディオの雄叫び。カネックの名がこだまする！——現代マヤの一大叙事詩

ピト・ペレスの自堕落な人生 ホセ・ルベン・ロメロ／片倉充造訳・解説
■四六判 228 頁 2000 円　■本国では４０版を数える超ロングセラーの名作であり、スペイン語圏・中南米を代表する近代メキシコのピカレスク小説。

ガルシア・ロルカの世界 ガルシア・ロルカ生誕 100 周年記念　四六判 288 頁 2400 円
■木島始,岸田今日子,松永伍一,鼓直,本田誠二,野々山真輝帆,小海永二,小川英晴,原子修,川成洋,佐伯泰英,福田善之,飯野昭夫,ほか

セルバンテス模範小説集 コルネリア夫人・二人の乙女・イギリスのスペイン娘・寛大な恋人　樋口正義訳
Ａ５判 212 頁 2600 円　■この４篇をもって模範小説集の全邦語訳成る。小品ながら珠玉の輝きを放つ佳品３篇と、地中海を舞台に繰り広げられる堂々たる中篇と。

ガリシアの歌 上・下巻　ロサリア・デ・カストロ／桑原真夫編・訳　Ａ５判 上 208 頁・下 212 頁 各 2400 円
■ああガリシア、わが燃ゆる火よ…ガリシアの魂。

立ち枯れ／陸に上がった人魚［イスパニア叢書８巻］A.カソナ／古家久世・藤野雅子訳　四六判 240 頁 2200 円　■現代スペインを代表する戯曲作家アレハンドロ・カソナのもっとも多く訳されもっとも多く上演された代表作２篇

ドン・キホーテ讃歌 セルバンテス生誕 450 周年　四六判 264 頁 1900 円
■清水義範,荻内勝之,佐伯泰英,ハイメ・フェルナンデス,野々山真輝帆,坂東省次,濱田滋郎,川成洋,山崎信三,片倉充造,水落潔ほか

『ドン・キホーテ』を読む 京都外国語大学イスパニア語学科編　Ａ５判 264 頁 2200 円
■カナヴァジオ、アレジャーノ、フェルナンデス、清水憲男、本田誠二、樋口正義、斎藤文子、山田由美子、世路蛮太郎、他